Mysterium

Der Schwarze Drache

Julian Sedgwick beschloss schon mit zwölf Jahren, sich dem Schreiben zu widmen. Neben seinen Tätigkeiten als Maler, Buchhändler, Film- und Fernsehproduzent, Grafiker und Therapeut hat er dieses Ziel nie aufgegeben. Seine Leidenschaft gilt dem asiatischen Kulturraum und dessen Philosophie. Das zeigt sich auch in der *Mysterium*-Trilogie, seinem Debüt als Autor. Julian Sedgwick lebt mit seiner Frau und zwei Kindern in den Cambridgeshire Fens.

MYSTERIUM

Der Schwarze Drache

* * * * * * * * * * * * * * *

Aus dem Englischen
von Henning Ahrens

Julian Sedgwick

CARLSEN

MAINLAND CHINA
NEW TERRITORIES
KOWLOON
VICTORIA HARBOUR
LANTAU
HONG KONG INSEL
PEAK
CHEUNG CHAU
WANSHAN
LAMMA INSEL
nach CHEUNG CHAU
FÄHRANLEGER
PEARL HOTEL
HOTEL
CONNAUGHT ROAD
HONGKONG-INSEL
VICTORIA PEAK
PEAK TOWER
P

MONG KOK
WUCHUNG
MANSIONS
OLDEN BAT
KOWLOON
KOWLOON
PARK
VICTORIA
HARBOUR
STAR
FERRY
PEAK TRAM

Für Joe und Will. Wen sonst?

ERSTER AKT

Wenn man leben will,
muss man auf Draht sein.
Alles andere ist Warten.

* * * * * * * * * * * * * *

Karl Wallenda

EINS

* * * * * * * * * * * * * * *

Wie man überlebt

Danny Woo öffnet die Augen.

Das linke ist glitzernd grün, das rechte von einem tiefen Kastanienbraun. Düster und wachsam blickten sie in den Oktobermorgen.

»Heh, Woo! Wie wäre es, wenn du uns noch mal deinen blöden Kartentrick zeigst?«

Danny stöhnt insgeheim, als Jamie sich über ihn beugt. »Jetzt sofort?«

»Lass dir Zeit, du Spinner. Oder hast du Angst, das Klingeln zu verpassen?«

Danny schüttelt den Kopf und holt das Zauberkartenspiel aus der Hosentasche. Sein Herz schlägt schneller, während er mischt und einen Teil der Karten abnimmt. Es muss klappen, denkt er, denn sonst werden mich Jamie und seine Freunde noch schlimmer mobben. Er weiß noch, wie sein Vater ebendiese Karten gekonnt durch seine Finger gleiten ließ. Aber das ist lange her. Konzentration, Danny!

Er holt tief Luft und versucht die Hände ruhig zu halten, während sich die anderen neugierig um ihn versammeln. Der heisere Lärm im Umkleideraum weicht erwartungsvoller Stille.

»Gut. Zieh eine Karte«, sagt er und fächert das Blatt auf, legt es mit dem Gesicht nach unten, und – ja – die »Kraft« wirkt genau im richtigen Moment. Jamie greift zum Pik-König, als würde dieser ihn magnetisch anziehen. Gut. Alles läuft nach Plan.

»Merk dir die Karte«, sagt Danny. »Jeder von euch muss sie sich merken.«

Dies verschafft ihm die entscheidende halbe Sekunde, die er braucht, um das Gummiband hinter dem Blatt zu platzieren.

»Und jetzt zurückstecken. An eine beliebige Stelle.« Aber das stimmt nicht. Denn es muss die richtige Stelle sein.

Jamie schiebt die Karte zurück und versucht dabei, Danny zu verwirren, aber dieser bringt den kleinen Finger in Position – ein gut verstecktes Lesezeichen – und lässt das Gummiband um eine Kartenecke des Pik-Königs schnellen. Er drückt das Blatt zusammen. Ob das Gummiband richtig sitzt? Aber jetzt gibt es kein Zurück mehr.

»Denk an deine Karte. Sag ihren Namen immer wieder still vor dich hin.« Er hält das Blatt auf Armlänge von sich und starrt die Rückseiten der Karten an. Dann zieht er, unbemerkt von den anderen, den kleinen Finger blitzartig zu sich hin. Aber das Gummiband rutscht ab, und der Pik-König springt nicht hinaus, sondern ruckt nur etwas nach vorn. So ein Mist.

Danny zieht die Karte aus dem Blatt. Als er sie den anderen zeigt, bemüht er sich um eine selbstbewusste Miene. »Pik-König, richtig?«

»Ja, richtig.« Jamie schürzt die Unterlippe, um zu verbergen, dass er beeindruckt ist. »Erraten. Und jetzt noch einmal, du Spinner.«

»Nein«, sagt Danny, der daran denkt, was sein Vater sagen würde. Keine *Wiederholungen.* Keine *Erklärungen* …

»Jetzt zeige ich dir meinen Trick, Woo«, sagt Jamie, der sich das Blatt schnappt und in die Luft wirft. »Man nennt ihn auch Fünfzig-Fliegende-Karten! Fang sie!«

Die anderen lachen, während Danny auf dem Fußboden des Umkleideraums herumkrabbelt und die Karten einsammelt. Die Fliesen riechen nach Desinfektionsmittel, schal und kalt. Er ist jetzt ein Jahr in Ballstone und findet es immer noch fürchterlich. Wie schön war es im Mysterium! Es hatte dieses ganz besondere Aroma: von feuchtem Gras, Trockeneis, brennendem Paraffin, Kanonenschlagrauch, Schminke – und dazu der eindringliche, lebhafte Geruch, den das Zirkuszelt verströmte, wenn es an einem neuen Ort aufgestellt wurde. Doch all das gehört jetzt der Vergangenheit an, daran muss er sich gewöhnen.

Er sammelt die Karten auf, eine nach der anderen, und zählt sie durch, um sicherzugehen, dass keine fehlt.

Er wird zu spät zum Unterricht kommen.

Danny rennt den anderen hinterher, denn wenn er sich nicht beeilt, wird man ihm wieder stumpfsinniges Nachsitzen aufbrummen. Seine drahtige Gestalt flitzt über den großen Hof. Er überholt Jamie und die anderen und schaut auf die Uhr – kurz nach halb elf. Er müsste es gerade noch schaffen.

Über ihm krächzen Krähen, die zu ihren Nestern in den Ulmen fliegen. Danny will gerade nach der Türklinke greifen …

… als das Gebäude durch eine Explosion in seinen Grundfesten erschüttert wird.

Ein greller Blitz blendet ihn.

Sekundenbruchteile später folgt die Druckwelle, sie schießt durch den Flur, bläst die Türen aus den Angeln, schleudert ihn über den Boden. Er weiß, wie man fallen und sich abrollen muss, aber es erwischt ihn eiskalt, und er knallt mit dem Gesicht auf den Asphalt und dreht sich noch zwei Mal um die eigene Achse, bevor er benommen liegen bleibt und hört, wie der Explosionskrach mit lang gezogenem Knurren verhallt.

Vor seinen Augen tanzen Sterne. Die Luft ist von Rauch und dem Gestank verschmorter Elektrokabel erfüllt – und er hat das Gefühl, als wäre ihm das letzte bisschen Luft aus den Lungen gesogen worden.

Er hat den Eisengeschmack von Blut im Mund und betastet seinen Kopf. Als er die Finger wegzieht, sind die Kuppen rot gefärbt. Er richtet sich auf, und sobald er wieder klar denken kann, versucht er zu begreifen, was passiert ist. Es dauert eine gute Minute, bis ihm wieder einfällt, wo er sich befindet. Er sieht Jamie und die anderen, die ebenso verwirrt durch die Gegend stolpern wie er selbst.

Zettel vom schwarzen Brett segeln überall durch die Luft wie riesige, verkohlte Schneeflocken. Ein halb verbranntes Blatt streift seine Wange, und er greift instinktiv danach. Es hat weder das Schullogo noch den üblichen Briefkopf, sondern ist fast leer – bis auf ein kleines Diagramm, das mitten darauf gezeichnet wurde: ein ordentliches Raster aus schwarzen Punkten, in sieben senkrechte und sieben waagerechte Reihen gegliedert. Eine davon – die zweite Reihe von unten auf der linken Seite – ist rot umkringelt worden.

Die Punkte verschwimmen, denn seine Augen werden feucht.

Unter der Tabelle hat jemand notiert: »1030«. Der Schreiber dieser Zahlen hat einen dicken Stift benutzt und sehr kräftig aufgedrückt.

Das ist alles.

Danny starrt die Zahlen eine Weile an, aber sie kommen ihm genauso sinnlos vor wie viele andere Dinge in seinem derzeitigen Leben. Er faltet den Zettel geistesabwesend zusammen und steckt ihn hinten in die Hosentasche.

Durch den Qualm kann er die Krähen erkennen, die von der Explosion aufgescheucht worden sind. Sie krächzen und kreischen, zerzauste schwarze Kreuze vor strahlend blauem Himmel.

ZWEI

* * * * * * * * * * * * * * *

Wie man ganz lebendig ist

Durch einen Zufall war der große Flur zum Zeitpunkt der Explosion menschenleer, und deshalb gibt es keine Schwerverletzten – nur Schnitte und Abschürfungen durch herumfliegende Trümmerteile und einige unter Schock stehende Schüler. Sie sitzen wie benebelt auf dem Hof, in Decken gehüllt, während die Leute vom Rettungsdienst alles mit gelbem Flatterband abriegeln. Das statische Knistern ihrer Funkgeräte erfüllt die Luft.

Danny wird von einer Sanitäterin untersucht. Sie will wissen, ob er sich den Kopf gestoßen hat. Er muss ihrem Finger mit dem Blick folgen, dann richtet sie eine Taschenlampe auf seine Augen.

»Die Pupillen weiten sich ganz normal. Hübsche Farben!«, fügt sie lächelnd hinzu. »Hast du die von deinen Eltern? Von jedem eine?«

Danny gibt sich größte Mühe, ihr Lächeln zu erwidern, aber als die Sanitäterin seine Wunde versorgt, merkt sie, dass er nur mit dem Mund lächelt, nicht mit den Augen. Sein Gesicht ist wie erstarrt.

»Geht es dir auch wirklich gut?«

»Ja. Danke.«

»Du solltest dich erst mal schonen, junger Mann. Und darauf achten, ob du Symptome eines Schocks bemerkst.«

»Und wie sehen die aus?«

»Man fühlt sich wie festgenagelt. Kann sich nicht vom Fleck rühren.«

Er nickt. Aber hat er sich während der letzten anderthalb Jahre nicht jeden Tag so gefühlt?

Der Unterricht fällt bis auf weiteres aus, und Danny zieht sich in die Geborgenheit seines Zimmers zurück, das er zum Glück ganz für sich allein hat. Er lässt sich aufs Bett fallen und starrt die Risse unter der Decke an. Wenige Minuten früher und … Nein, dieser Gedanke ist unerträglich, und er versucht ihn abzuschütteln.

Aber ihn belastet noch etwas anderes. Der beißende Gestank der Explosion, die Kälte, das Eintreffen der Rettungsdienste – all das hat sich verschworen, um ihn an jenen schrecklichen Tag vor zwanzig Monaten zu erinnern: der dichte Schneefall in Berlin, der Schock, der ihn innerlich zu zerreißen drohte, der Polizist, der ihn von den verkohlten Trümmern ihres Wohnanhängers wegzog. Der Rettungswagen, aus dem man Tragen für seinen Vater und seine Mutter lud. Oder für das, was von ihnen übrig war.

Danny erschaudert. Versucht diese Gedanken zu verdrängen und wegzusperren. Wie sonst auch.

Aber dieses Mal ist alles anders.

Die Erinnerungen lassen sich nicht vertreiben, und er ahnt, dass die Explosion etwas in ihm geweckt hat. Er wird immer wieder von tiefen Gefühlen aufgewühlt – als sollte er aus einem langen, aber unruhigen Schlaf gerissen werden. Und er empfindet den immer stärkeren Impuls, in Aktion zu treten, zu *handeln.* Da er keine Ruhe findet, läuft er im Zimmer auf und ab, wie sein Vater es tat, wenn er das Essen rasch hinter sich bringen wollte, um endlich wieder in den Übungsring zurückkehren zu können.

»Woo!« Jamie rauscht herein, ohne anzuklopfen, und wirft sich in einen Sessel. Das herablassende Grinsen scheint ihm vergangen zu sein. »Schon gehört? Es war ein Gasleck, und jetzt ist die Heizung hin. Der alte Kircher hat das vorzeitige Ende des Schuljahres verkündet. Wir haben Ferien. Cool, oder?«

»Was hast du in meinem Zimmer zu suchen? Was willst du?«

Jamie ignoriert diese Fragen. »Wenn ich nicht deine blöden Karten in die Luft geworfen hätte …« Er lässt die Worte kurz in der Luft hängen. »Ich habe dir das Leben gerettet, Woo! Du kannst mir dankbar sein.«

»Klar. Danke.«

»Hattest du Angst?«

»Eigentlich nicht.« Und das ist sonderbarerweise die Wahrheit, denkt Danny.

»Ich hätte mir fast in die Hose gemacht!«

Jamie schaut sich im Zimmer um, und sein Grinsen kehrt zurück. Sein Blick bleibt an einem Foto hängen. Es steht auf Dannys Schreibtisch und zeigt einen kräftig gebauten Zwerg, der neben einer riesigen Kanone steht. Er ist gekleidet wie ein Astronaut, mit raspelkurzen Haaren, seine Muskeln beulen den silberfarbenen Raumanzug aus. Unter einem Arm trägt er einen Helm mit einem großen, roten Z darauf.

Als das Foto entstand, war Danny elf Jahre alt. Er steht lächelnd und locker neben dem kleinen Mann. Das war vor anderthalb Jahren, eine Zeitspanne, die ihm vorkommt wie ein ganzes Jahrhundert. Sogar sein dunkler Schopf wirkt widerspenstiger.

»Wer ist der kleine Kauz neben dir?«

»Major Zamora. Unser Muskelmann«, antwortet Danny, der seine Verärgerung hinunterschluckt. »In seiner alten Rolle als Captain Solaris, die menschliche Kanonenkugel.«

»Ich wette, man hat ihn gefeuert«, sagt Jamie und lacht über seinen eigenen Witz.

Als wäre er als Erster darauf gekommen! Wie soll er einem Idioten wie Jamie Gunn nur erklären, was Zamora ihm bedeutete: Als Freund von Kindesbeinen an, als Vertrauter und Patenonkel – alles auf einmal. Danny vermisst Zamora fast ebenso sehr wie seine Eltern. Und ihre letzte Begegnung ist eine Ewigkeit her. Er hätte Zamora auf einer Tournee von dessen neuem Arbeitgeber, Circo Micro, treffen können, aber Danny fand den Gedanken unerträglich, der Zirkuswelt wieder so nahe zu sein.

»Und was ist er? Ein Liliputaner?«, fragt Jamie.

»Ein Kleinwüchsiger. Liliputaner klingt abfällig.«

»Das war also euer Zirkus? Auftritte von Sonderlingen und grausame Kunststücke mit Tieren?«

»Nein! Noch nie was von Archaos gehört? Oder dem Cirque du Soleil?«

»Nee.«

»Das ist der ›neue Zirkus‹. Und so einer waren wir auch. Waghalsig und kunstvoll. Riskante Nummern. Keine Tiere ...«

»Zirkus ist Kinderkram«, sagt Jamie mit einem Schnauben. »Was haben deine Leute so gemacht?«

»Die coolsten Sachen …«

Danny hat sich in der Betrachtung des Fotos verloren. Im Hintergrund ist ein Teil des Wohnanhängers zu sehen, in dem sie gelebt haben, und die Erinnerungen sind sofort wieder da – sowohl gute als auch schlechte. Wie soll er die wilde Schönheit des Mysteriums und seiner Truppe von Exoten, Einzelgängern und Träumern beschreiben? Jamie würde sowieso nichts kapieren, und deshalb kann er sich die Mühe sparen. Man musste es mit eigenen Augen gesehen haben, um es zu glauben.

»Ich muss los, du Spinner«, sagt Gunn und steht auf. »Was machst du in den Sonderferien?«

»Ich werde wahrscheinlich bei Tante Laura sein.«

»Tja, dann viel Spaß.«

Das klingt viel zu nett für Jamie. Noch eine Merkwürdigkeit an diesem Tag.

Der vorzeitige Ferienbeginn wird telefonisch bekannt gegeben, und Danny geht in den Gemeinschaftsraum, um dort auf Tante Laura zu warten. Aus irgendeinem Grund hat man die Fenster mit Brettern vernagelt. Will man jemanden fernhalten – oder festhalten? Durch einen Spalt sieht Danny die matschigen Sportplätze und dahinter die hohe, im Nebel liegende Mauer, die das Schulgelände umgibt.

Er findet keine Ruhe und geht nach draußen, um auf der Eingangstreppe zu warten. Vielleicht hat er noch zu viel Adrenalin im Körper, das bei der Explosion ausgeschüttet wurde. Gut möglich. Aber da ist noch etwas anderes, das tiefer liegt und ihn drängt, etwas zu tun, zu handeln. Komm schon, Laura. Beeil dich.

Schließlich braust sie auf den Hof. Ihr alter Citroën knirscht über den Kies der Einfahrt. Danny schaut zu, wie Laura bremst und haarscharf zwischen einem Rettungswagen und einem teuren Jaguar durchfährt.

Sie springt aus ihrem Auto und betrachtet mit besorgter Miene die Rauchsäule, die über dem hinteren Teil der Schule aufsteigt. Dann geht sie quer über die Feuerwehrschläuche auf Danny zu und drückt ihn an sich, ohne daran zu denken, dass er das peinlich finden könnte. Sie nimmt ihre Aufgabe als Vormund sehr ernst und legt ihre ganze Kraft in die Umarmung.

»Danny! Mein Gott. Geht es dir gut?«

»Ja, bestens«, antwortet er und befreit sich aus ihren Armen.

»Und warum der Verband?«

Sie verstummt, legt ihre Hände auf seine Schultern und schiebt ihn von sich fort. Sie ist zwar eine Journalistin, die keine Angst kennt, hartnäckig nachforscht und sich durch nichts und niemanden aufhalten lässt, aber jetzt wirkt sogar sie etwas erschüttert. Das hat nicht einmal ihr kurzer Aufenthalt im Gefängnis bewirkt.

»Wie schrecklich! Eine Minute früher und …«

»Mir geht es gut«, sagt er. »Können wir los?«

»Zuerst muss ich eurem verdammten Direktor den Kopf waschen. Wie heißt er noch gleich?«

»Mr Kircher.«

»Kircher. Genau! Du packst inzwischen deine Sachen.«

»Tante Laura …«, ruft er ihr nach, aber es ist zwecklos. Sie stürmt durch den Haupteingang, um dem Direktor den Marsch zu blasen.

»Auf ein Wort, Mr Kircher, wenn Sie erlauben. Nein, ich kann nicht warten! Seien Sie froh, dass wir Sie nicht wegen Vernachlässigung Ihrer Aufsichtspflicht verklagen. Wie fänden Sie es, wenn das in der Zeitung stünde? Sie würden sich an Ihren verdammten Cornflakes verschlucken!«

Kein Widerspruch.

Der Direktor weicht furchtsam zurück, als Tante Laura kehrtmacht. Das sieht ihr schon ähnlicher – explosiv wie ein Feuerwerkskörper und stets bereit, es mit allem und jedem aufzunehmen.

Auf dem Weg zu seinem Zimmer überlegt Danny, was er mitnehmen will. Vielleicht sollte ich die Plakate mit den Bildern meiner Eltern nach meiner Rückkehr unter dem Bett hervorholen, denkt er. Und aufhängen. Vielleicht würde es mir dann besser gehen. Aber Typen wie Jamie würden sich bloß das Maul darüber zerreißen. Und der Anblick der Bilder ist vielleicht immer noch zu schmerzhaft.

Besser, sie bleiben, wo sie sind, aufgerollt in den Pappröhren, geschützt und gut verstaut: Mama auf dem Hochseil unter der höchsten Stelle der mitternachtsblauen »Hemisphäre« des Mysteriums, Knallfrösche in die Tiefe werfend, dazu die Aufschrift: LILY WOO in der WUNDERKAMMER.

Und das wunderschön gemalte Plakat mit Papa, der in der Zwangsjacke am brennenden Seil hängt und ins Publikum lächelt, obwohl die Flammen gefährlich nach seinen Knöcheln züngeln. DER BERÜHMTE HARRY WHITE, lautet die Aufschrift. DER MANN, DER SICH AUS JEDER FALLE BEFREIT!

Nur stimmt das leider nicht ganz.

Danny beginnt, die Karten, Zauberbücher und Klamotten für zu Hause in seine alte Zirkustruhe zu packen. Sie ist mit dem gleichen Dunkelblau bemalt wie das große, alte Zirkusdach und trägt die Aufschrift MYSTERIUM.

Darunter prangt das Logo: ein schneeweißer, aber halb verdunkelter Schädel, den hellblaue und rote Schmetterlinge umflattern. Dannys Vater erklärte, es sei ein Vanitas-Symbol, das sowohl für den Tod als auch für das stets gefährdete Leben stehe und daran erinnern solle, dass sich alles verändere und nichts beim Alten bleibe. Und eines Tages für immer verschwinde.

»Ein Wimpernschlag entfernt vom Nichts, Danny.«

»Warum ist er dann unser Logo?«

»Weil es genau darum geht. Ganz lebendig zu sein! Nie zu vergessen, wie froh man darüber sein kann, überhaupt am Leben zu sein!«

Danny streicht mit einem Finger über die goldenen Lettern. Alles verändert sich. Unaufhörlich. Vielleicht wäre es besser, Eltern zu haben, die zur Arbeit pendeln, einen ständig wegen der Hausaufgaben nerven, ganz normale Dinge tun und von ihren Kindern das Gleiche erwarten.

Er seufzt. Ja, vielleicht.

Er holt das Notizbuch seines Vaters aus der untersten Schreibtischschublade und legt es auf seine Klamotten. Das Buch hat ungefähr DIN-A4-Format und ist vollgestopft mit Arbeitsnotizen, Zeichnungen, Zeitungsausschnitten, Fotos, Diagrammen und Listen. Auf dem Einband steht in kräftigen Großbuchstaben:

MYSTERIUM
DAS BUCH DER FLUCHTEN
GEHEIM!

Danny klappt den Deckel zu und lässt das Vorhängeschloss einrasten. An den Seiten der Truhe kleben die Sticker jener Städte, die er mit dem Zirkus besucht hat: Rom, Athen, Budapest, Bordeaux, Lissabon, Paris, Buenos Aires, Santiago, München und so weiter und so fort – eine Tournee nach der anderen. Und irgendwo dazwischen der letzte Aufkleber: Berlin.

Danach war Schluss.

»Startklar, Danny?«, fragt Laura fröhlich und streckt den Kopf zur Tür herein. »Dann los! Ich habe eine Überraschung für dich.«

DREI

* * * * * * * * * * * * * * *

Wie man ein Upgrade umsonst bekommt

Auf der Fahrt nach Cambridge verstummt Laura. Danny ahnt, dass sie über etwas nachdenkt, denn sie neigt ihren Kopf abwechselnd leicht nach links und nach rechts – wägt die Möglichkeiten gegeneinander ab. Sie beschleunigt, um eine Lkw-Kolonne zu überholen, und schaut ihn danach wieder an.

»Und? Welche Überraschung hast du für mich?«, fragt er.

»Tja, ich habe gerade darüber nachgedacht. Wie wäre es mit einem Tapetenwechsel? Damit du auf andere Gedanken kommst? Ich habe die Recherchen für meine Hongkong-Story hier vor Ort abgeschlossen.« Sie ringt sich ein Lächeln ab und wischt sich die blonden Haare aus den Augen. »Also überlege ich, früher hinzufliegen und … Na ja, du könntest mich begleiten. Wer weiß, ob der Unterricht zum geplanten Zeitpunkt wieder aufgenommen werden kann. Ich habe da meine Zweifel.«

»Hongkong?«

»Warum nicht? Willst du nicht schon lange dorthin? Um Lilys Geburtsort kennenzulernen – Gott schenke ihrer Seele Frieden. Das wäre vielleicht heilsam.«

»Ich weiß nicht.«

Einerseits will er nur seine Ruhe haben. Die Schulferien wie üblich gemütlich und in aller Stille genießen, umgeben von den aus dem Mysterium geretteten Dingen. Sich mit einer Houdini-Biografie in sein Dachbodenzimmer verkrümeln und auf You-Tube Clips mit David Blaine und ähnlichen Leuten sehen. Nachmittags im *Buch der Fluchten* schmökern und versuchen, die vielen verschlüsselten Einträge zu knacken.

Andererseits – Hongkong, der Geburtsort seiner Mutter? Das wäre mal etwas anderes, als zu Hause zu hocken und alte Wunden zu lecken.

»Und ich habe gedacht, du würdest sofort anbeißen«, sagt Laura.

Der Gedanke an eine Reise entspricht tatsächlich seinem neu erwachten Tatendrang und dem Wunsch, etwas in Bewegung zu setzen.

»Ich würde mich über deine Gesellschaft freuen, Danny! Manche Banden, zu denen ich Nachforschungen anstelle, sind mordsgefährlich.«

»Ich soll dir also helfen?«

»Um Gottes willen, nein. Du schaust dir die Stadt an. Und amüsierst dich.«

»Ganz allein?«

»Du bräuchtest einen Begleiter«, sagt Laura und spielt ihren Trumpf aus. »Einen Aufpasser. Eine vertrauenswürdige Person. Jemanden, auf den wir bauen können.« Ein Lächeln umspielt ihre Lippen. »Zum Beispiel jemanden wie … Major Zamora?«

Danny hatte schon eine Ahnung. Immerhin geht es hier um

einen Zwerg, der ein Motorrad über seinen Kopf stemmen kann! Ja, auf so jemanden kann man bauen. Danny hat die Postkarten, die Zamora von seinen wechselnden Engagements schickte, im Schlafzimmer an die Wand gepinnt. Bilder von Paris, von der Akropolis in Athen, dem Trevi-Brunnen in Rom.

Und jetzt? Etwas Neues, das nichts mit dem Mysterium zu tun hat? Dannys Miene hellt sich auf. Und er würde endlich Hongkong kennenlernen …

Laura wirft ihm wieder einen Blick zu. »Darf ich dein Lächeln als Zustimmung deuten?«

Sie tritt das Gaspedal durch, und der Citroën macht einen Satz in die Dämmerung.

»Ja!«

Danny greift nach dem Talisman, der an einem Schnürsenkel um seinen Hals hängt: Der Bund mit den Dietrichen seines Vaters – eine der wenigen Gegenstände, die den Brand überstanden haben. Fünf schmale Haken und ein ausklappbarer Spanner in einem Griff aus rostfreiem Stahl. Der Himmel allein weiß, wie viele Schlösser sein Vater damit geknackt hat. Danny betrachtet den Spanner, der sich am Schnürsenkel langsam dreht, und geht im Stillen die Namen der Werkzeuge durch: Rake, Halbdiamant, Schlange, Schneemann. Namen, die wie ein Gebet klingen. Eines, in dem er darum bittet, sich aus jeder Lage befreien zu können. Vielleicht wird es ja erhört.

Als sie zu Hause ankommen, ist es schon dunkel. Laura lässt einen Parkplatz direkt vor der Tür links liegen.

»Da hätten wir parken können.«

»Mist«, seufzt sie und fährt auf einen anderen, zwanzig Häuser weiter die Straße hinauf. »War wohl abgelenkt.«

Bevor sie die Haustür aufschließt, blickt sie kurz über die Schulter. Ihr Blick ist sehr wachsam. Hält sie etwa nach irgendjemandem oder nach irgendetwas Ausschau? Danny freut sich zwar, wieder zu Hause zu sein – in seinen eigenen vier Wänden –, aber ihr nervöser Blick entgeht ihm nicht.

»Komm schon, Danny!«, ruft Laura und schaltet die Alarmanlage aus.

Danny dreht sich um und lässt einen Blick über die Straße schweifen. Niemand da. Er sieht nur die vereisten Windschutzscheiben der Autos. Vielleicht geht die Fantasie mit mir durch, denkt er und wendet sich ab, um zu seinem Zimmer hinaufzugehen.

»Du kannst deine Schuluniform in den Korb tun«, sagt Laura. »Ich wasche sie nach unserer Rückkehr.«

Tief in der hinteren Hosentasche steckt der Zettel mit dem Diagramm. Er hat ihn ebenso vergessen wie die Frage, die er dazu stellen wollte.

Zwei Tage später stehen sie im Terminal 5 von Heathrow Airport in der Schlange, um einzuchecken.

Alles läuft wie am Schnürchen, denn Laura hat die Reise ungewöhnlich glatt und geräuschlos organisiert. Normalerweise wird sie hektisch, verlegt etwas und telefoniert danach wie wild in der Gegend herum, nur um das Gesuchte urplötzlich in irgendeiner

Ecke wiederzufinden. Danny ahnt, dass alles – die Umbuchung des Fluges und das zusätzliche Ticket für ihn – längst geplant war. Ja, Lauras Verhalten ist echt sonderbar, und obwohl er sich zum ersten Mal seit langer Zeit wieder richtig aufgeregt und lebendig fühlt, behält er sie im Auge.

Laura studiert das E-Ticket und zieht eine Grimasse. »Mann, ich wünschte, die Zeitung hätte Geld für die Premium-Economy-Klasse lockergemacht. Ich muss arbeiten. Und eine Runde schlafen.«

Sie betrachtet Dannys kleine, auf dem Fußboden stehende Tasche. »Hast du auch wirklich alles dabei?«

»Ich nehme immer nur das Nötigste mit. Papa meinte, zu viele Dinge …«

»… sind nur Ballast im Leben. Ja, ja, das kenne ich. Und ich habe es einmal zu oft gehört.«

Danny hat tatsächlich nur das Nötigste dabei: Spielkarten, iPod, ein paar Klamotten. Er wollte auch das *Buch der Fluchten* einpacken, fand aber, dass es zu Hause besser aufgehoben sei. Er wird nach seiner Rückkehr über den verschlüsselten Geheimnissen brüten.

Laura wirft einen skeptischen Blick auf ihre Taschen, die bis zum Platzen mit Notizbüchern, Fotoausrüstung und Akten gefüllt sind. Während sie sich langsam zum Schalter vorarbeitet und dabei eine Reisetasche mit dem Fuß vor sich herschiebt, dreht sie sich wiederholt um. Schon wieder dieser wachsame und angespannte Blick. Irgendetwas stimmt nicht. Was mag das sein? Danny folgt ihrem Blick, aber in der großen, hellen Halle fällt ihm nichts auf.

»Alles in Ordnung mit dir, Tante Laura?«

»*Perfecto.* Ah, wir sind dran.«

Die Angestellte von British Airways schenkt Danny ein geübtes Zahnpastalächeln, während sie das Passbild mit seinem Gesicht vergleicht.

»Danny Woo? Du fliegst also nach Hause?«

Was soll er darauf antworten? Der Wohnanhänger im Mysterium *war* sein Zuhause, wenn auch eines, das jede Woche an einem anderen Ort stand. Aber das ist nun vorbei. Ballstone ist definitiv kein »Zuhause«. Und Tante Lauras Haus? Auch nicht wirklich. Ich bin nicht mehr der Junge, der ich einmal war, der Zirkusjunge, der Mama und Papa und den anderen zugeschaut hat. Und ein Ballstone-Schüler bin ich schon gar nicht.

In der Schule muss er sich ständig dagegen wehren, als schräger Außenseiter oder als todtrauriges Waisenkind wie aus einem viktorianischen Roman abgestempelt zu werden.

Wenn ich nirgendwo hinpasse, fragt er sich, wer bin ich dann überhaupt?

»Du wirst doch wohl wissen, wo du zu Hause bist, junger Mann!«

Die Frau ist etwas zu überheblich, und das reizt ihn zu einem Experiment. Gut, denkt er, ich tue Laura einen Gefallen und mache es wie mein Vater – ich werde sie durch meine Mimik für mich einnehmen.

»Ja, in gewisser Weise fliege ich nach Hause«, sagt er. »Ich habe den Nachnamen meiner Mutter. Dort, wo sie herkommt, wird man traditionell nach der Mutter benannt.«

»Ach, wirklich? Und woher stammt sie?«

»Aus einem chinesischen Zirkus.«

»Wie ungewöhnlich!«

»Unser Zirkus war allerdings europäisch. Das Mysterium«, sagt er und fixiert ihren Blick, damit sie die strahlenden Farben seiner Augen wahrnimmt.

»Meine Güte.«

»Wir waren überall. Deutschland, Italien, Amerika …«

Er beginnt, die Bewegungen ihrer Augen und Augenbrauen nachzuahmen. Wenn sie sich an der Stirn kratzt, kratzt er sich auch an der Stirn, wenn sie die Hände auf die Tastatur senkt, ahmt er sie nach.

Laura wühlt derweil in ihrer ledernen Umhängetasche. »Wo zum Teufel habe ich meinen Pass hingetan?«

Die Dame von British Airways zögert und wirft Danny einen verunsicherten Blick zu. Das ist der richtige Moment. Er reißt die Augen weit auf, schaut ihr tief in die Pupillen und schwenkt dann eine Hand vor ihrem Gesicht. »Wir haben gestern ein Upgrade gemacht. Buchungsnummer IS4JS«, sagt er.

Die Frau schaut auf ihren Bildschirm, und während sie dies tut, klopft er mit den Fingerknöcheln laut auf den Tresen des Schalters. »Zur Business-Class«, sagt er mit fester Stimme.

Laura öffnet den Mund, aber er tritt ihr auf den Fuß – und sie zückt stumm ihren Pass. Die Angestellte blinzelt mehrmals, tippt auf der Tastatur, blinzelt dann wieder.

»… Ja, richtig. Glaube ich. Business-Class. Wie schön für Sie. Hier sind Ihre Bordkarten.«

Sie gehen zur Sicherheitsschleuse und lassen die Frau zurück, die verwirrt ihren Bildschirm anstarrt. Danny bemerkt, dass ihn eine unbändige Freude erfüllt. Er geht so federnd, als wäre er gerade um mehrere Zentimeter gewachsen. Ich habe es geschafft, denkt er. Und es war ein Kinderspiel.

»Böser Junge«, sagt Laura lächelnd. »Ein Trick deines Vaters, nehme ich an?«

»Das ist die ›Spiegelkraft‹. Man imitiert den Atem und die Bewegungen seines Gegenübers, bis er ganz entspannt ist.« Er zuckt mit den Schultern. »Und dann überrumpelt man ihn mit seinem Anliegen. Funktioniert leider nicht bei Lehrern.«

»Und bei deinen Freunden?«

Danny legt den Bund mit den Dietrichen in die Plastikschale. Er zuckt wieder mit den Schultern. Freunde? In der Schule gibt es ein paar Jungen, mit denen er reden kann, aber niemanden, den er als »Freund« bezeichnen würde. Freunde, wie er sie im Mysterium hatte, gibt es dort nicht. Im Zirkus sei Freundschaft eine ernste und bedeutsame Sache, sagte seine Mutter immer. Denn man müsse sich auf die anderen verlassen können – und umgekehrt –, wenn man über ein Hochseil balanciere oder von seinem Ehemann in der Mitte durchgesägt werde.

Laura schaut zu, wie er tief in Gedanken versunken durch die Schleuse des Metalldetektors geht. Hinten auf seinem T-Shirt stehen die Termine der schicksalhaften letzten Tournee des Mysteriums – die mit der WUNDERKAMMER-Show. Eine Liste europäischer Städte, alle in Blockbuchstaben, die verrät, wo sie aufgetreten sind. In Berlin war dann Schluss, in den nachfolgenden Orten waren sie nicht mehr. Nach der Tragödie löste sich die Truppe auf. Sie lebt nur noch in der Erinnerung.

Laura legt ihre Stirn in tiefe Falten und versucht ihre Gefühle in den Griff zu bekommen. Dann folgt sie Danny durch die Schleuse. Sie würde gern glauben, dass sie mit dieser Reise nach Hongkong das Richtige tut, aber ein leiser Zweifel bleibt.

VIER

* * * * * * * * * * * * * * *

Wie man durch die Zeit reist

Die Boeing 777 schießt durch die Nacht. Danny macht es sich gemütlich und genießt den Flug. Als kleines Kind ist er zwar Zehntausende von Kilometern gereist, saß aber meist vorn in einem der dunkelblauen Lkws des Mysteriums oder, wenn sie wieder einmal auf einer endlos langen, europäischen Autobahn unterwegs waren, im Van neben seinem Vater. An die Tour durch die USA kann er sich nicht erinnern, denn er war damals noch zu klein, an Südamerika erinnert er sich nur bruchstückhaft. Deshalb ist dieser Langstreckenflug eine vollkommen neue Erfahrung.

Mir hat das Reisen gefehlt, denkt er. Neue Sinneseindrücke. Das Gefühl beim Eintreffen in einer fremden Stadt. Andere Menschen. Auf der Landkarte, die der kleine Bildschirm zeigt, weichen die Namen der westeuropäischen Städte allmählich jenen russischer Orte, die ihm vollkommen unbekannt sind.

»Fühlt es sich komisch an, diese Reise am Ende doch noch zu machen?«, fragt Laura. »Denkst du oft an deine Mama?«

»Irgendwie schon.«

»An deinen Papa sicher auch.«

Danny beißt sich auf die Lippe. In Wahrheit weiß er nicht, was er denken soll. Er weiß nicht einmal, ob er über seine Eltern nachdenken *will.*

Vielleicht hilft Hongkong, denkt er, und er wiederholt diese Worte im Stillen wie ein Mantra. Aber die Stadt könnte auch schmerzhafte Erinnerungen wecken. Wenn seine Mama von China erzählte, dann voller Sehnsucht: vom Essen und dem Wetter, von den Tempeln, den blühenden Hügeln, dem Hinterland. Aber wenn er ihr mehr entlocken wollte – vor allem, um mehr über ihr früheres Leben in Hongkong zu erfahren –, verstummte sie und wechselte das Thema. Und wenn sie auf seine hartnäckigen Fragen hin schließlich versprach, eines Tages gemeinsam mit ihm dorthin zu reisen, klang das in seinen Ohren immer so, als würde dieser Tag nie kommen.

»Schade, dass ich kaum noch Kantonesisch kann. Mama hat es manchmal gesprochen, aber am Ende sind wir dann doch bei Englisch gelandet.«

»Dein Vater hatte viele Talente«, sagt Laura. »Aber er war nicht sprachbegabt. Gut möglich, dass dir nach einer Weile manches wieder einfällt. Außerdem sprechen fast alle Leute Englisch, die mit Touristen zu tun haben. Ist schließlich noch nicht lange her, dass wir die Kronkolonie an China zurückgegeben haben!«

»Kannst du mir etwas über die Story erzählen, an der du gerade arbeitest?«

»Ach, das würde dich nur langweilen, Danny,«, antwortet Laura etwas zu heiter. »Genieß die Zeit mit Zamora. Iss Nudeln. Und überlass mir die Ganoven.«

»Ich glaube, du verschweigst mir etwas, Tante Laura.«

»Bestimmt nicht, Danny. Ehrlich. Großes Ehrenwort.«

»Ich bin kein kleines Kind mehr«, unterbricht er sie. »Du verschweigst mir irgendetwas, und es hat mit dieser Reise zu tun.«

Er klingt schärfer als beabsichtigt. Aber es ärgert ihn, dass er nie eine Antwort auf Fragen bekommt, die irgendwie heikel sind. Zum Beispiel auf Fragen zum Tod seiner Eltern. Damals, nach dem Brand, waren natürlich alle hilfsbereit und nett, vor allem Laura, und dafür ist er dankbar, denn sie war eine große Stütze, als er unter Schock stand. Ihre Fürsorge linderte die schmerzhafte Sehnsucht nach seinem Vater, der ihm die Wunder der Welt so oft mit seiner Bassstimme erklärt hatte, und nach der unerschütterlichen Zuversicht und dem strahlenden Lächeln seiner Mutter. Nach der Liebe, die seine Eltern ihm gaben. Inzwischen hat er gelernt, mit diesen Verlusten klarzukommen. Jedenfalls im Großen und Ganzen.

Er schafft es auch meist, die Bilder des niedergebrannten Wohnanhängers und der mit weißen Laken zugedeckten Tragen zu verdrängen, die Erinnerung an die Totenstille, die sich damals über den Lagerplatz des Mysteriums senkte. Mit all diesen Erinnerungen kann er umgehen.

Einigermaßen jedenfalls.

Aber dass niemand, nicht einmal Laura, offen auf die »heiklen« Fragen antwortet, kann er nicht verstehen.

»Glaubst du, das würde mich überfordern? Ich bin doch kein kleines Kind mehr, Tante Laura.«

»Stimmt, Danny. Da hast du Recht.« Sie schaut sich im Flugzeug um, dann flüstert sie: »Es geht um eine besonders üble Bande der Triaden.«

»Triaden?«

»Organisiertes Verbrechen. Gibt es seit Jahrhunderten. Die Triaden ähneln der Mafia – sie sind im Geheimen tätig und halten sich an einen strengen Ehrenkodex. Die Bande, mit der ich mich beschäftige, heißt Schwarzer Drache und besteht aus aufstrebenden Kriminellen, die sich in der chinesischen Unterwelt einen Platz erobern wollen. Sie haben Verbindungen bis nach Großbritannien. Ich will ihnen auf den Zahn fühlen und mit Bandenmitgliedern sprechen, falls möglich. Ich will beweisen, wie gefährlich diese Leute sind. Sie sind keine Helden. Sondern einfach nur Verbrecher.«

»Und was tun sie?«

»Die meisten Banden bleiben bei Drogen, Pornografie und Menschenhandel. Aber diese Truppe hat ihre Finger überall mit im Spiel. Sie mischt auch bei Entführungen mit. Und die Leute zahlen das geforderte Lösegeld, weil sie merken, dass mit dem Drachen nicht zu spaßen ist.«

»Woran merken sie das?«

Laura trommelt mit den Fingern auf das Klapptischchen. »Man verschickt Haarsträhnen des Entführungsopfers und fordert die Angehörigen auf, rasch zu zahlen. Wenn nicht gezahlt wird, schickt man etwas anderes.«

»Was denn?«

»Eine Dose mit gedämpftem Dim Sum, eingepackt wie ein Geschenk. Eine Teigtasche enthält dann den kleinen Finger des

Entführten. Oder sogar beide.« Laura lacht entschuldigend. »Wie gesagt, Danny: Sie haben ›ihre Finger überall mit im Spiel‹. Ich suche nur einen Slogan. Wenn ich mich nicht irre, benutzen sie Bolzenschneider zum Abtrennen der Gliedmaßen.«

»Und woran erkennt man, wessen Finger es ist?«

Laura wackelt mit ihrem kleinen Finger vor seinem Gesicht. »Würdest du dieses kurze, rosige Ding etwa nicht erkennen?«

Danny hat plötzlich Lauras Finger vor Augen, abgetrennt und blutig auf einem weißen Teller liegend. Sein Magen krampft sich zusammen, und er zieht eine Grimasse. »Und wie willst du Kontakt aufnehmen? Zu den Mitgliedern des Schwarzen Drachen?«

»Zu viel Neugier kann tödlich sein. Weißt du das nicht?«

»Scheint dich nicht abzuschrecken.«

»Ich bin wie eine Katze, Danny. Ich habe sieben Leben.«

»Mama hat immer gesagt: Wenn etwas schiefläuft ...«

»Und außerdem«, fügt Laura rasch hinzu, »habe ich einen guten Informanten bei der Hongkonger Polizei. Dezernat für Triaden und organisiertes Verbrechen, kurz OCTB. Morgen treffe ich den Mann. Er ist ein anständiger Typ, keiner dieser bestechlichen Wendehälse.«

Die Stewardess hält mit dem Rollwagen neben ihnen.

»Wir haben englisches und chinesisches Essen im Angebot, junger Mann«, sagt die Stewardess. »Was magst du lieber? Würstchen mit Kartoffelbrei oder eine leckere Auswahl von Dim Sum ...«

»Würstchen mit Kartoffelbrei«, sagt Danny wie aus der Pistole geschossen, denn das Bild von Lauras abgetrenntem Finger ist ihm noch deutlich vor Augen. Aber dann ändert er seine Meinung. »Nein. Ich nehme Dim Sum. Danke.«

»Gute Wahl«, sagt Laura. »Immerhin kehrst du in gewisser Hinsicht nach Hause zurück!«

Nach dem Essen schiebt er das Rollo hoch und schaut aus dem Fenster in die Dunkelheit. Laura tippt wie besessen auf dem Laptop und summt dabei vor sich hin. Das tut sie immer, wenn sie an einer Story arbeitet. Sein Vater hätte anhand der unwillkürlichen Bewegungen der winzigen Gesichtsmuskeln viel über Lauras Gedanken und Gefühle sagen können. Oder anhand ihrer Schulterhaltung. Danny weiß zwar theoretisch, wie das funktioniert, doch ihm fehlt die Erfahrung, um genaue Schlussfolgerungen ziehen zu können. Abwarten und Tee trinken, denkt er.

Die Triebwerke dröhnen, und während er zusieht, wie sich an der Scheibe Eiskristalle bilden, fallen seine Augen halb zu. Er versinkt in einem Tagtraum, gleitet durch die Zeit zurück, und die Erinnerungen an damals treten ihm lebhaft vor Augen. Wenn er nicht aufpasst, holen sie ihn ein – bruchstückhaft, zerfetzt …

Plötzlich ist er wieder im Mysterium. Kaleidoskopartige Bilder steigen in ihm auf. Er sieht, wie die Hochseilakrobatinnen nach ihrem beinahe burlesken Auftritt von den hoch oben gespannten, rotseidenen Seilen springen, begleitet von Jubel, Applaus und anfeuernden Pfiffen.

Im Halbschlaf folgt er der Erinnerung, sieht, wie der bärtige E-Gitarrist und die hübsche tätowierte Cellistin zu ihren Plätzen im Zeltgestänge hinaufklettern und die hypnotischen Riffs anstimmen, die die neue Entfesselungsnummer seines Vaters ankündigen. Die verstärkte Musik pulsiert im ganzen Zirkuszelt.

… und da ist auch seine Mutter, die im Künstlereingang steht und durch den Vorhang zuschaut, die leuchtend grünen Augen auf seinen Vater gerichtet, der gerade in Ketten und Zwangsjacke gelegt wird. Sie schaut fast nie zu, aber dies ist eine Premiere. Sie kann nicht anders, und ihre Miene scheint angespannter als üblich.

Und dort, hell angestrahlt, steht das Wasserbecken wie eine Todeszelle, die auf ihren Gefangenen wartet. Danny hat alle Details so deutlich vor Augen, als wäre er vor Ort. Es ist eine Abwandlung von Houdinis berühmter Entfesselungsnummer: Ein Glasbehälter von der Größe eines kleinen Fahrstuhls, randvoll mit Wasser. Das Holzgestell, in dem er ruht, ist frisch in Rot gestrichen, das Wasser reflektiert Houdinis dramatisches Werbeplakat, das man auf den Glastank projiziert.

Dann werden die Füße seines Vaters in hässliche Schellen gezwängt, und die Winde zieht ihn hoch, bis er kopfüber an der Kette hängt und in die erwartungsvollen Gesichter der Zuschauer lächelt. Die Scheinwerfer gleiten über seine muskulöse Gestalt und über Zamora, der die Axt bereithält, »für den Notfall« und um die Dramatik zu steigern. Er wird sie nicht brauchen. Dannys Vater versagt nie.

Die Zwangsjacke und mit Vorhängeschlössern gesicherte Ketten fesseln seine Arme fest an den Oberkörper. Er schwebt noch kurz in der Luft, dann taucht er mit einem Platschen kopfüber ins Wasser …

Luftblasen entströmen Mund und Nase, während er sich im Glastank windet und dreht. Eine Sanduhr, die man auf das Becken projiziert, misst die Zeit. Die Musik wird immer lauter. Die Haare seines Vaters treiben wie Seetang im aufgewühlten Wasser, Konzentration und Anstrengung stehen ihm ins Gesicht geschrieben. Noch zwei Minuten, dann wird er ertrinken.

Der Glastank wankt leicht, als er alle Kraft sammelt, um sich zu befreien. Er krümmt sich, dann spannt er die Muskeln an, um die Fesseln zu lösen. Wasser schwappt aus dem Tank, läuft über das Glas, verzerrt seine Gestalt.

Doch irgendetwas stimmt nicht. Es dauert viel zu lange. Zu diesem Zeitpunkt hat er sich normalerweise immer schon von den ersten Fesseln befreit. Aus der Nähe wirkt sein Vater ängstlich. Ja entsetzt ... Die Stoppuhr tickt in Dannys Hand. Los, Papa! Los ...

»He, Danny!«

Laura tippt ihm auf die Schulter und reißt ihn zurück in die Gegenwart. Die Triebwerke dröhnen. »Wenn du müde bist, nimm dir ein Kissen und eine Decke. Dann hast du es gemütlicher.«

Er dreht sich verschlafen zu ihr um. Sein Wachtraum hat ihn auf eine Idee gebracht.

»Hast du die Entfesselungsnummer im Wassertank gesehen, Tante Laura? Bei einer Probe, meine ich?«

»Ich hatte leider nie die Zeit.« Sie seufzt.

»Irgendetwas war faul daran – an der Art, wie es damals schiefging, meine ich. Und kurz darauf der Brand ...«

»Wir haben das so oft durchgekaut, Danny ...«

»Du hast gesagt, dass wir irgendwann alles noch einmal durchdenken.«

»Die Polizei hat gründliche Nachforschungen angestellt. Es war ein Unfalltod.«

»Aber meine Eltern waren immer so vorsichtig …«

»Du kennst den Untersuchungsbericht, und er ist ganz sicher hieb- und stichfest. Solche Unfälle können passieren.«

Schon wieder. Niemand will auf ihn hören. Als er im letzten Jahr auf seinen Zweifeln beharrte, erklärte ihm ein Psychologe, dass seine Reaktion vom Schock käme. Es sei, erklärte er, eben unbegreiflich, dass Menschen – noch dazu solche, die dem Tod täglich ins Gesicht geblickt und ihm stets ein Schnippchen geschlagen hätten – auf einmal verschwinden würden, nur weil ein Herd in Flammen aufgegangen sei.

»Schwachsinn. Zwei Katastrophen innerhalb einer Woche? Das kann nicht sein.«

Laura seufzt. »Das Leben erwischt uns manchmal auf dem falschen Fuß, Danny. Das passiert. Wir wissen nicht, ob das, was hinter der nächsten Ecke auf uns wartet, gut oder schlecht ist.«

»Aber Papa hat immer gesagt …«

»Dein Papa war nicht allwissend, Danny. Obwohl er sich das gern eingebildet hat. Wir tappen manchmal im Dunkeln. Das ist bedauerlich, aber nicht zu ändern.«

Danny nickt, ist aber nicht überzeugt. Ein fehlgeschlagener Entfesselungsversuch kann vorkommen. Aber zwei Unfälle innerhalb so kurzer Zeit? Nein. Da stimmt etwas nicht – das hat er von Anfang an gespürt.

Er blickt wieder in die Nacht. Von den fremden Ländern, die tief unten vorbeiziehen, ist nichts zu sehen.

»Schlaf ein bisschen, Danny.«

Aber als er schließlich einnickt, sind seine Träume dunkel und verstörend. Erfüllt von brausendem, brodelndem Wasser, das über seinem Kopf zusammenschlägt.

FÜNF

* * * * * * * * * * * * * *

Wie man Menschen unvoreingenommen beurteilt

Sonnenlicht fällt durch die Scheiben des riesigen Hongkonger Flughafens. In der Ferne erheben sich dicht bewaldete Hügel. Beim Anblick ihrer fremdartigen Silhouetten ist Danny plötzlich aufgeregt und freut sich darauf, Hongkong endlich kennenzulernen. Und Zamora wiederzusehen.

In der Ankunftshalle herrscht dichtes Gedränge, aber Zamora ist nicht zu übersehen. Er ist zwar wesentlich kleiner als alle anderen, steht aber auf Zehenspitzen hinter der Absperrung und trägt sein Markenzeichen, die Melone, schief auf dem Kopf. Er streicht mit einer Hand den Schnurrbart glatt. Bei Dannys Anblick breitet sich ein Lächeln auf seinem Gesicht aus, und er eilt mit hoch erhobenem Kopf auf sie zu und schwenkt die Arme.

»Da bist du ja, da bist du ja, Mister Danny. Miss Laura!« Er nimmt Danny fest in den Arm und hebt ihn hoch. »Du kannst mir schon auf den Kopf spucken. Ah, ich wusste es. Musste wohl so kommen.«

»Es ist so lange her …«, sagt Danny, der nach der Umarmung erst einmal zu Atem kommen muss. Er würde gern mehr sagen, aber ihm fehlen die Worte.

»Kein Problem für uns, Mister Danny. *¡No hay problema!* Alten

Freundschaften kann die Zeit nichts anhaben. Und jetzt sind wir wieder vereint. Nur das zählt.« Er gibt Danny einen spielerischen Knuff gegen die Schulter.

»Wie ist das Hotel?«, fragt Laura.

»Etwas zu edel. Musste meine hübschen Bilder unter einem Hemd verstecken.« Zamora lässt die Oberarmmuskeln spielen, und die Tätowierungen der Nixen und Tiger hüpfen und winden sich. »Ansonsten wie bestellt. Anonym. Zentral gelegen.«

»Dann mal los, Jungs«, sagt Laura.

Zamora schiebt den Gepäckwagen durch das Gedränge und spricht immer wieder über die Schulter. »Wir werden uns amüsieren, was, Mister Danny? Einander auf den neuesten Stand bringen, über alte Zeiten plaudern ... Und ESSEN, mein Gott! Du weißt doch, es heißt: Essen ist ein wichtiger Bestandteil ausgewogener Ernährung! Was macht die Zauberei?«

Danny lächelt. »Ich zeige dir den Springenden Mann. Ich beherrsche ihn fast aus dem Effeff.« Die langen anderthalb Jahre, die seit dem verschneiten Tag in Berlin vergangen sind, schmelzen zu einem Nichts zusammen.

»Zeige nie einen Trick, solange du nicht überzeugt bist, ihn wirklich zu beherrschen«, sagt Zamora. »He! Sag mir, dass ich gewachsen bin!«

Das ist ein alter Scherz zwischen ihnen. »Ja, Major, du bist gewachsen.«

»Ein Meter dreißig! Nicht übel für jemanden mit Achondroplasie, *no*? Hat Laura dir von dem Ärger erzählt, den sie an den Hacken ...«

»Schon einen Fahrer gefunden?«, unterbricht Laura ihn. »Ich muss sofort loslegen.«

Dass sie es eilig hat, ist nicht zu übersehen. Aber Danny hat das Gefühl, dass sie vor ihrem Vorhaben zurückschreckt.

»Welcher Ärger?«

»Ach«, winkt Laura ab, »zu viel um die Ohren und zu wenig Zeit. Wie immer. Was ist mit dem Fahrer?«

Zamora wechselt geschmeidig das Thema. »Oh, ja. Netter Kerl. Muss hier irgendwo sein.« Er stemmt sich auf die Griffe des Gepäckwagens und wirft einen Blick über die Menge. »Da ist er. Mr Kwan.«

Ein kurzer, rundlicher Mann – kaum größer als der Major – kommt auf sie zu und greift nach einem Koffer.

»Freut mich, Sie kennenzulernen«, sagt er, nickt und beäugt sie durch dicke runde Brillengläser. Er erinnert Danny an die Schleiereule, die das Publikum im Eingang des Mysteriums empfing. Sie sah immer so aus, als würde sie nicht begreifen, wo sie war – und nutzte die erste Gelegenheit, um in eine dunkle spanische Nacht zu fliehen. Diese Ähnlichkeit macht ihm Mr Kwan sympathisch.

»Hier entlang, bitte«, sagt der Taxifahrer und führt sie durch die Drehtüren. Danny hat das Gefühl, gegen eine Wand aus stickiger Luft zu prallen. Die Sonne brennt heiß auf seinen Nacken. Vor kurzem war er noch im grauen, öden Ballstone, nun steht er hier in der Vormittagshitze und hört ringsumher den Singsang des Kantonesischen – und das weckt etwas, das tief in seinem Inneren verborgen ist. Vielleicht eine geerbte Erinnerung? Er schärft seine Sinne, versucht alles in sich aufzunehmen.

Kwans rot-weißes Taxi steht schon bereit. Die verbeulte Karosserie glitzert in der Sonne, auf der Fahrertür klebt Werbung für Zahnersatz. Diese Seite des Autos sieht aus, als wäre sie mit einem Vorschlaghammer bearbeitet worden. Laura zieht eine Augenbraue hoch, als Kwan das Gepäck in den Kofferraum knallt.

»Nicht nach dem Äußeren urteilen«, flüstert Zamora. »Das hat dein Bruder immer gesagt, Miss Laura.«

»Hauptsache, er kann die Schrottkarre fahren.«

»Denk an die Worte Shakespeares, Miss Laura: ›Es ist nicht alles Gold, was glänzt.‹ Und umgekehrt. Mr Kwan ist in Ordnung. Habe ihn aus der dritten Reihe gefischt, wie von dir verlangt.«

»Verstehe.«

»Wenn jemand weiß, was es heißt, vorschnell beurteilt zu werden, dann bin ich das«, murmelt Zamora.

Danny beobachtet die in den Terminal drängenden und herausströmenden Reisenden. Ich bin bereit, denkt er. Gutes Gefühl, hier zu sein.

Ganz in der Nähe lehnt ein hochgewachsener Mann an einem Laternenpfahl, das Handy lässig am Ohr. Der Sonnenschein fällt auf seinen makellos sauberen, weißen Leinenanzug. Er scheint in ein Gespräch vertieft zu sein, wirft ihnen jedoch einen kurzen Blick zu.

Danny bemerkt diesen Blick, obwohl so viele neue Eindrücke auf ihn einströmen. Der Major zieht natürlich überall Blicke auf sich – und beschwert sich darüber, wenn er gerade einen schlechten Tag hat –, aber der Widerspruch zwischen dem stechenden Blick und der entspannten Haltung des Mannes weckt Dannys

Misstrauen. »Achte auf Unstimmigkeiten«, hatte sein Vater immer gesagt. »Achte auf Details.«

In dem Moment klappt der Mann das Handy zu, steckt es ein und schlendert zum Terminal, als hätte er alle Zeit der Welt.

»Auf geht's«, sagt Zamora und steigt hinten in Kwans Taxi. »Deine Tante hat es brandeilig. Wie immer. Und ich habe einen Mordshunger.«

Kwan wendet das Taxi, und sie fahren zur Schnellstraße.

»Wie gut, dass ihr hier gelandet seid. Der alte Flughafen war die Hölle, glaubt mir«, sagt Zamora. »Und das Gegenteil von sicher.«

Danny dreht sich noch einmal zum Terminal um – und sieht, wie der Mann im weißen Anzug über den Asphalt rennt und das nächste Taxi in der Schlange mit einem Fingerschnippen heranwinkt. Er bewegt sich sehr präzise, und als er auf den Rücksitz springt, zieht er den langen, schmalen Kopf ein – und schaut dabei in ihre Richtung.

»Bei Seitenwind war es absolut grauenhaft«, fährt der Major fort. »Die Flugzeuge wurden abgetrieben …«

Aber Danny hört nicht zu. Das Verhalten des Mannes im weißen Anzug hat seine Neugier geweckt, und er schaut sich nach dem anderen Taxi um. Da ist es. Dicht hinter ihnen.

Es folgt ihnen über mehrere Kreuzungen und danach auf der Zufahrt zum North Lantau Highway. Die meisten Taxis, die vom Flughafen kommen, nehmen diese Route, aber der Mann hat kein Gepäck und ist sofort nach ihrer Abfahrt in das Taxi gesprungen. Merkwürdig.

Kwan wischt mit einem roten Taschentuch über seine Stirn und gibt Gas. Sie fahren auf eine elegante Hängebrücke, deren Stahlseile sich als Netz vor dem Himmel abzeichnen. Zamora tippt Danny auf die Schulter und lenkt ihn von dem Taxi ab, das ihnen folgt.

»Schau mal, Danny.«

Hongkong und sein Hafen dehnen sich in einem atemberaubend weiten Bogen unter ihnen aus. Boote pflügen träge weiße Furchen in das Wasser. Die grünen Hügel entlang der Bucht schwingen sich auf und ab und wieder auf. Überall Wolkenkratzer, die im Licht glitzern, steile Türme aus Glas und Stahl, direkt am Wasser.

»Einer der am dichtesten bevölkerten Orte der Welt«, sagt Laura. »Darum baut man in die Höhe. Höher und immer höher.«

»Und ich mit meiner Höhenangst«, sagt Zamora mit einer Grimasse. *»¡Ay caramba!«*

Die Schnellstraße schlängelt sich unter Brücken hindurch, führt über riesige Kreuzungen. Danny vertieft sich in den Anblick der immer näher kommenden Stadt. Chinesisch beschriftete Straßenschilder sausen vorbei, verschlüsselte Nachrichten, für Sprachkundige verständlich, doch ein Rätsel für Danny.

»Komischer Gedanke, dass Mama hier aufgewachsen ist«, sagt Danny, während die Stadt ringsumher immer weiter in die Höhe wächst.

»Wie meinst du das, Danny?«, fragt Laura.

»Na, sie hatte hier ein richtiges Leben, von dem ich nichts weiß.«

»Vielleicht erfährst du bald mehr …«

Danny lächelt. »Ich bin echt froh, dass ich mitgekommen bin.«

»Schön. Ich bin überzeugt, dass es richtig ist.«

Kwan steuert sie sicher durch den dichten Verkehr und nimmt dann eine Abfahrt zum Tunnel, der unter der Bucht in Richtung Hongkong-Insel führt.

Danny wirft einen Blick durch die Heckscheibe. Ob uns das Taxi noch folgt?, fragt er sich. Er sieht mindestens zwanzig rotweiße Taxis. Unmöglich zu sagen, welches das richtige ist. Vielleicht war es ja auch nur Einbildung.

Er hält lange Ausschau, dann wendet er sich ab.

Zamora wirft ihm einen Blick zu. Er erahnt die Gefühle, die Dannys Miene überschatten: Furcht, Aufregung, Trauer. Wird ein Drahtseilakt, denkt er. Wir müssen den Jungen dringend auf andere Gedanken bringen.

Aber wir müssen die Augen offen halten. Für den Fall der Fälle.

SECHS

* * * * * * * * * * * * * * *

Wie man seinem Instinkt vertraut

Sie biegen ab und fahren am Wasser entlang. Der Verkehr ist sehr dicht, die Autos stehen Stoßstange an Stoßstange. Manche Leute versuchen sich auf eine andere Fahrspur zu drängeln. Es wird gehupt.

Danny muss an die Khaos Klowns und ihre Blechschaden-Nummer denken – aufgemotzte Autoscooter, die einander im Zirkusring mit Rauch und Flammen rammten, und die Band spielte dazu ein lässiges Gitarrenriff. Die Hochseilakrobatinnen stürzten sich nacheinander am Bungeeseil in die Tiefe und pflückten die Fahrer von den Sitzen, und während die Klowns in den Armen der jungen Frauen in die Höhe gezogen wurden, wuchsen ihnen Engelsflügel. Danach kehrte Stille ein. Danny ertappt sich bei einem Lächeln. Er hat das Gefühl, diese Erinnerung ganz bewusst ausgewählt zu haben …

Laura unterbricht das Schweigen mit einem Klatschen. »Ich bitte um Aufmerksamkeit auf den billigen Plätzen. Ich werde Mr Kwan bitten, euch mit dem Gepäck im Pearl abzusetzen. Ich habe eine Verabredung mit Detective Tan, meinem Kontaktmann.« Sie kritzelt etwas auf eine Visitenkarte und gibt sie Danny.

»Dies ist die Adresse eines Restaurants in Mong Kok. Auf der anderen Hafenseite in Kowloon. Nehmt die Star-Fähre und trefft mich dort um Punkt zwanzig Uhr.«

Sie fahren auf den Vorplatz des Pearl Hotel, ein riesiger Kasten aus Glas, der den Victoria Harbour überragt. Als Kwan anhält, knallt der Motor, und Danny sieht, wie eine Rauchwolke aus dem Auspuff quillt.

Dahinter erblickt er wieder den Mann im weißen Anzug.

Das Taxi, vermutlich immer noch das vom Flughafen, hat etwas weiter hinter ihnen gehalten, und der große schlanke Mann steht auf dem Bürgersteig und spricht durch das offene Fenster mit dem Fahrer. Wieder sehr unverfänglich. Aber dann schaut er für den Bruchteil einer Sekunde genau in Dannys Richtung. Im nächsten Moment kommt eine grüne Straßenbahn angefahren und versperrt die Sicht.

Ein Zufall?

Danny stupst Zamora an. »Ich bin mir nicht ganz sicher, aber ich glaube, wir werden beschattet. Von einem großen Mann in einem weißen Anzug. Dreh dich langsam um.«

»Alles Einbildung, Mister Danny!«

»Ich habe ihn schon am Flughafen gesehen. Und jetzt ist er hier.«

»Dann wohnt er wahrscheinlich auch in diesem Hotel.«

Kwan stellt das Gepäck auf den Bürgersteig. Ein Page lädt es auf einen Rollwagen. »Ich packe mit an, junger Mann«, sagt Zamora, schwingt sich aus dem Taxi und stemmt mühelos zwei der größten Koffer. »Ist schließlich unser Gepäckberg.«

Laura zerzaust Dannys Stirnlocke.

»Tante Laura …«

»Keine Zeit. Ich mache mich nur schnell frisch.« Sie holt Parfüm aus ihrer Handtasche und sprüht es großzügig auf ihr Handgelenk. Danny hat den schweren Duft nie gemocht und rümpft die Nase. Laura schaut in Dannys Augen und hält eine Weile seinen Blick. »Hör auf den Major. Immer. Kapiert?«

»Aber …«

»Das muss warten.«

Danny steigt zögernd aus dem Taxi.

Laura tippt Kwan auf die Schulter. Er legt knirschend einen Gang ein und schießt in eine kaum wahrnehmbare Lücke zwischen Autos und Straßenbahn. Sekunden später ist das Taxi außer Sicht.

Danny dreht sich um. Der Mann im weißen Anzug steht noch neben dem Taxi. Er scheint kurz zu zögern, dann wirft er Danny wieder einen Blick zu – sieht ihn direkt an – und steigt rasch wieder ein. Kwans Auto ist nicht mehr zu sehen, aber der Auspuffqualm verrät, wo es sich befindet. Der Mann im weißen Anzug zeigt darauf, und sein Taxi rast los. Es streift einen Lieferwagen und saust dann auf der Connaught Road davon, begleitet von einer Fanfare wütenden Hupens.

Danny schaut ihm eine Weile nach, dann dreht er sich mit hochgezogenen Augenbrauen zu Zamora um.

»Siehst du?«

»Weiß nicht recht, Mister Danny. Ist ein verrücktes Pflaster.«

»Hast du ihn nicht gesehen?«

»Nur ein Kerl in Eile«, sagt Zamora. »Wie üblich. Wie deine Tante. Zirkusleute wie wir sind da anders.«

Er schüttelt den Kopf und geht mit gesenktem Blick durch die Drehtür. »Verrückt.«

Vielleicht ist der Mann im weißen Anzug wirklich harmlos, denkt Danny. Vielleicht hat Laura ihre Pläne auf den letzten Drücker geändert. Vielleicht hat sie ihm alles erzählt, aber er ahnt, dass sie ihm doch noch etwas vorenthält. Im Zirkus lernt man, dem sechsten Sinn zu vertrauen, dem Überlebensinstinkt. Irgendwo – im tiefsten Inneren – flüstert der eine Warnung.

Und rettet in letzter Sekunde dein Leben.

SIEBEN

* * * * * * * * * * * * * *

Wie man einem Kleinwüchsigen ein Geheimnis entlockt

Das Pearl Hotel mag anonym sein, ist aber auf jeden Fall ein ziemlich vornehmer Laden.

Topfpalmen und endlose Marmorflächen. Die uniformierten Pagen spiegeln sich in Glas und poliertem Chrom. Wohlhabende Frauen und Männer lungern gelangweilt in der Lobby herum.

Danny beobachtet Zamora, der mit der Frau an der Rezeption plaudert und wiederholt sein ansteckendes Lachen einsetzt. Die Anwesenheit des Majors beruhigt ihn, und er beschließt, die Dinge vorübergehend auf sich beruhen zu lassen, obwohl die Fragen weiter an ihm nagen. Schließlich kommt Zamora zurück und kratzt sich am Kopf.

»Wir sind im siebten Stock! Könnte schlimmer sein. Was die Höhe betrifft, meine ich.«

»Wie bist du nur im Zirkus zurechtgekommen, Major?«

»Wenn ich beschäftigt bin, zum Beispiel mit dem Motorrad auf der Wand im Kreis fahre, macht es mir nichts aus. Und die Kanonenkugel-Nummer ging immer so schnell, dass ich gar nicht gemerkt habe, wie hoch ich geflogen bin. Bis ich es eines Tages auf Video gesehen habe.«

Zamora schneidet eine Grimasse, schultert Dannys Tasche und dazu seine eigene und geht zum Fahrstuhl. Danny wirft unterwegs einen forschenden Blick zurück, denn das hastige und zielstrebige Verschwinden des Mannes im weißen Anzug will ihm nicht aus dem Kopf.

Das Zimmer im siebten Stock hat hohe Panoramafenster mit einem spektakulären Blick auf den Hafen und auf Kowloon, das sich auf der anderen Wasserseite erstreckt. Wolken ballen sich über den Hügeln zusammen, hinter denen China beginnt. Zamora tritt ans Fenster. Er scheint sich nicht ganz wohl zu fühlen, während er den Himmel betrachtet.

»Was machen wir zuerst, Mister Danny? Willst du mir den Trick mit dem springenden Mann zeigen?«

»Ja. Ich hole meine Karten.«

»Alles klar. Dann werden wir ja sehen …«

Zamora verstummt mitten im Satz und neigt den Kopf zur Seite, als würde er auf etwas horchen. Außer dem Summen der Klimaanlage ist nichts zu hören, aber der Major legt die Stirn in tiefe Falten.

»Weißt du was? Du übst den Trick ein paarmal. Ich rede währenddessen mit der Concierge. Bin gleich wieder da.«

Nun runzelt Danny die Stirn. Zamoras Stimme klingt eindeutig angespannt.

»Wenn ich zurückkomme, benutze ich unser geheimes Klopfzeichen. Wie in den guten alten Zeiten, *no*?«

Danny setzt sich verwirrt ans Fenster. Er mischt die Karten und schaut zu, wie Zamora zur Tür schleicht und stehen bleibt, angestrengt horcht und schließlich aus dem Zimmer gleitet. Er brummelt auf Spanisch vor sich hin, und dann fällt die Tür mit einem Klicken ins Schloss.

Sonderbar. Hier stimmt irgendetwas nicht, aber man weiht ihn nicht ein. Danny packt die Karten weg, geht lautlos durch das Zimmer und bleibt vor der Tür stehen – ja, da ist ein leises Geräusch. Als würde jemand angestrengt und keuchend atmen. Was ist da los?

Danny reißt die Tür auf. Der auf dem Fußboden hockende Zamora purzelt fast ins Zimmer und sieht schuldbewusst zu Danny auf. Was tut er da?

Er hält ein Papiertaschentuch in der Hand. Ganz unten auf der Tür ist eine Kreidemarkierung zu erkennen.

»Irgendein dummer Kinderstreich, schätze ich«, sagt Zamora.

Aber die Reste der Markierung lassen Danny aufmerken: zweieinhalb winzige Punktreihen unten auf der Tür. Darüber sind sie schon verwischt.

»Ich mache es nur noch schlimmer«, sagt Zamora und reibt wieder auf den Markierungen herum.

Während die letzten Punkte verschwinden, hat Danny das Gefühl, dergleichen schon einmal gesehen zu haben. Und zwar erst kürzlich.

Er schließt die Augen? Hier in Hongkong? Nein, vorher. Aus wie vielen Punkten bestand eine Reihe? Sechs? In der Schule, nach der Explosion. Er erinnert sich an den versengten Zettel, den er in die hintere Hosentasche gesteckt hat.

»Major«, sagt Danny, »ein solches Muster habe ich letzte Woche in der Schule gesehen. Ein aus sieben mal sieben Punkten bestehendes Quadrat. Sah das hier auch so aus?«

Der Muskelmann erstarrt und holt durch zusammengebissene Zähne zischend Luft. Er täuscht Unbekümmertheit vor – wie früher, wenn er sich in den Lauf der Federdruckkanone zwängte.

»Sieben mal sieben, sagst du? In der Schule?«

»Ja. Nach der Explosion.«

»Hast du Miss Laura davon erzählt?«

»Nein. Ich hatte es zwischendurch vergessen.«

Zamora steht auf, steckt das Taschentuch ein und geht zum Telefon, das im Zimmer auf einem Tisch steht. »Ich rufe sie kurz an.«

»Was hat das zu bedeuten?«

»Hm«, brummt Zamora. »Was denn?«

»Das Muster.«

Zamora bläst die Wangen auf, lauscht erwartungsvoll. Er schüttelt den Kopf.

»Ausgeschaltet.«

»Und der Mann im weißen Anzug? Der uns gefolgt ist?«

»*No hay problema.* Aber weißt du was, Mister Danny? Ich bin doch nicht so scharf auf dieses Zimmer. Ich finde, wir sollten uns ein anderes besorgen.«

»Antworte mir!«

Aber Zamora schüttelt nur den Kopf und greift noch einmal zum Telefon.

Nach einer langen Fahrt oder nach einer Vorstellung konnten im Wohnanhänger zwei Arten von Schweigen eintreten. Erstens das entspannte Schweigen, wenn seine Eltern herumliefen, sich abschminkten und auf dem kleinen Herd etwas kochten. Man schwieg, weil man nach einem gelungenen Tag oder einer großen Anstrengung, die sich ausgezahlt hatte, die Ruhe genoss.

Und dann gab es manchmal eine angespannte Stille – ein unbehagliches Schweigen, das immer dann eintrat, wenn seine Eltern über etwas hinweggegangen waren. Eine wortlose Verstimmung, die das Verhältnis zwischen ihnen belastete. Dann schwelte etwas unter der Oberfläche. Seine Eltern sahen ihn an, dann sahen sie wieder weg, und die Luft im Wohnanhänger war dicker als sonst. Auf der letzten Tournee trat diese Art der Stille immer häufiger ein, während sie eine Stadt nach der anderen abhakten und schließlich nach Berlin weiterfuhren. Ihrem Schicksal entgegen. Das Mysterium war in den Fängen einer winterlichen Kälte, die das rätselhafte Schweigen noch eisiger wirken ließ.

Nun, in einem neuen Hotelzimmer, fünf Stockwerke höher, ist ein ebenso tiefes Schweigen eingetreten. Zamora versucht in Abständen, Laura auf dem Handy zu erreichen. Die Falten auf seiner Stirn werden noch tiefer, und er betrachtet den Hafen, scheint seine Höhenangst vergessen zu haben.

Nach einem letzten Versuch knallt er das Telefon auf den Tisch. »Jetzt ist ihr Handy ganz verstummt. Was hat das zu bedeuten? Sie telefoniert doch ständig. Und twittert oder wie das heißt.«

Er hustet und dreht sich um, starrt den Fußboden an. »Na, wir treffen uns ja bald mit ihr.« Dann versucht er für bessere Stimmung zu sorgen. »Und, Mister Danny? Was macht die Schule? Schon Freunde gefunden?«

»Sie halten Zirkus für Kinderkram.«

»Das beweist nur, dass sie Idioten sind. Denk an die Khaos Klowns. Teufel noch mal! Da habe sogar ich eine Gänsehaut bekommen. Und die Hochseilakrobatinnen? Heiße Nummer … *no?*« Er lacht, aber sein Lachen klingt hohl.

Danny spielt wieder mit den Karten. Und ich habe immer geglaubt, Zamora würde mir nichts verheimlichen, denkt er. Er hat mich nie wie ein kleines Kind behandelt.

Er nimmt frustriert die oberste Karte zur Hand und schnippt sie mit Zeigefinger und Mittelfinger quer durchs Zimmer. Sie prallt gegen die Schreibtischlampe. Treffer.

»Hast du das vom alten Blanco gelernt?«, fragt Zamora.

»Ja.«

»Der beste Messerwerfer, den ich kenne.«

Danny stellt sich neben Zamora ans Fenster. Schwarze und violette Wolken hängen am Horizont, breiten sich am Himmel aus wie Wundränder. Er spielt noch immer nervös mit den Karten – dann entgleiten sie ihm und fallen auf den Boden. Er sieht Zamora in die Augen.

»Weißt du, was das Diagramm zu bedeuten hat? Diese Punkte?«

»Ach …«, antwortet Zamora und schwenkt dabei unbehaglich die Arme, »rein gar nichts, nehme ich an.«

Er wendet sich ab, als wollte er nichts mehr davon hören. Stille. Keine Spur mehr von dem Wiedersehen, das Danny sich erhofft hatte.

»Und warum das neue Zimmer? Warum die ständigen Versuche, Laura zu erreichen …«

»Verdammt, ich bin überzeugt, dass es keinen Anlass zur Sorge gibt«, faucht Zamora so gereizt, dass Danny verstummt.

»Entschuldige. Bin einfach müde«, sagt Zamora und lässt sich rückwärts aufs Bett fallen. »Wir sollten uns vor dem Essen noch etwas ausruhen.«

Und genau wie früher nach der Ankunft in einer Stadt und dem Aufbau des Lagers schläft er in Sekundenschnelle ein. Danny bleibt nichts anderes übrig, als den Hafen anzustarren.

Er betrachtet die Wolken, die sich vor den Ereignissen des Tages zusammenziehen. Ein Sturm kommt auf. Er spürt das Knistern in der Luft.

Stunden später stehen sie an Deck der Star-Fähre, die durch den Hafen nach Kowloon fährt. Inzwischen ist es dunkel, aber immer noch sehr warm. Wolken liegen schwer über der Stadt und dem Südchinesischen Meer. Danny rinnt Schweiß über Stirn und Nacken. Neonreklamen flammen auf, die Wolkenkratzer zeichnen sich als senkrechte Streifen vor dem Nachthimmel ab.

Danny beugt sich über die Reling und starrt auf das dunkle Wasser. Zamora stellt sich neben ihn und legt ihm nach einer Weile eine Hand auf die Schulter.

Weiter hinten in der Menge, im Schatten der Brücke, lauert der Mann im weißen Anzug, reglos, aber mit angespannten Muskeln. Er hat nur Augen für Danny und dessen kleinen Begleiter. Er greift in eine Tasche, lässt die Hand auf etwas ruhen, das sich darin verbirgt, sein Gesicht starr wie eine Maske.

ACHT

* * * * * * * * * * * * * * *

Wie man in einer Menge untertaucht

Bald sind sie tief in Kowloon. Zuerst kommen die eleganten Außenbezirke, dann folgt Mong Kok, wo lebhaftes Treiben herrscht. Auf den Bürgersteigen wimmelt es von Passanten, die immer wieder auf die Fahrbahn ausweichen und den Verkehr zum Stocken bringen, dazu das Geschrei von Leuten, die für die Restaurants werben. Busse rumpeln vorbei, gefolgt von knatternden Motorrollern. Cafés und Straßenstände verströmen aromatische Düfte, die sich mit den Dieselabgasen vermischen. In der Höhe blinken chinesische Schriftzeichen, in der Ferne heulen Martinshörner, aus den Lautsprechern dröhnen chinesische Popmusik und Werbung. Hier liegt so viel Energie in der Luft, dass sich Dannys Laune augenblicklich aufhellt.

»Buntes Treiben, was?«, fragt Zamora. »Hier kann einem leicht der Hut vom Kopf fliegen.«

Er wirft einen Blick auf die Adresse, die Laura notiert hat, und entfaltet einen Stadtplan. »*Vamos.* Hier lang.«

Zamora, der sich leichtfüßig und entspannt bewegt, bahnt ihnen mit seinen breiten Schultern einen Weg durch die Menge. Vielleicht gibt es tatsächlich nichts zu befürchten. Trotzdem schaut

Danny sich immer wieder wachsam um. Wenn er nur wüsste, wonach er Ausschau halten muss. Der Mann im weißen Anzug wäre allerdings nicht zu übersehen.

Sie dringen immer tiefer in das wilde Nachtleben der Stadt vor. Der unaufhörlich plappernde Zamora scheint den Lärm ringsumher gar nicht wahrzunehmen.

»Da war ich im letzten Jahr mit Micro auf Tournee, und wem laufe ich über den Weg? Drei Mal darfst du raten! Dem alten Jimmy Torrini. Zieht immer noch seine Hypnose-Nummer ab. Unglaublich, oder? Wirkte aber etwas bärbeißig. Schien nicht erfreut zu sein, mich zu sehen!«

Zwischen zwei Häusern ist ein kurzes Flackern am Himmel zu sehen, und dann rollt das erste, gedehnte Donnergrollen die Hügel hinunter.

»Papa meinte, Jimmy sei in Ordnung. Das hat er sogar noch gesagt, nachdem er von Rosa gefeuert worden war.«

»Mag sein. Dein Vater war ein guter Menschenkenner. Alle anderen haben nur meine Muskeln gesehen, aber er hat das Superhirn in mir erkannt! Hier lang.«

Als Danny und Zamora um eine Ecke biegen, flackert am Himmel noch ein Blitz und erhellt kurz Laura, die mitten auf der Straße steht, den Camcorder mit dem Mikrofongalgen über der Schulter. Sie lächelt breit.

»Da zieht ein Gewitter auf! Beeilung!«

Zamora seufzt. »Dein blödes Telefon funktioniert nicht.«

»Es wurde mir im Café geklaut. Ich kümmere mich morgen darum. Habt ihr Hunger?«

»Ich könnte die Speisekarte rauf und runter essen. Aber vorher muss ich kurz mit dir reden.«

»Eine Sekunde, Major.«

Laura zieht sie in das Restaurant. Es ist voll besetzt und heißt »Golden Bat«. »Die Einrichtung ist ein bisschen kitschig, aber das Wan Tan soll richtig gut sein. Und was Kwan betrifft, Major, so hattest du Recht – er war ein Fels in der Brandung. Den ganzen Nachmittag.«

Drinnen duftet es nach Gewürzen und Sojasauce. Während sie von Laura zu einem Tisch ganz hinten auf einer Empore geführt werden, schweift Dannys Blick über die roten Laternen, die gewundenen Drachen, die schwungvolle Kalligrafie auf den Wänden. Ganz in der Nähe steht ein großes Aquarium mit bunten tropischen Fischen.

»Der beste Tisch in diesem Laden, Jungs. Ich möchte euch ein paar Leute vorstellen.«

Ein Chinese im Nadelstreifenanzug, der keine Miene verzieht und düster und nachdenklich dreinschaut, sitzt schon da. Er nickt unmerklich zur Begrüßung. Aus einem solchen Gesicht kann niemand schlau werden, denkt Danny. Es verrät höchstens, dass er nichts preisgeben will.

Neben ihm sitzt ein junges Mädchen. Ihr mandelförmiges Gesicht wird von langen schwarzen Haaren gerahmt, die bis auf die Schultern ihrer eng sitzenden Lederjacke fallen. Ist sie dreizehn? Oder vierzehn? Schwer zu sagen. Ihre dunklen, lebhaften Augen wirken wissend, aber auch etwas unnahbar. Als sie Danny einen Blick zuwirft, lächelt sie kurz – dann dreht sie sich zum Aquarium um. Das ist leicht zu deuten. Sie versucht ihre Reaktion zu verbergen. Will sie sich schützen? Oder möchte sie die Unnahbare spielen?

»Herzlich willkommen«, sagt der Mann. »Mein Name ist Charlie Chow. Das ist meine Tochter, Sing Sing.«

Die Augen des Mädchens blitzen auf. »Adoptivtochter!«, berichtigt sie ihn. Sie schaut wieder zu Danny, und ihre Blicke treffen sich. Dann senkt sie den Blick auf das T-Shirt der letzten Mysterium-Tournee – der weiße Totenschädel, die leeren Augenhöhlen, die verletzlichen Schmetterlinge und die auffälligen Großbuchstaben. Sie nickt. Beifällig? Als hätte sie auf einer Liste einen Punkt abgehakt.

»Ich bin Danny«, sagt er und streckt ihr die Hand hin. Sing Sing setzt zuerst eine gespielt gelangweilte Miene auf – dann ergreift sie langsam seine Hand. Danny stellt verblüfft fest, dass sich ihre Handfläche hart und schwielig anfühlt. Sie zieht ihre Hand rasch zurück, als wollte sie auch hier nichts preisgeben. Sie ist interessant, denkt Danny. Ein stilles, aber tiefes Wasser.

Laura steht auf.

»Wir müssen vor Mr Chows Aufbruch noch eine kurze Aufnahme auf der Straße machen.«

»Bitte entschuldigen Sie mich«, sagt Chow. »Alles, was Sie bestellen, geht aufs Haus.«

»Aber, Miss Laura …«

»Dauert nicht lange, Major.« Laura ist mit Chow schon auf dem Weg aus dem Restaurant. »Eines solltet ihr allerdings wissen, Jungs«, ruft sie über die Schulter. »Detective Tan ist ›krankgeschrieben‹. Er ist angeblich nicht zu erreichen. Wie glaubwürdig findet ihr *das*?«

»Deine Tante hat erzählt, dass du Zaubertricks beherrscht«, sagt Sing Sing unvermittelt. »Und? Bist du richtig gut?« Sie klingt herausfordernd. Fast spöttisch – na los, beeindrucke mich, scheint sie zu sagen, und ihr Blick unterstreicht diese Herausforderung.

»Einigermaßen gut«, antwortet Danny.

»Ich kann auch ein paar Tricks.«

»Kartentricks?«, fragt Danny neugierig.

»So etwas in der Art.«

Ihr Handy klingelt. Sie zögert kurz, dann schaut sie direkt in seine sonderbar gefärbten Augen. »Bist du genauso gut wie dein Vater?« Sie drückt ihre Handgelenke aneinander, als wäre sie mit Handschellen gefesselt. Schon wieder dieses Lächeln. Spöttisch. Bevor Danny etwas sagen kann, schnippt sie ihr Handy auf und beginnt halblaut und sehr schnell auf Kantonesisch zu reden.

Danny ist plötzlich aufgewühlt. Die Erwähnung seines Vaters elektrisiert und verwirrt ihn zugleich. Als hätte ihm dieses Mädchen etwas voraus! Was weiß *sie* schon über seinen Vater? Sie wirft Danny wieder einen Blick zu, ihre Augen funkeln im Dämmerlicht des Golden Bat. Dann steht sie auf und verschwindet hinter dem Aquarium, das Handy am Ohr. Sie scheint aufmerksam zuzuhören.

Danny betrachtet sie eingehend und versucht etwas aus ihrer Miene herauszulesen, aber das Aquarium verzerrt Gesicht und Gestalt. Ihre Schultern wirken so angespannt, als würde sie sich auf etwas gefasst machen. Und die Fische, die durch das Aquarium gleiten, versperren immer wieder die Sicht. Danny schaut ihnen eine Weile zerstreut zu – und erinnert sich mit unguten Gefühlen an seinen Vater, der im Glastank verzweifelt mit den Fesseln kämpfte.

»Wie mag der Schmortopf mit fünf Schlangen schmecken?«, fragt der Major, der die Speisekarte studiert. »Und was isst deine Tante?«

Von ihrem Platz aus können sie durch die offene Front des Restaurants bis auf die Straße blicken. Laura nimmt Chow mit ihrem Camcorder auf. Ihre Stimme wird vom Lärm der Gäste übertönt.

Da erstarrt Danny und vergisst schlagartig die Erwähnung seines Vaters und die Neugier, die Sing Sing geweckt hat. »Major!«

Der Mann im weißen Anzug eilt draußen mit langen Schritten vorbei und streift Lauras Schulter. Er bewegt sich beherrscht und präzise und ist in Sekundenschnelle verschwunden.

Im nächsten Moment kracht ein so lauter Donner, dass die Gäste ringsumher zusammenzucken.

»¡Madre mia!«, ruft Zamora. »Ich versuche, ihm unauffällig zu folgen.«

Danny fragt sich, wie sich ein kleinwüchsiger, tätowierter Muskelmann abends in Kowloon unauffällig bewegen soll, als plötzlich die Hölle losbricht.

Ein Motorrad kommt auf der Straße angerast. Gleich dahinter ein zweites.

Sie bremsen neben Laura und Chow. Einer der Fahrer brüllt

etwas auf Kantonesisch. Gleichzeitig saust ein schwarzer BMW mit heulendem Motor im Rückwärtsgang aus der anderen Richtung heran. Laura wird von etwa sechs jungen Männern umringt, die ihr die Kamera entreißen, Chow zu Boden stoßen und wie aus einer Kehle brüllen.

Zwei von ihnen bedrohen Laura mit großen Hackmessern, deren Klingen gefährlich aufblitzen.

Zamora und Danny rennen zur Tür, um Laura zu helfen. Doch im gleichen Moment stoßen zwei andere Männer die Stühle zurück, springen auf und versperren ihnen den Weg. Einer zieht ein langes Messer aus dem Ärmel.

Der andere hat ein hageres Gesicht, seine Haare sind zu einem Pferdeschwanz zusammengebunden, und er trägt einen eleganten Anzug. Er greift in eine Sakkotasche und brüllt Danny und Zamora an.

Danny will ihnen ausweichen, aber einer packt ihn bei den Schultern und schleudert ihn gegen eine Säule. Das Messer blitzt auf. Danny duckt sich, und die Klinge prallt gegen die Gipsverkleidung.

Er kann hören, wie Laura sich nach Kräften wehrt und schreit: »Lasst mich los! Ich habe gute Beziehungen zur Polizei!«

Major Zamoras Blick verfinstert sich. Niemand krümmt Mister Danny auch nur ein Haar. Niemals!

»Ich bringe ihn um, Danny«, ruft er. »Das wird er büßen!« Zamora packt einen Stuhl und lässt ihn auf den Kopf des Mannes mit dem Messer niedersausen. Holz birst, und der Mann geht mit blutender Schläfe zu Boden. Der Pferdeschwanz-Typ reißt verblüfft den Mund auf, doch bevor er reagieren kann, geht Zamora auf ihn los und schwingt mit aller Kraft den Rest des Stuhls.

»Nun zu dir, *amigo*!«

In diesem Chaos ertönt ein Schuss, aber Zamora lässt sich davon nicht beirren. Er packt den Pferdeschwanz und schleudert ihn mit voller Wucht durch das Restaurant. Der Mann purzelt über einen Tisch und kracht dann mit schmerzhaftem Krachen gegen das Aquarium. Seine Augen fallen zu, und er sackt in sich zusammen.

Auf dem Glas des Aquariums bildet sich rasend schnell ein Zickzackmuster aus Rissen. Die Welt scheint kurz den Atem anzuhalten – und dann birst das Glas, und das Wasser ergießt sich, schwemmt Scherben und Fische über den Fußboden.

Danny schlängelt sich zwischen umgekippten Stühlen bis zur Straße durch, wo man Laura gerade in ein wartendes Auto stößt. Sie reißt verzweifelt den Kopf herum, verpasst einem der Schurken einen saftigen rechten Haken und reckt sich aus dem Fenster.

»Das ROTE Notizbuch, Danny! ROT …«

Die Ganoven steigen ein und knallen die Türen zu, und dann braust der BMW mit quietschenden, qualmenden Reifen auf der Straße davon wie ein aufgescheuchtes Tier.

Danny rennt ihm nach, muss aber ausweichen, als eines der Motorräder von hinten auf ihn zurast. Er macht einen Satz, fängt sich mit einer Rolle und kommt wieder auf die Beine, alles in einer Bewegung.

Zamora stolpert aus dem Restaurant, die blutige Hälfte eines abgebrochenen Stuhlbeins in der Hand, und starrt die letzten beiden Ganoven an. Sie zögern kurz, dann springen sie auf das zweite Motorrad und ergreifen die Flucht. Zurück bleibt nur eine Abgaswolke.

Keine Spur von Mr Chow.

»*¡Caramba!*«, flucht Zamora. »Kann jemand die verdammte Polizei rufen?«

Danny sieht zu, wie der BMW rasant um die Kurve biegt. Das Auto streift einen Pfahl, Funken sprühen in die Nacht. Lauras Gesicht ist kurz im hinteren Fenster zu sehen. Dann ist sie verschwunden.

Zamora schaut ihr keuchend nach. »Keine Angst, Danny. Die Polizei wird uns beistehen. Immerhin sind noch zwei der Burschen hier. Mistkerle.«

Danny blickt ihn an. Seine Augen lodern, sowohl das grüne als auch das braune.

»Das ist meine Schuld«, sagt er.

»Sei nicht albern, Danny.«

Aber das Schuldgefühl wird immer stärker.

»Doch, es ist meine Schuld«, wiederholt er.

Da beginnt es zu regnen. Anfangs fallen vereinzelte, dicke Tropfen, die den Straßenstaub aufwirbeln und einen verhaltenen Rhythmus auf die Autodächer trommeln. Dann wird der Regen stärker. Und schließlich platzen die Wolken.

Am Himmel grollt der Donner, während sie auf die Polizei warten. Der Regen wird immer heftiger. Aber Danny rührt sich nicht vom Fleck.

Ein wachsendes Gefühl der Verzweiflung lähmt seine Beine und seinen Atem.

Er kennt dieses Gefühl – nach dem Brand war es genauso. An jenem Abend hätte er nicht »weglaufen« dürfen – eigentlich hatte er sich nur auf der anderen Seite des Lagers in den Wagen mit den Requisiten verkrochen –, sondern bei seinen Eltern bleiben müssen. Dann hätte er den Rauch vielleicht gerochen, alle wecken und das Schlimmste verhindern oder die Flammen ersticken können. Aber vielleicht quälten ihn auch nur die typischen Schuldgefühle des Überlebenden: Ich hätte auch dort sein müssen. Nach jener Nacht in Berlin – und nach dem ersten Schock – hatten ihn diese Schuldgefühle über Wochen, ja Monate fest im Griff gehabt. Hinderten ihn daran, die Wahrheit über die letzten Wochen des Mysteriums herauszufinden. Hielten ihn ans Bett gefesselt, wo er innerlich mit sich kämpfte.

Aber *dieses* Schuldgefühl ist konkreter.

Er geht im Geist alles durch: Ich wusste von den Punkten; ich wusste, dass der Mann im weißen Anzug uns verfolgt; ich hätte es Laura erzählen müssen, verdammt.

Danny holt tief Luft – versucht den festen Boden unter den Füßen zu spüren, lockert die Schultern und federt in den Knien. Eine Qigong-Übung, die er von Blanco gelernt hat. Dieses Mal wird er sich nicht von Schuldgefühlen lähmen lassen. Er wird nicht zulassen, dass sie ihn überwältigen.

Zamora stellt sich neben ihn. Es schüttet immer noch wie aus Kübeln.

»Ich kläre die Sache, Major.«

»Immer schön der Reihe nach. Zuerst warten wir auf die Polizei …«

Der prasselnde Regen sorgt für einen klaren Kopf. Danny leidet nicht nur unter dem Jetlag, sondern auch am Nachhall des 16 Monate langen Dämmerzustands, in den er nach dem Tod seiner Eltern fiel. Jetzt erwacht er. Der Prozess, der mit der Explosion in der Schule begann, setzt sich genau in diesem Moment, während des Gewittersturms, fort. Er legt den Kopf in den Nacken, lässt die Tropfen auf sein Gesicht prasseln, und seine Haut erwacht prickelnd zum Leben. Er fühlt sich immer entschlossener und schüttelt die nassen Haare aus.

»Ich finde sie, Major.«

Zamora scheint zu zögern.

»Machst du mit?«

»Klar, Mister Danny. Bis zum bitteren Ende. Aber wir sollten uns unterstellen. Und mit der Polizei reden, *no*?«

»Wo ist Sing Sing? Und wo ist Mr Chow?«

Die beiden scheinen während des Tumults verschwunden zu sein. Das beunruhigt Danny. Was weiß das Mädchen über seinen Vater? Warum hat er das Gefühl, Sing Sing schon einmal begegnet zu sein? Wieso hat sie sich aus dem Staub gemacht?

Sie kehren ins Golden Bat zurück und begutachten die Schäden. Kellner führen die Gäste durch das Chaos aus Scherben und umgestürzten Möbelstücken nach draußen. Zwei Köche sammeln die überlebenden, panisch zuckenden Fische ein und werfen sie in einen Plastikeimer.

Mitten in diesem Trümmerhaufen liegt der Mann, der das Aquarium bersten ließ, bewusstlos zwischen zwei Stühlen.

Ich muss etwas tun, denkt Danny. Er beugt sich über den Mann und betastet seine Taschen so schnell wie Jimmy Torrini bei der Langfinger-Nummer. Ja, lange und geschickte Finger. Ist natürlich leichter, wenn die Person bewusstlos ist.

Ein Feuerzeug, Zigaretten. Eine Rückfahrkarte für die Star-Fähre. Heutiges Datum. Der Abholschein eines Schusters namens »Herz und Sohle« in den Wuchung Mansions. Was das ist, weiß Danny nicht, aber er merkt sich alles und steckt die Sachen wieder in die Tasche des Mannes mit dem Pferdeschwanz zurück. Dann untersucht er die Füße. Der linke ist nackt, weil die Sandale abgeflogen ist.

Auf der hornigen Sohle sieht Danny eine sauber gestochene Tätowierung – wieder das Diagramm! Neunundvierzig Punkte, sieben mal sieben. Daneben zwei chinesische Schriftzeichen.

黑龍

Und wieder ist einer der Punkte umkringelt – in der Mitte der zweiten Spalte von rechts. Ist es der gleiche wie auf dem Zettel in der Schule? Danny kann sich nicht mehr genau erinnern, und er verflucht sich dafür, nicht auf die Details geachtet zu haben. Sein Vater hätte ihm den Kopf gewaschen. Zamora tritt neben ihn. Als er das Diagramm sieht, schüttelt er den Kopf.

»Major«, sagt Danny. »Ich frage dich im Namen unserer langen Freundschaft: Was hat es mit diesem Zeichen auf sich?«

»Wir reden später, Danny. Die Polizei wird gleich hier sein. Das geht vor. Ah, da ist ja mein Hut.«

Er bückt sich, um seine Melone aufzuheben, und runzelt die Stirn, denn die Krone ist durchlöchert. Zamora steckt einen Zeigefinger durch das Loch und wackelt damit. Dann betastet er nachdenklich seinen Kopf.

»Das war haarscharf!«

Aber Danny hört nicht zu. »Weißt du wenigstens noch, ob einer der Punkte auf der Hotelzimmertür umkringelt war?«

»Spielt das eine Rolle?«, faucht Zamora, der seine übliche gute Laune verloren zu haben scheint. Doch er reißt sich zusammen und hebt entschuldigend die Hände. »Verzeihung, Mister Danny. Schlechter Tag.«

Danny nickt. Er hält immer noch das Feuerzeug. Es ist mit den gleichen Schriftzeichen bedruckt, die auf dem Fuß des Mannes zu sehen sind, nur in Rot. Er lässt es rasch in einer Tasche seiner Jeans verschwinden.

Seine Gedanken kehren wieder zu Sing Sing zurück, und seine Enttäuschung wächst. Sehr verdächtig, dass sie während der Entführung verschwunden ist. Er denkt an ihre rauen Hände, ihre abweisende Art. Er hat ihren herausfordernd aufblitzenden Blick vor Augen – und fragt sich, warum sie seinen Vater erwähnt hat. Wo ist sie jetzt? Trifft sie wieder ihre Triaden-Freunde? Sie muss zu den Bösen gehören. Denn wenn nicht, hätten sie oder Chow bestimmt geholfen. Auf die Polizei gewartet. Vielleicht war ihr Interesse nur geheuchelt.

Zamora geht zu dem Ganoven mit dem Pferdeschwanz und

versetzt ihm einen Tritt. Der Mann windet sich stöhnend. Und da, an seinem Oberschenkel, steckt eine Pistole mit kurzem Lauf. Der Major schaut sich um, und als Danny wieder zur Straße sieht, bückt er sich und nimmt die Waffe blitzschnell an sich.

Im nächsten Moment wird der Regen, der auf die Markise des Restaurants trommelt, vom Heulen eines Martinshorns übertönt.

NEUN

* * * * * * * * * * * * * * *

Wie man etwas Verborgenes liest

Die ersten Polizisten, die am Tatort eintreffen, wirken fast desinteressiert. Als Danny und Zamora endlich zu den Ereignissen Stellung nehmen dürfen, ernten sie nur ein Schulterzucken der Polizisten, deren Hauptaugenmerk den Schäden im Restaurant zu gelten scheint.

»Wir müssen weiter, verflucht«, kläfft Zamora. *»¿Comprende?«*

»Warten Sie auf den Chef«, sagt der kleine Polizist. Danny befürchtet kurz, dass Zamora dem Mann einen Kinnhaken verpassen will, doch der Major wendet sich ruckartig ab, rammt die Hände in die Taschen und starrt auf die Straße.

Der Regen wird immer dichter, ergießt sich in Sturzbächen von der Markise des Golden Bat. Danny sitzt auf einem Barhocker und denkt angestrengt über die Ereignisse der letzten vierundzwanzig Stunden nach. Zuerst Lauras erhöhte Wachsamkeit – als hätte sie eine Gefahr gewittert. Dann Sing Sing, die aus heiterem Himmel seinen Vater erwähnte. Und auch Zamora war ungewöhnlich angespannt – schon kurz vor der Entführung. Dazu der Mann im weißen Anzug und diese blöden Punkte, die überall auftauchen. Auf all das kann sich Danny keinen Reim machen.

Zehn Minuten später erscheint ein Polizist in Zivil und schüttelt den Regen aus seinem zotteligen Haar.

»Oberinspektor Lo, Dezernat B«, sagt er. »Organisiertes Verbrechen und Triaden.«

»Wir wollen endlich los!«, sagt Zamora ungeduldig.

»Wir müssen kurz die Einzelheiten durchgehen.«

Lo hat ein scharf geschnittenes, intelligentes Gesicht. Eine weiße Narbe zieht sich über eine Wange. Während er seine Fragen stellt, schaut er immer wieder Danny an.

»Verstehe. Würdest du mir noch einmal sagen, was *genau* deine Tante in Hongkong macht?«, fragt er Danny und unterbricht Zamora, der den Kampf Schlag für Schlag schildert.

»Sie hat über eine Bande namens Schwarzer Drache recherchiert …« Danny verstummt. Lo wirkt anständig, aber er muss an Lauras Warnung vor korrupten Polizisten denken. Vorsicht ist die Mutter der Porzellankiste.

Lo verzieht das Gesicht. »Schwarzer Drache?«

»Vielleicht heißen sie auch anders«, fügt Danny eilig hinzu.

»Ich finde, wir sollten das in der OCTB-Zentrale festhalten«, sagt Lo und zeigt auf seinen Zivilwagen. »Dort ist es *sehr* viel ruhiger. Keine neugierigen Blicke.«

»Wenigstens haben sie die beiden *idiotas* geschnappt«, murrt Zamora und wirft einen Blick die Straße hinauf, während sie durch Pfützen waten. Der Pferdeschwanz, mit leerem Blick und dick verbundenem Kopf, wird zu einem Streifenwagen geführt. Der andere, immer noch bewusstlose Mann wird auf einer Trage zum Krankenwagen gebracht.

Und die Bande, denkt Danny, verschwindet in diesem Moment mit Tante Laura in der Hongkonger Nacht. Wir müssten sie suchen. Wir müssen etwas tun.

Er runzelt die Stirn, dann geht er zum Auto von Lo.

Sie warten im unordentlichen Büro des Detectives.

Und warten.

Drei Stunden verstreichen, die Uhrzeiger bewegen sich unaufhaltsam auf halb zwölf zu. Im Flur herrscht reges Treiben. Männer mit aufgekrempelten Ärmeln, andere in Jacken mit der Aufschrift OCTB in großen gelben Lettern. Manchmal schaut jemand herein, zieht die Brauen hoch und trollt sich wieder. Zamora trommelt mit den Fingerspitzen auf den Schreibtisch, der Regen prasselt auf das Oberlicht.

Das Adrenalin hält Danny wach, während der Jetlag ihn gleichzeitig müde macht. Er weiß nicht, ob er unter Strom steht oder gleich von seinem Schlafmangel überwältigt werden wird. Er schüttelt den Kopf – ich muss mich konzentrieren. Wachsam bleiben.

»Wo steckt dieser *gottverdammte* Kriminalbeamte?«, fragt Zamora und lässt eine Hand auf den Tisch klatschen.

Danny wirft einen Blick in den Flur, und in diesem Moment öffnet sich die gegenüberliegende Tür. Lässig auf einem Stuhl zurückgelehnt und erhellt von einer Schreibtischlampe, sitzt dort … der Mann im weißen Anzug.

Dannys Müdigkeit verfliegt schlagartig. Er ist hellwach. Ich wusste es! Ich wusste, dass er uns nachstellt! Sie haben ihn also geschnappt. Vielleicht erfahren wir jetzt mehr. Vielleicht finden wir Laura bald. Vielleicht frühstücken wir morgen schon wieder alle zusammen und lachen über die ganze Geschichte.

Da hebt der Mann den Kopf, und als er Dannys Blick begegnet, weiten sich seine Augen ein wenig. Schwer zu sagen, was aus seinem Blick spricht. Überraschung? Oder Angst? Etwas von beidem. Dazu etwas Verschwörerisches. Etwas, das in Danny die Frage aufkommen lässt, ob er die Situation richtig gedeutet hat. Der Mann im weißen Anzug nickt ihm zu. Dann wird die Tür mit einem Knall zugetreten, der wie ein Schuss durch den Flur hallt.

»Major …«

In diesem Moment kehrt Inspektor Lo zurück. Er lächelt und bringt zwei Styroporbecher mit Kaffee.

»Bitte entschuldigen Sie die Verzögerung.«

»*Madre mia*. Endlich«, schnaubt Zamora.

»Eine Erfrischung können Sie bestimmt gut gebrauchen, nicht wahr?«

Danny will sich schon nach dem Mann im weißen Anzug erkundigen, als er wieder das leise Nicken vor Augen hat. Vielleicht sollte er besser kein Wort darüber verlieren. Denn mit seiner Bewegung gab der Mann ihm zu verstehen: »Du hast mich nicht gesehen.« Oder: »Nichts verraten.« So etwas in der Art. Das sagt ihm sein Instinkt, und im Augenblick hat er keine anderen Anhaltspunkte.

»Sie sollten langsam mal in Gang kommen – *das* könnten wir gut gebrauchen«, sagt Zamora und haut auf den Tisch.

Lo hebt beschwichtigend die Hände. »Wir haben an alle Dienststellen und Informanten eine Vermisstenmeldung weitergegeben.

An die Zollbehörde und Grenzkontrolle. Wir werden bald etwas von Miss White hören.«

»Werden die Entführer ein Lösegeld verlangen?«, fragt Danny.

»Kann sein. Man hat Ihre Botschaft benachrichtigt.«

Lo zündet eine Zigarette an und betrachtet die auf seinem Tisch liegenden Papiere.

»Und die Ganoven, die im Golden Bat verhaftet wurden?«, erkundigt sich Zamora.

»Sie sind an der Entführung offenbar nicht beteiligt, Mr ... Zamora.«

»Doch, natürlich!«, erwidert Zamora, indem er aufspringt. »Das können wir bezeugen! Und es heißt übrigens *Major* Zamora.«

»Bitte setzen Sie sich wieder«, sagt Lo gelassen. »Die Sache ist kompliziert. Laut Aussage der beiden wurden sie von *Ihnen* angegriffen. Vielleicht erheben sie Anklage. Einer hat eine schwere Gehirnerschütterung davongetragen. Und im Restaurant wurde ein großer Schaden angerichtet.«

»Einer hatte eine Pistole«, sagt Danny, der immer frustrierter wird. Vielleicht kann er etwas tun, zum Beispiel die Spiegelkraft einsetzen. Wäre einen Versuch wert. Aber der Inspektor ist sicher eine harte Nuss.

»Wir haben keine Waffe gefunden«, sagt Lo und tippt mit Nachdruck auf den Tisch. Danny ahmt ihn nach und passt seinen Atem dem des Inspektors an. Außerdem hebt er die Finger, wenn Lo einatmet, und senkt sie beim Ausatmen wieder. Ein, aus.

»Und was ist mit Detective Tan? Miss Laura hat versucht, ihn ausfindig zu machen«, hakt Zamora nach.

»Detective Tan ist leider im Urlaub.«

»Aber Laura hat gesagt ...« Danny bremst sich gerade noch rechtzeitig. Er muss sich konzentrieren.

»Ich habe gehört, dass er gerade auf Hawaii ist.«

Durch das Oberlicht ist ein Blitz zu sehen. Als Lo aufblickt, tut Danny es ihm gleich.

»Und die Tätowierung auf dem Fuß des Mannes?«, fragt er und versucht seiner Stimme einen einlullenden Rhythmus zu verleihen, jenen Rhythmus, den sein Vater einsetzte, um die »Zielperson« zu entspannen, sie zu überreden, in Trance zu versetzen. Er reißt seine Augen auf, damit Lo die Farben sehen kann. »Das Diagramm. Sie wissen doch sicher, was es mit den neunundvierzig Punkten auf sich hat.«

Der Inspektor erwidert Dannys Blick und drückt dann gereizt seine Zigarette aus. »Keine Ahnung«, sagt er. »Außerdem stelle *ich* hier die Fragen, kapiert? Sie hatten einen Schock. Überlassen Sie mir die Polizeiarbeit ...«

Der gerügte Danny lehnt sich beschämt zurück.

»Und die chinesischen Schriftzeichen neben dem Diagramm?«, hakt Zamora nach.

Lo fährt seinen Laptop hoch. »Sie stehen für Kowloon, Mr Zamora. Das ist auch schon alles. Wir müssen jetzt noch ein Formular ausfüllen. P28. Dauert zwanzig Minuten. Vielleicht etwas länger.«

Danny stöhnt. »Wenn die Täter dem Schwarzen Drachen angehören, müssten Sie sie doch ermitteln können.«

»Das kann keineswegs als sicher gelten, klar?«, erwidert Lo. »Außerdem weiß niemand, wo sie jetzt stecken.«

Danny, enttäuscht von dem gescheiterten Hypnoseversuch, schaut zu, wie der Inspektor auf der Tastatur tippt, während Zamora Namen, Beruf und Arbeitgeber buchstabiert – Circo Micro – und Angaben zu Laura macht, ihr Hotel nennt und berichtet, was sie während der letzten vierundzwanzig Stunden getan haben.

Schon interessant, denkt Danny. Wenn man die QWERTZ-Tastaturbelegung im Kopf behält, kann man die Buchstaben bei jedem Tippen nachvollziehen.

Z-A-M-O-R-A

G-O-L-D-E-N-B-A-T …

Er richtet sich neugierig auf und konzentriert sich auf den mit zwei Fingern tippenden Lo. Nach einer Weile merkt Danny, dass irgendetwas nicht stimmt. Ganz und gar nicht stimmt. Was Lo da tippt, entspricht nicht den Antworten. Jedenfalls nicht immer.

Das Telefon klingelt.

»Wai?«, bellt Lo in den Hörer und greift nach einem Stift. Er kritzelt etwas auf einen Post-it-Block.

»Neih dim chingfu a?« Er drückt stark auf, denkt Danny. Lo hält den Kugelschreiber so fest, dass seine Knöchel weiß anlaufen. Er wirkt gehetzt.

Der Inspektor unterstreicht das Notierte, dann reißt er den Zettel ab.

»Ich muss los«, sagt er und nimmt seine Jacke. »Heute Nacht ist offenbar der Teufel los. Gehen Sie ins Hotel zurück. Wir tun, was wir können.«

Danny hat eine Idee. Er steht auf und tut so, als wolle er Lo die Hand geben.

»Vielen Dank für Ihre Hilfe …«

Doch als Lo einschlagen will, zieht Danny seine Hand rasch zur Seite. Diese unerwartete Bewegung verwirrt Lo. Dannys linke Hand schnellt zum Post-it-Block, und er schnappt sich den obersten Zettel.

»Verzeihung.« Er schüttelt Lo kräftig die Hand, während er den Zettel wie eine Spielkarte in der Handfläche verbirgt und dann, direkt vor der Nase des Inspektors, mit einer fließenden Bewegung hinten in der Hosentasche verschwinden lässt. Endlich tritt er in Aktion! Und das aus gutem Grund.

Er ist überzeugt, dass Lo ihnen gegenüber nicht ehrlich war.

Der Inspektor führt sie in den Flur. »Ich lasse Sie von zwei Beamten zum Pearl fahren. Bleiben Sie im Hotel. Vertrauen Sie niemandem, den Sie nicht kennen. Wenn der Schwarze Drache seine Finger tatsächlich mit im Spiel hat, ist äußerste Vorsicht geboten.« Er richtet seine Waffe im Schulterholster. »Verstanden?«

Danny wirft einen Blick auf die Tür, hinter der sich der Mann im weißen Anzug verbirgt. Aus dem Zimmer dringen laute, unverständliche Stimmen. Dann ein dumpfes Plumpsen, als würde etwas Schweres zu Boden fallen. Noch eines – gefolgt von einem unterdrückten Schmerzensschrei.

Lo schaut zur Tür und scheint kurz zu zögern, dann schnellt er herum und geht mit raschen Schritten durch den Flur davon.

Danny nickt in Richtung der Tür und senkt die Stimme. »Der Mann im weißen Anzug ist in dem Zimmer.«

»*¡Caray!* Warum hat Lo uns das verschwiegen?«

»Ich glaube, er wird verhört.«

»Vielleicht steckt mehr dahinter, als auf den ersten Blick zu erkennen ist«, sagt Zamora.

»Hast du eine Ahnung, wer dieser Mann ist? Der Typ im weißen Anzug?«

»Keinen blassen Schimmer.«

Ein Streifenwagen fährt sie über regennasse Straßen zum Pearl Hotel. Die unzähligen über ihnen leuchtenden Lichter verschmelzen in der feuchten Luft zu weißem Rauch. Danny schaut zu ihnen auf. Das Gefühl, das während der letzten Tage immer stärker wurde – jenes, das nach der Explosion in ihm aufkeimte und ihn draußen vor dem Golden Bat im Regen erneut packte –, lässt sich nicht mehr verdrängen. Er ahnt, dass etwas auf ihn zukommt. Etwas, das er immer gemieden hat, dem er jetzt aber nicht mehr ausweichen kann. Danny hat seit seiner Ankunft in Hongkong das Gefühl, seinen Eltern näher gekommen zu sein. Ihre Persönlichkeiten und ihr Tun erwachen wie durch Zauberhand zum Leben.

Er dreht sich zu Zamora um, der neben ihm auf der Rückbank des Streifenwagens sitzt. Das Profil des Majors verrät nichts außer der grimmigen Entschlossenheit, die ihn immer dann erfüllte, wenn sie es mit einem zähen Publikum zu tun hatten oder das große Zelt bei heftigem Wind aufbauen mussten. Im Schein der Neonreklamen wirkt er älter, als Danny ihn in Erinnerung hat. Müde.

»Bei der Beerdigung meiner Eltern hast du gesagt, dass ich mich immer auf dich verlassen kann.«

Der Major rutscht auf dem Sitz hin und her.

»Stimmt ja auch, Mister Danny. Aber wir sollten uns auf die aktuellen Probleme konzentrieren …«

Aber der Gedanke an die Beerdigung lässt Danny nicht mehr los. Zamora war damals eine wichtige Stütze für ihn. Danny stand allein im dichten Schneefall, abseits der Truppe des Mysteriums, die sich unter den kahlen Bäumen des Friedhofs in Berlin-Kreuzberg versammelt hatte. Darko Blanco meinte, es müsse mühsam gewesen sein, das Grab auszuheben. Man habe vermutlich Presslufthämmer eingesetzt, um den vereisten Boden aufzustemmen.

Danny versuchte damals verzweifelt, den Gedanken an seine Eltern zu verdrängen, die in den langen, stillen Särgen ruhten. Er war es gewohnt, dass sie jeder Falle entkamen – trotz Fesseln und Ketten –, und deshalb konnte er den Gedanken, dass die Sargdeckel irgendwann aufspringen und beide zum Vorschein kommen und sich lächelnd unter dem Beifall des Publikums verneigen würden, nicht verdrängen. Aber die Deckel öffneten sich nicht, sondern blieben fest geschlossen. Danny hatte an Houdini denken müssen, der sich, lebendig begraben, wieder befreit hatte. Gegen diesen Trick hatte sein Vater sich immer gesträubt. (Er hatte begonnen, daran zu arbeiten, fand es aber unerträglich, wenn die Erde auf sein Gesicht prasselte und ihn zu ersticken drohte. Er richtete sich jedes Mal auf, schüttelte wie wild den Kopf – und stieg dann aus dem offenen Grab.)

Zamora war auf dem Friedhof neben Danny getreten und hatte ihn mit seiner stillen Gegenwart getröstet. Nachdem sie lange den

Schneefall betrachtet hatten, versprach der Major: »Du kannst dich immer auf mich verlassen, Danny. Immer.«

Danny hatte ihm damals geglaubt. Und auch jetzt will er daran festhalten.

ZEHN

* * * * * * * * * * * * * *

Wie man geheime Botschaften erkennt

Dreißig Minuten später sitzen sie im Hotelzimmer am Fenster. Über dem Südchinesischen Meer zucken die letzten Blitze.

Danny schaut Zamora an. »Du wolltest mir mehr über die Punkte erzählen.«

Der Major starrt nachdenklich seinen Hut an, den er um die kurzen Finger kreisen lässt.

»Bitte.«

»Ich weiß nicht viel. Ehrlich. Du weißt doch, dass deine Tante immer alles für sich behält. Heilige Mutter Gottes – dass sie im *Gefängnis* gesessen hat, haben wir erst drei Wochen später erfahren!«

»Du warst Papas engster Freund«, drängt Danny. »Er hat dir vertraut. Ich *muss* es wissen.«

»Na gut. Es gab immer ein Gerücht. Über eine kriminelle Vereinigung – eine weltweit tätige Vereinigung –, die im Hintergrund der großen Banden und Gangsterfamilien die Fäden zieht. Das hat Laura mir erzählt. Und vor einiger Zeit begann sie sich dafür zu interessieren. Sie war allerdings überzeugt, dass diese Vereinigung nur eine Legende ist. Wie UFOs oder der Yeti. Sie glaubte, manche Banden würden diese Legende benutzen, um

Leute einzuschüchtern … Wie – na, du weißt schon – wie eine Art Schreckgespenst.«

»Erzähl weiter.«

»Laura schrieb vor gut einem Jahr einen Artikel darüber. Danach erhielt sie über ihre Redaktion mehrere anonyme Botschaften und E-Mails. Sie trugen immer das gleiche Symbol. Ihrer Meinung nach handelt es sich um irgendeinen Verrückten, der ihr weismachen will, dass die Vereinigung tatsächlich existiert.«

»Welche Vereinigung?«

»Man nennt sie die ›Neunundvierzig‹. Sie besteht angeblich aus neunundvierzig Mitgliedern von Banden aus aller Welt, die zusammenarbeiten. Eine Art Superverbrecher-Syndikat. Es sind immer neunundvierzig. Wenn ein Mitglied stirbt oder verschwindet, wird es durch jemand anderen ersetzt. Klingt natürlich an den Haaren herbeigezogen, aber jetzt, da diese Punkte an jeder Ecke auftauchen …«

»Und was hat das mit dem Schwarzen Drachen zu tun?«

»Das hat Laura mir nicht erzählt. Sie wollte dich einfach nur mitnehmen … damit du Hongkong kennenlernst. Zumal die Schule geschlossen ist und so.«

»Und das ist alles, was du weißt?«

Zamora geht auf das Fenster zu. Sein Gesicht spiegelt sich in der Scheibe. Er wirkt gestresst und verkrampft die Hände, als wolle er etwas festhalten.

»Das ist alles, was ich über diese bescheuerten Punkte weiß.«

Er verschweigt etwas, denkt Danny und will ihn zu einer Antwort drängen. Aber dann beschließt er, Zamora zu vertrauen. Das

Wort »ehrlich«, hieß es immer, stehe ihm auf der Stirn geschrieben. Wenn er jetzt nur die halbe Wahrheit sagt, wird das seine Gründe haben. Also hakt Danny das Thema erst einmal ab und denkt darüber nach, wie sie jetzt weiter vorgehen sollen.

Sein Vater behauptete immer, so gut wie jedes Problem könne gelöst werden, indem man es in möglichst kleine Teile zerlege. Er setzte sich mit Danny an den großen Tisch im Wohnanhänger, jeder mit einem Becher Tee, und schrieb das Problem in Großbuchstaben auf einem Zettel, zum Beispiel: WIE MAN SICH VON EINEM BRENNENDEN SEIL BEFREIT.

»Könnte aber auch darum gehen, einen Wasserhahn zu reparieren oder eine Tasse Tee zu kochen«, sagte sein Vater. »Das Grundprinzip ist immer gleich. Ich nenne es ›Atom-Strategie‹. Man geht davon aus, dass ein Problem viele kleinere Probleme beinhaltet. Vielleicht zehn, vielleicht hundert. Man nimmt es also auseinander, bis es zu etwas wird wie: ›Wie befreit man sich von einem brennenden Seil, wenn man in einer Zwangsjacke steckt und nur eine Minute Zeit hat, um loszukommen.‹ Und dann bricht man es weiter herunter, Stück für Stück …«

Er malte Strahlen auf das Papier, notierte untergeordnete Überschriften, fächerte das Problem auf.

»… und wie du siehst, alter Bursche, hat die Nummer mit dem brennenden Seil mindestens neun Bestandteile, darunter die Dicke des Seils, die Art des Brennstoffs, mit dem man es tränkt, und so weiter … Und diese Bestandteile kann man immer weiter untergliedern.«

Sein Tee wurde kalt, während er den Zettel beschriftete und vollmalte.

»Sieht hoffnungslos aus«, sagte Danny.

»Oh nein. Sieht nur wirr aus. Aber jetzt haben wir es nur noch mit kleinen Problemen zu tun. Mit lösbaren. Man muss sie der Reihe nach bearbeiten. Man notiert sie in der zu ihrer Lösung erforderlichen Reihenfolge, und dann widmet man sich ihnen der Reihe nach, Danny. Schloss für Schloss, wenn du so willst.« Er knüllte den Zettel zu einem Ball zusammen, hielt ihn in der linken Faust, pustete darauf – und weg war er, schien sich in das helle Licht aufgelöst zu haben, das zum Fenster hereinschien. »Wir wollen ja nicht, dass jemand unsere Berufsgeheimnisse lüftet, oder?«

Danny greift nach seinem Notizbuch. Er nimmt einen Stift und schreibt: »WIE WIR TANTE LAURA RETTEN.«

Er betrachtet diesen Satz, dann fügt er eine neue Zeile hinzu. »Wie wir Tante Laura finden. Wie wir sie befreien.«

Zamora blickt über seine Schulter. »Wir brauchen Hinweise.«

»Wir haben schon einige«, sagt Danny. »Einer der Männer im Golden Bat hatte ein Ticket der Star-Fähre mit dem heutigen Datum. Dem von gestern, meine ich. Hinten auf dem Ticket stand unsere Zimmernummer. Er ist uns offenbar gefolgt. Außerdem hatte er einen Abholschein für einen Schuster in einem Gebäude namens Wuchung Mansions.«

»Woher weißt du das?«

»Ich habe die Taschen des Mannes mit dem Pferdeschwanz durchsucht.«

»Hättest du das nicht der Polizei überlassen können?«

Danny schüttelt den Kopf. Er schreibt einen neuen Satz: »HERAUSFINDEN, WEM MAN VERTRAUEN KANN.«

»Wie meinst du das?«

»Lo hat nicht das getippt, was du auf seine Fragen geantwortet hast. Jedenfalls nicht immer. Ich habe seine Finger auf der Tastatur beobachtet. Unsere Namen hat er richtig getippt. Aber als du ›Golden Bat‹ gesagt hast, hat er stattdessen ein Wort mit mindestens zwei ›p‹ und einem ›o‹ getippt. Oben rechts auf der Tastatur. Es war ein Name wie ›Happy House‹. So etwas in der Art.«

»*Madre mia* – ganz sicher?«

»Ja. Und als du erzählt hast, was Laura in Hongkong macht, war es das Gleiche. Er hat nicht ›Recherche‹ getippt. Sondern ›Shopping‹, glaube ich.«

»Das ist das Letzte, was deiner Tante einfallen würde.«

Danny zieht, ausgehend von der letzten Frage, zwei Striche, malt zwei Kästchen und beschriftet sie mit ›Detective Lo‹ und ›Detective Tan‹.

»Du solltest Charlie Chow auch auf die Liste setzen. Ich traue ihm nicht«, sagt Zamora und tippt auf das Blatt. »Nicht die Bohne. Er hat sich aus dem Staub gemacht. Genau wie das Mädchen.«

Dannys Hand bleibt kurz in der Luft hängen. Dann setzt er Sing Sing zögernd mit auf die Liste.

»Hier haben wir vielleicht noch einen Hinweis«, sagt er, holt den unbeschriebenen Post-it-Zettel aus der Gesäßtasche und hält ihn schräg ins Licht.

»Wüsste nicht, was uns der verraten sollte«, sagt Zamora. »Habe natürlich gesehen, wie du ihn geklaut hast. Saubere Arbeit.«

Danny holt einen weichen Bleistift und das Modelliermesser aus der Tasche, das er zum Anspitzen benutzt. Dann zerbricht er den Stift, zieht die Graphitmiene heraus und reibt damit über den Zettel.

»Kluger Junge!«, sagt Zamora und beugt sich zu ihm hinab.

Was Inspektor Lo auf dem anderen Zettel notiert hat, ist als Negativ deutlich zu erkennen – weiße Schrift auf dunklem Grund.

Ein paar chinesische Schriftzeichen, darunter zwei Zahlen: eine 4 und eine 9. Danny bekommt plötzlich eine Gänsehaut.

»Und? Glaubst du immer noch, dass uns der Zettel nichts bringt, Major?«

»Um ehrlich zu sein, weiß ich gar nichts mehr.«

»Detective Lo hat behauptet, keine Ahnung zu haben, was wir meinen. Wir müssen Lauras Notizbuch finden. Das hat sie gerufen, als man sie ins Auto gestoßen hat. Es handelt sich um das Notizbuch, das sie immer bei sich trägt.«

Danny setzt auch »WO IST DAS ROTE NOTIZBUCH?« auf die Liste.

»Fangen wir mit dem Golden Bat an. Lo wollte uns davon ablenken, und das muss einen Grund haben.«

»Dann schlagen wir seinen freundlichen Rat also in den Wind?«, fragt Zamora grinsend.

Danny schüttelt den Kopf.

»Aber wir befolgen *meinen* Rat«, sagt der Major, der sich zur vollen Größe aufrichtet und reckt und streckt. »Wir werden etwas essen. Und vierzig WINKS bekommen. Die Batterien aufladen. Sinnlos, mit leerem Magen herumzurennen. Wir würden nur patzen. Wie damals, als ich von der Mauer des Todes gestürzt bin. Da war ich einfach müde.«

Er reibt nachdenklich den Oberschenkel, den er sich damals gebrochen hat. Bei schlechtem Wetter schmerzt der Knochen immer noch.

»Gleichgewicht und Kraft, Danny, das hat Rosa immer gesagt. Egal, ob als Trapezkünstler, als Akrobat, beim Voltigieren oder im Cyr-Rad, auf dem Drahtseil oder der Luftschaukel. Was es auch sei, man muss das Gleichgewicht halten – und gut bei Kräften sein. Dann unterlaufen einem keine Fehler. Wenn du meinen Rat in den Wind schlägst, dann hör wenigstens auf die Zirkusdirektorin.«

Danny nickt. Er weiß noch, wie gut Rosa die hitzigeren Mitglieder der Truppe im Griff hatte. Mit ihrem italienischen Charme brachte sie in jedem das Beste zum Vorschein. Falls nötig, konnte sie aber auch richtig wütend werden.

»Du hast Recht. Aber nur ein paar Stunden. Dann müssen wir weitermachen.«

ELF

* * * * * * * * * * * * * * *

Wie man sich voll konzentriert

Danny schläft schlecht ein.

Er liegt erst eine Stunde wach, dann zwei – lauscht den Martinshörnern in der Stadt und den Schiffen in der Bucht –, während allerlei Fantasien, Sorgen und Ängste durch seinen Kopf rasen.

Als er endlich eindämmert, gleitet er wieder in die sonderbare Halbwelt, eine Grauzone zwischen Wachen und Schlafen, immer noch benebelt durch den langen Flug, durch Schock und Schlafmangel. Bevor er endgültig einschläft, muss er an das Aquarium im Golden Bat und das berstende Glas, die Wassermassen, die sich mitsamt den Fischen schäumend ergossen, denken.

Er denkt an das Wasser, das damals im Zirkus aus dem zertrümmerten Glastank rauschte, und im Halbschlaf verbinden sich beide Ereignisse miteinander – sofort ist Danny zurück unter dem Zelthimmel des Mysteriums, direkt neben dem Glastank, in dem die Unterwasser-Entfesselung stattfand.

Sein Vater hat die Ketten gelöst und ringt mit den Fußfesseln, strebt zur Oberfläche. Er zieht ein ungewöhnliches Gesicht, was jedoch daran liegen mag, dass er diese Nummer, die er bislang nur geprobt hatte, zum ersten Mal vorführt. Er wirkt überrascht. Und tief erschöpft. Als wäre er am Ende seiner Kräfte.

»Zwei Minuten, zehn Sekunden … fünfzehn«, ruft Danny, dessen Stimme gegen die Musik kaum ankommt. Man spürt die Erwartung des Publikums, das den Atem anhält … Zwei Minuten und dreißig Sekunden sind die Schmerzgrenze, und sie ist überschritten. Na los …

Sein Vater versucht noch einmal, sich durch einen Salto von den Fußfesseln zu befreien. Dann lässt er sich zurückfallen. Keine Chance! Aus seinen Mundwinkeln quellen letzte Luftblasen, und er dreht sich nach Zamora um. Ein kurzes Kopfschütteln mit weit aufgerissenen, Hilfe suchenden Augen. Er gibt sich geschlagen.

Danach geht alles ganz schnell. Zamora holt kraftvoll mit der Axt aus. *Klong!* Die Klinge prallt gegen das Glas und schnellt zurück. Der Major holt erneut aus, und nun birst das Glas mit lautem Krachen. Überall Wasser. Danny hört, wie sein Vater keuchend und hustend nach Luft schnappt. Im Publikum brandet Lärm auf. Rosa Vega, ihre wunderschöne Zirkusdirektorin, versucht die Situation zu überspielen. Ihre Stimme schallt hell, aber wackelig aus den Lautsprechern.

Da springen die Khaos Klowns in die Bresche – sie sind noch nicht fertig umgezogen, beginnen aber mit ihrer Katzenmusik-Notfall-Nummer, die sie bei einem Zwischenfall oder als Überleitung zwischen zwei Auftritten improvisieren. Sie stürmen durch den Ring, manche mit Totenschädelmasken, andere mit den geschminkten, höhnisch grinsenden Gesichtern, die Danny Albträume bereiten. Helfer eilen herbei, um seinen Vater aus den Trümmern des Glasbeckens zu ziehen.

Darko Blanco beugt sich über ihn, hilft ihm auf und stützt seinen triefnassen Körper. Und auch Dannys Mutter, in deren Augen die blanke Angst zu lesen ist, eilt herbei.

Der Erinnerungsfaden reißt, und Danny öffnet die Augen. Er setzt sich kerzengerade hin. Seine Erinnerungen enthielten ein neues Element, das weiß er genau. Eines, das er noch nie bemerkt hat. Nur welches? Er will es festhalten – bemüht sich aber zu sehr, und es entgleitet ihm wie ein nasser Fisch. Im nächsten Moment wird ihm die Wirklichkeit seines Aufenthaltsortes wieder bewusst, und er erinnert sich an das, was Laura passiert ist. Diese Realitäten drängen seinen Traum in den Hintergrund.

Vor einer Woche hätte er unerwünschte Erinnerungen dieser Art noch unterdrückt, aber nun geht er ihnen gezielt nach. Ich muss jedes Detail behalten, denkt er. Systematisch.

Was kann ich mir bewusst ins Gedächtnis rufen? Ohne darauf zu warten, dass ich mich einfach so erinnere?

Am Abend des gescheiterten Entfesselungsversuchs war es Blanco, der Papa zum Wohnanhänger zurückhalf, denkt er. Ich ging mit Mama hinterher, und sie sagte, ich solle mir keine Sorgen machen. Aber ich merkte, wie aufgewühlt sie war …

Der Messerwerfer kümmerte sich darum, dass Papa gut versorgt war, dann ging er.

Ich habe mich in Blancos Gegenwart nie ganz wohlgefühlt, denkt er, aber es war schon cool, wie er jeden Morgen meditierte.

Der Rücken gerade, die Augen halb geschlossen, erfüllt von tiefer Ruhe. Seine hellblauen Augen strahlten Klarheit aus, jedenfalls kam es mir so vor. Ich sprach ihn auf den Stufen des Wohnanhängers an.

»Wie konnte das passieren, Blanco?«

»Wie kann *überhaupt* etwas passieren?«

»Papa macht nie Fehler.«

»Das kann jedem passieren. Es geht um Konzentration. Achtsamkeit. Kannst du langsam bis zehn zählen, ohne dass deine Gedanken abschweifen? Ohne dass dir ein einziger Gedanke durch den Kopf geht?«, fragte Blanco. »Aber genau darum geht es, wenn man sich unter Wasser entfesseln oder Messer werfen oder sich lange Nägel in die Nase schieben will … Es geht um hundertprozentige Konzentration, die keinen anderen Gedanken zulässt.«

Und er lächelte. Es war ein trauriges Lächeln.

»Vielleicht ging deinem Vater einfach zu viel durch den Kopf.«

Zamora schüttelt Danny, reißt ihn aus dem Schlaf, in den er schließlich doch noch gesunken war.

»Raus aus den Federn, Danny. Sechs Uhr früh.«

Danny reibt sich die Augen, setzt sich hin und versucht zu sich zu kommen. »Hat man sie gefunden? Gibt es was Neues?«

»Nein. *Nada.* Nichts von den Entführern oder von der Polizei. Aber du weißt ja: Keine Nachrichten sind gute Nachrichten.«

Für Danny fühlt es sich allerdings nicht so an. Es überrascht ihn, dass sich niemand mit ihnen in Verbindung gesetzt oder sie aufgesucht hat.

»Wir sollten anfangen, die Liste abzuarbeiten.«

»Besser, als Däumchen zu drehen, *no?*«

Zamora kramt in der Hosentasche und zieht eine Karte heraus. »Außerdem kam mir der Gedanke, dass Kwan vielleicht weiß, was deine Tante gestern vorhatte. Ich habe seine Nummer und rufe ihn gleich von der Lobby aus an. Du solltest aber erst etwas frühstücken.«

In der Lobby des Pearl Hotel flackern die BBC World News stumm über einen Bildschirm. Eine Ticker-Nachricht erregt Dannys Aufmerksamkeit – und er schaut hin, um sie noch einmal zu lesen. Der Premierminister hält lächelnd eine Ansprache auf den Stufen von Downing Street Nr. 10. Ein berühmter Fußballer redet nach einem Spiel dummes Zeug. Danach erscheint das Bild eines rostigen, plumpen Schiffes. Die Unterschrift lautet: CHINESISCHER FRACHTER VERMISST.

Als Nächstes sieht man verwackelte Aufnahmen von einer Art Müllhalde, umgeben von einem hohen Zaun mit gelben Warntafeln, die das Atom-Symbol zeigen. VERDACHT AUF KAPERUNG DURCH PIRATEN: BEHÖRDEN BESTREITEN VERBINDUNG ZU RADIOAKTIVER FRACHT, steht da. Dann beginnen die Nachrichten von vorn, und der Premierminister öffnet wieder den Mund.

»*¡Vamos!*«, sagt Zamora. »Ich hatte jemanden aus Kwans Büro an der Strippe. Er trifft uns beim Golden Bat.«

Während sie nach Mong Kok zurückkehren, nimmt die Hitze wieder zu. Die Straßen sind leerer und im hellen Tageslicht weicht die exotische Stimmung der letzten Nacht einer ernüchternden Atmosphäre. Die Betonwände vieler Gebäude sind rissig. Die Farbe blättert ab. Wäsche hängt zum Trocknen in der verschmutzten Luft, und die Eigentümer von Läden und Restaurants schrubben die Bürgersteige.

Danny und Zamora sind davon ausgegangen, dass die Polizei das Restaurant mit Bändern abgesperrt oder einen Beamten dort postiert hätte, aber es gibt nichts, was auf die Ereignisse des letzten Abends hindeutet. Tür und Glasfront verbergen sich hinter Rollläden, die durch Vorhängeschlösser gesichert und mit Graffiti besprüht sind. Nur ein kleines Fenster dicht über ihren Köpfen ist nicht verrammelt.

»Guck mal rein, Danny. Im Gegensatz zu mir kommst du ran«, sagt Zamora.

Danny, der sich auf Zehenspitzen stellt und ins Halbdunkel späht, kann das kaputte Aquarium sehen, das hinten gegen die Wand geschoben wurde. Man hat die Stühle umgedreht auf die Tische gestellt. Keine Spur der Scherben und kaputten Möbel, weder vom Wasser noch von den toten Fischen.

»Ich kann nicht viel erkennen.«

»Wir müssen rein«, brummt Zamora und rüttelt an einem Rollladen.

Danny greift nach den Dietrichen, die er um den Hals trägt. Vielleicht gehören die Vorhängeschlösser zu der leicht zu knackenden Sorte?

Sein Vater hatte begonnen, ihm das Knacken von Schlössern beizubringen. Dabei hatte er Danny wiederholt erzählt, was der junge Houdini als Aushilfe bei einem Eisenwarenhändler erlebte: Man bat ihn, die Handschellen eines Häftlings zu öffnen, was ihm gelang und – unglaublich, aber wahr – den Grundstein für seine Karriere legte. Jeder fängt klein an, denkt Danny. Die Rake ist am besten, wenn es schnell gehen muss. Er klappt das Set mit den Dietrichen auf, setzt den Spanner in das Schloss und beginnt das Sägeblatt der Rake vor und zurück zu ziehen. Die Stifte bewegen sich, das kann er spüren, und er versucht sie in die Öffnungsposition zu bringen. Fast geschafft. Noch einen Versuch.

Da hört er rasch näher kommende Schritte und klappt die Dietriche hastig ein.

Als er hochschaut, erblickt er Sing Sing.

Sie kommt den Hügel herunter, die Augen hinter einer großen, verspiegelten Sonnenbrille verborgen, über der Schulter einen kleinen Rucksack. Ihre Turnschuhe leuchten knallgrün in der Sonne. Danny hat auf einmal das Gefühl, als würde eine Last von ihm abfallen. Im hellen Tageslicht sieht Sing Sing aus wie ein gewöhnlicher Teenager – nicht wie eine Feindin. Danny ist froh, sie zu sehen.

»Was haben wir von ihr zu halten?«, flüstert Zamora.

»Schwer zu sagen«, antwortet Danny. »Aber ich hatte gestern Abend das Gefühl, als würde sie auf etwas warten …«

»Oi, *señorita*!«, dröhnt Zamora. »Auf ein Wort …«

»Wieso warst du gestern Abend plötzlich weg?«, unterbricht Danny den Major.

Sing Sing kommt auf sie zu, biegt aber im letzten Moment ab und geht an ihnen vorbei. Zamora will sie festhalten, doch sie weicht geschmeidig aus und zischt: »Klappe, ihr Trottel. Los, folgt mir.« Dann eilt sie weiter.

»Wir haben nichts zu verlieren«, sagt Danny. »Aber wir sollten die Augen offen halten.«

Sing Sing biegt drei Läden weiter in eine Gasse ein. Danny versucht ruhig zu bleiben. Er schärft seine Sinne und schaut sich mit weit aufgerissenen Augen nach möglichen Gefahren um, während sie dem Mädchen folgen.

Sing Sing ist ihnen gut zehn Schritte voraus, und sie geht schnell. Schließlich biegt sie nach rechts in einen noch dunkleren Durchgang ab, der hinter den Läden entlangführt. Sie bleibt stehen.

»Die Hintertür des Golden Bat«, sagt sie über die Schulter. »Ich habe einen Schlüssel …«

»Warum bist du abgehauen?«, fällt Danny ihr ins Wort. »Wo ist Laura?«

Sing Sing schüttelt den Kopf. »Jetzt nicht. Man darf uns hier nicht ertappen. Ihr sucht etwas, stimmt's? Etwas, das deiner Tante gehört?«

»Woher weißt du das?«

»Nur so eine Vermutung.«

»Wo steckt Chow?«, fragt Zamora. »Raus mit der Sprache, Miss!«

Sing Sings Blick ist hinter der Sonnenbrille nicht zu erkennen. »Keine Ahnung«, sagt sie, wendet sich ab und kneift ihren Mund zu einem schmalen Strich zusammen. »Also, Jungs – kommt ihr nun mit oder nicht?«

Zamora wirft Danny einen Blick zu. »Was meinst du?«

»Wir sind dabei. Aber wir haben ein paar Fragen …«

»Ihr habt nur fünf Minuten«, sagt Sing Sing und steckt den Schlüssel in das Schloss. »Andernfalls bekommen wir fetten Ärger.«

Die Metalltür öffnet sich quietschend zur Küche des Golden Bat.

Eine ganze Batterie von Pfannen und Woks steht für die Arbeit des neuen Tages bereit, die Luft ist von Gerüchen nach Soja und abgestandenem Öl gesättigt. Hackmesser hängen aufgereiht an der Wand. Danny hat noch vor Augen, wie seine Tante mit solchen Messern bedroht wurde – und als er sich vorstellt, dass man ihr damit die Finger abhackt, wird ihm schlecht. Er schluckt schwer.

»Was sucht ihr?«, fragt Sing Sing, die das Licht anknipst. Wieder dieser forsche, abweisende Ton. Aber Danny hat das Gefühl, dass sich dahinter etwas Zartes verbirgt.

»Geht dich nichts an«, antwortet Zamora. »Machst du etwa gemeinsame Sache mit den Burschen der Triaden?«

»Als ob das *so* einfach wäre«, erwidert sie und nimmt die Sonnenbrille ab. Danny sieht im Neonlicht, dass man sie ins Gesicht geschlagen hat. Die Prellung unter dem rechten Auge sticht auf ihrer hellen Haut hervor, wirkt hässlich und fehl am Platz.

»Alles in Ordnung?«, fragt er und zeigt auf die Verletzung. Ein solcher Schlag muss höllisch wehtun.

»Selbst schuld«, sagt sie knapp. »War nicht schnell genug. Wir müssen uns beeilen. Die Triaden haben ihre Augen überall. Der Chefkoch wird gleich hier sein, und er ist *sehr* wütend wegen seiner Fische.« Sie erwidert Dannys Blick, schaut ihm diesmal direkt in die Augen und lächelt wieder – ganz kurz. Ein solches Lächeln kann man nicht vortäuschen, denkt er, denn es sind zu viele winzige Muskeln rund um die Augen daran beteiligt. Dann verfliegt es schlagartig, und sie wendet sich ab, um ins Restaurant zu gehen. »Kommt.«

Sie folgen ihr in das höhlenartige Innere des Golden Bat.

Lärm und Chaos der letzten Nacht sind wabernden Schatten gewichen, die sich um die Tische und die hochgestellten Stühle ballen. Die gewundenen Drachen grinsen höhnisch im Zwielicht, ihre Gesichter wirken auf einmal bedrohlich.

Danny geht zu dem erhöhten Sitzbereich. »Los, Major. Wir suchen erst bei unserem Tisch.«

»Ich stehe Schmiere«, sagt Sing Sing und geht zu dem kleinen Fenster. »Aber beeilt euch. Wir haben nicht den ganzen Tag Zeit.«

»Guck unter dem Tisch«, sagt Zamora. »Ich knöpfe mir alles drum herum vor.«

Danny kriecht über den dunklen Fußboden. Es gibt noch einige feuchte Stellen, aber davon abgesehen ist nichts mehr zu finden. Die Holzdielen wurden nach dem Chaos des gestrigen Abends gefegt und gewischt. Ein winziger roter Fisch liegt vergessen neben einem Tischbein. Danny stupst ihn mit der Fingerspitze an. Der Fisch regt sich nicht – er liegt mit offenem Maul, glasigen Augen und erstauntem Blick da, erstickt am fremden Element. Mehr kann Danny nicht entdecken.

Er kriecht entmutigt unter dem Tisch hervor.

»Nichts?«, fragt Zamora.

Danny schüttelt den Kopf und geht auf das kleine Fenster zu, vor dem sich Sing Sings Kopf im Morgenlicht abzeichnet.

»Was hat meine Tante erzählt, als ihr euch gestern Abend mit ihr getroffen habt?«

»Nicht viel. Das Übliche. Sie hat viel von dir gesprochen! Hochinteressant …« Wieder dieser Anflug eines wissenden, etwas überheblichen Lächelns.

»Sonst nichts?«

Sing Sing schlingt ihre Arme um den Oberkörper und schüttelt den Kopf. Sie wirkt einsam, denkt Danny. Irgendwie verschlossen. Er muss daran denken, wie er in Ballstone im Tor stand, weit weg vom Geschehen auf dem Spielfeld. Ja, diese Geste von Sing Sing wirkt wie ein Schutz; als wolle sie sich von anderen abschirmen. Weil sie verletzt wurde und weitere Verletzungen vermeiden will?

Vielleicht. Andererseits wirkt die Geste spontan. Sie wurde nicht durch eine Erinnerung ausgelöst. Stattdessen scheint Sing Sing ihren Rucksack zu verbergen, als hätte sie darin etwas Wertvolles verstaut.

Sie lacht plötzlich. »Wieso starrst du mich so an?«

»Nur so. Ich …« Danny wechselt das Standbein, tritt näher an sie heran. Wie erwartet, dreht Sing Sing den Rucksack wieder von ihm weg.

»Versuchst du etwa, *mich* zu hypnotisieren?«

»Nein, ich denke nur an Lauras kleines rotes Notizbuch.« Und da ist es – eine Regung in der Mimik, als wäre sie ertappt worden. »Her damit, wenn ich bitten darf.«

Sing Sing lächelt. »Nicht schlecht!«

Sie holt das mit einem Gummiband verschlossene Notizbuch aus dem Rucksack. Im schmalen Streifen Sonnenlicht, der durch das Fenster fällt, leuchtet es rot. »Nicht übel, Mr Woo.«

»Warum hast du uns das nicht gleich gesagt?«

»Ihr habt nicht gefragt. Außerdem wollte ich herausfinden, wie clever du wirklich bist!«

Das besänftigt Danny. Wahrscheinlich ist das ihre Strategie: raue Schale, weicher Kern ... Zumindest hofft er das.

Er senkt den Blick auf das Notizbuch und blättert darin, um zu verbergen, dass ihm das Kompliment peinlich ist. Zamora hat alles mitbekommen und eilt herbei, um auch einen Blick in das Buch werfen zu können.

Gemeinsam überfliegen sie die Eintragungen in Lauras gehetzter Handschrift. Schließlich stoßen sie auf die letzten Notizen.

Unter dem gestrigen Datum lesen sie: *12:30. Immer noch nichts von Tan. »Krankgeschrieben«. Geht nicht ans Telefon.*

Und weiter: *Treffen mit Chow im Golden Bat 19:30. Well Street.*

Und zuletzt, in Großbuchstaben und unterstrichen: *SCHW DR – W. M.?*

»SCHW DR steht für Schwarzer Drache«, sagt Zamora. »Aber W. M.? Was soll das heißen?«

»Keine Ahnung«, antwortet Danny. »Weißer Mann? Wie weißer Anzug?« Er wendet sich an Sing Sing. »Hast du eine Ahnung, wer mit *W. M.* gemeint sein könnte?«

»Da muss ich passen.«

Ein Auto, aus dem chinesische Popmusik schallt, rumpelt draußen vorbei, dicht gefolgt vom wespenartigen Brummen eines Motorrollers, das kurz aussetzt und sich danach auf der Straße entfernt. Sing Sing wirft einen Blick aus dem Fenster.

»Lasst uns abhauen. Ich glaube, das war jemand von den Triaden.« Sie fährt herum und rennt fast lautlos durch das Restaurant. »Man sieht sich!«

»Aber …«, setzt Danny an.

»Viel Glück!«, ruft sie und schlängelt sich zwischen den Tischen durch. Ihre schmale Gestalt bleibt immer im Gleichgewicht, jeder Schritt ist federnd und präzise.

»Los, Danny«, sagt Zamora. »Hinterher!«

Doch als sie die Küche endlich hinter sich gelassen haben, ist die Hintertür schon zu.

Und als sie in die Gasse rennen, in der die Ware angeliefert wird, ist Sing Sing verschwunden. Sie hören nur noch ferne Schritte, die von den Wänden widerhallen. Schwer zu sagen, ob sie von links oder rechts kommen – oder, durch irgendeine akustische Täuschung, scheinbar von oben.

Zamora bläst die Wangen auf. »Besser, wir hauen auch ab. Die gute Sing Sing wurde durch etwas aufgeschreckt, *no*? Mr Kwan wird bald hier sein.«

»Wir hätten sie nicht gehen lassen dürfen.«

Danny horcht angestrengt auf die verhallenden Schritte. Dann

Stille. Sing Sing hat sie an der Nase herumgeführt, und das ärgert ihn. Sie muss von Anfang an gewusst haben, dass wir das Notizbuch suchen, denkt er. Aber da ist auch noch ein Gefühl: Enttäuschung darüber, Sing Sing wieder aus den Augen verloren zu haben.

Als sie einen Blick auf die Straße werfen, ist der Motorroller nicht mehr zu sehen.

Stattdessen wartet Kwan weiter hinten in der Straße, in sicherer Entfernung und in den tiefen Schatten, die von der Morgensonne geworfen werden. Er blendet einmal auf, lehnt sich dann aus dem Autofenster und winkt ihnen.

»Los, los, einsteigen«, sagt er, als sie sein verbeultes Auto erreichen. »Schnell. Ich will hier nicht gesehen werden. Eben ist ein Späher der Triaden vorbeigefahren.« Kwans eulenartiges Gesicht wirkt nervös.

Danny und Zamora gleiten auf die Rückbank, und Kwan gibt Gas, noch bevor sie die Tür richtig geschlossen haben. Er fährt am Golden Bat vorbei, schaut in den Rückspiegel, während er knirschend höherschaltet.

»Gerade noch rechtzeitig«, sagt er, als sie an der Kreuzung rechts abbiegen und im Stau untertauchen. »Wenn man uns dort erwischt, wird uns das schlecht bekommen, glaubt mir.«

ZWÖLF

* * * * * * * * * * * * * * *

Wie man eine Drachenhöhle findet

Je weiter sie sich von dem Restaurant entfernen, desto entspannter wirkt Kwan.

»Schrecklich, was Miss White passiert ist. Ich werde alles in meiner Macht Stehende tun, um zu helfen.«

»Wir müssen uns an einem bestimmten Ort umschauen, Mr Kwan«, sagt Zamora. »Wie heißt er gleich, Danny?«

»Wuchung Mansions.«

»Wissen Sie, wo das ist?«

Kwan windet sich, als wäre ihm ein schlimmer Gestank in die Nase gestiegen. »Das ist eine üble Ecke. Richtig verkommen. Ein alter Wohnblock. Billige Absteigen, von Ungeziefer verseuchte Betten, Drogen, miese Typen. Sollte man meiden ... Wenn die Polizei dort Streife fährt, dann immer nur zu dritt. Und bewaffnet.«

»Wie das Viertel, in dem ich aufgewachsen bin«, sagt Zamora grimmig. »Klingt super.«

»Wir fahren dorthin, Mr Kwan. Es geht nicht anders.«

Kwan holt zischend Luft. »Gut. Ich fahre Sie. Aber ich setze Sie kurz vorher ab, und Sie erzählen niemandem, dass ich Sie dorthin gebracht habe. *Keiner* Menschenseele, verstanden?«

»Ja«, sagt Danny. »Erzählen Sie uns noch, wohin Sie meine Tante gestern gefahren haben?«

Der Verkehr ist wieder zum Stillstand gekommen, und Kwan dreht sich zu ihnen um. »Quer durch die Stadt. Happy Valley, die Rennbahn, Mong Kok, Victoria Peak. Sie hat den ganzen Nachmittag jemanden gesucht. Wir waren überall, und ich habe jedes Mal auf sie gewartet. Sie wurde immer gereizter. War sehr verärgert. Dann bat sie mich, sie zum Golden Bat zu fahren. Dort habe ich sie um neunzehn Uhr fünfundvierzig abgesetzt und bin heimgefahren. Meine Frau war ziemlich sauer.« Er seufzt. Endlich geht es weiter. Ein Motorroller klebt an ihrer Stoßstange, und Kwan wirft einen raschen Blick in den Rückspiegel.

Danny wagt einen weiteren Vorstoß. »Haben Sie jemals von einer Organisation namens Schwarzer Drache gehört?«

Kwans Augen blitzen bejahend auf.

»Kann sein, dass ich in der Zeitung davon gelesen habe. Eine Triaden-Bande.« Er verzieht das Gesicht. »Abschaum.«

»Und die sogenannten Neunundvierzig?«

Dieses Mal bleibt Kwans Miene ausdruckslos. »Nein, nie gehört. Welche Neunundvierzig?«

»Wir glauben, dass die etwas mit der Entführung zu tun haben«, sagt Danny.

»Was sagt die Polizei dazu?«

»Sie ermittelt«, antwortet Zamora düster.

Sie brausen über die Kreuzung in eine Straßenschlucht mit hoch aufragenden Gebäuden.

Danny lehnt sich zurück und blättert in Lauras Notizbuch. Die

Notizen auf den letzten sechs oder sieben Seiten haben offenbar mit ihren Nachforschungen zu tun, aber ihre Schrift ist kaum lesbar, und er kann nur einzelne Wörter entziffern. FRACHT, PIRATERIE? WANSHAN-INSELN. Zwischen den Seiten steckt ein Zeitungsausschnitt, und als Danny ihn auseinanderfaltet, erblickt er ein Foto von Chow, der mit starrer Miene am Hafen steht. Die Schlagzeile lautet: GESCHÄFTSMANN TROTZT DEM NEUEN DRACHEN.

Danny zeigt es Zamora.

»Schau dir mal die Bildunterschrift an«, sagt der Major.

»Ehemaliger Bandenchef sagt, er habe neues Kapitel im Kampf für Recht und Ordnung in Hongkong aufgeschlagen«, liest Danny laut vor.

»Das sagen sie alle«, schnaubt Kwan. »Aber alle bringen ihre Schäfchen ins Trockene.« Er hält schlingernd neben der Bordsteinkante. »Die Mansions sind dort drüben.«

Er zeigt auf eine hässliche Ansammlung von Gebäuden auf der anderen Straßenseite. Die zwei untersten Stockwerke sind voller schriller Werbung für Wechselstuben, Massagen oder Karaoke. Darüber erheben sich gut zwanzig weitere Stockwerke, grau und wuchtig und mit Klimaanlagen, die wie Furunkel auf den Wänden sitzen. Das Dach ist übersät von Antennen und Unkraut. Das wirkt weder sehr appetitlich noch einladend. Menschen drängen unablässig zur Tür hinein und heraus.

»Sieht wie eine Festung aus«, sagt Danny unsicher.

»Sie hätten das alte Hongkong sehen sollen, Sir. Kowloon mit seiner Stadtmauer. War noch viel schlimmer.« Kwan schaut nostalgisch drein. »Ein *gweilo* wie Sie hätte keinen Fuß hineingesetzt.«

»Gweilo?«

»Bleicher Geist. Ein Fremder.«

Das Wort löst in Danny ein bedrücktes Gefühl aus. Er blickt in den Rückspiegel. Es stimmt. Hier in Hongkong wirkt er im Vergleich mit all den Menschen auf den Straßen eindeutig europäisch. In Ballstone dagegen war er sich stets der Gene seiner Mutter bewusst, die in seinem schwarzen Haar und den schmalen, geschwungenen Augen zum Ausdruck kommen. Vor dem Brand, als er noch in der Geborgenheit der kosmopolitischen Nische des Mysteriums zu Hause war, hatte er fast nie über Nationalität oder Abstammung nachgedacht. Seinem Gefühl nach wurden Menschen durch das geprägt, was sie taten oder sagten. Aber seit dem Brand hat das Bedürfnis, sich »zugehörig« zu fühlen, ständig an ihm genagt.

Er seufzt und kramt in seiner Tasche nach Geld, um Kwan zu bezahlen. Stattdessen kommt der Post-it-Zettel zum Vorschein. Er beugt sich vor, um ihn Kwan zu zeigen.

»Können Sie das lesen?«

Der Taxifahrer mustert die Schriftzeichen.

»Schlimme Handschrift. Da steht: ›Sai-Wan-Pier, Cheung-Chau-Insel‹.«

»M goi«, sagt Danny und lässt das Kantonesisch über seine Zunge rollen. *Vielen Dank.* Er hat das Gefühl, den Geschmack eines Gerichts im Mund zu haben, von dem er seit vielen Jahren nicht mehr gekostet hat.

Kwan nickt. »Keine Ursache.«

»Können Sie uns später dorthin fahren?«

»Ich kann Sie an der Fähre absetzen«, sagt der Taxifahrer und klopft auf das Lenkrad. »Die Straßen auf der Insel sind zu schmal für mein Auto. Geben Sie in den Mansions gut auf sich acht. Meiden Sie einsame Ecken. Und rufen Sie an, wenn Sie mich brauchen. Ich muss jetzt nach Hause zu Mrs Kwan. *Baai-baai.*«

Danny und Zamora schlängeln sich durch die Touristen und Einheimischen. Das Gebäude ragt wie eine Felswand über ihnen auf. Junge Männer zupfen an ihren Ärmeln, preisen die Schnäppchen an, die im Inneren des Gebäudes zu machen sind – oder werben leise für zwielichtigere Angebote in den oberen Stockwerken.

»Wollen Sie glücklich werden, meine Herren?«

»Das beste Curry außerhalb Bombays.«

»Hier liest man Ihre Zukunft – garantiert rosige Zukunft!«

Über der Tür hängt ein Schild mit der Aufschrift: »Wuchung Mansions. Luxusappartements seit 1952.«

»Wir sind in Eile«, brummt Zamora. »Verzeihen Sie bitte …«

Aber Danny bleibt mitten im Menschenstrom wie angewurzelt stehen und zeigt auf das Schild.

»W. M., Major. Wuchung Mansions. Laura muss diesen Ort gemeint haben. Wir wissen immerhin, dass der Typ mit dem Pferdeschwanz hier war. Zwischen dem Schwarzen Drachen und diesem Gebäude muss es eine Verbindung geben.«

DREIZEHN

* * * * * * * * * * * * * *

Wie man einen Ganoven hypnotisiert

Das Erdgeschoss ist ein weitläufiges Labyrinth mit winzigen Läden und Restaurants. Das Plärren der Elektrogeräte vermischt sich mit dem Rattern der Spielautomaten, der Duft der Currysauce mit dem Gestank von Bleichmitteln.

Danny und Zamora dringen immer tiefer in dieses Gewirr vor, blinzeln im Zwielicht, fühlen sich wie Besucher von einem anderen Planeten.

Leute huschen durch die Schatten. Überall wird laut geredet, alle Sprachen vermischen sich, ob Kantonesisch, Hindi, Thai, Englisch oder Japanisch. Diese exotische Umgebung verwirrt Dannys Sinne – aber insgeheim sind ihm die Laute und Gerüche vertraut. Die Erinnerung an die Grußformeln und den höflichen Singsang des Kantonesischen, das er als kleiner Junge hörte, kehrt verschwommen zurück. Gut möglich, dass er nicht wie ein echter Chinese aussieht, aber er kann sich vorstellen, wie seine Mutter sich an Orten wie diesem bewegte. Hier wäre sie in ihrem Element gewesen, hier hätte sie sich genauso elegant bewegt wie bei ihrem allabendlichen Hochseilakt – ohne das anarchische Gekasper der Khaos Klowns zu beachten, die den Zirkusring unter ihr mit Flammen, Rauch und Kettensägenlärm erfüllten. Sie war der Fels in der Brandung.

Jedes Mal, wenn sich jemand neugierig nach ihnen umdreht, entdeckt er eine Nase, eine Wange oder schmale Schultern, und das Bild seiner Mutter setzt sich Stück für Stück zusammen. Gefühle drohen ihn zu überwältigen, und seine Trauer wächst, aber er weiß, dass er jetzt einen klaren Kopf behalten muss.

Zamora hält ihn am Arm fest.

»Da ist es, Danny: *Herz und Sohle.*«

»Lass mich etwas ausprobieren. Steh du Schmiere.«

Danny betritt den kleinen Laden so selbstsicher wie möglich – trotzdem schlägt sein Herz schneller – und klopft auf den Tresen.

Ein Mann mit Hängebacken schaut von der Werkbank auf und mustert Danny mit mäßiger Neugier.

»*Jou sahn.* Einer meiner Freunde hat mich gebeten, seine Schuhe für ihn abzuholen.«

Der Mann zieht die Augenbrauen hoch. »Abholschein?«

»Den hat er verloren. Er hat einen langen Pferdeschwanz und eine gebrochene Nase und etwa Ihre Größe.«

Der Mann legt die Stirn in Falten.

»Du bist ein Freund von Tony?«

»Ja«, antwortet Danny mit fester Stimme. »Tony. Er meinte, ich solle mich beeilen. Hopp, hopp.«

Der Mann runzelt wieder die Stirn, dann wühlt er in einem Haufen neu besohlter Schuhe. Er findet das gesuchte Paar und lässt zwei geschmacklose Schlangenleder-Slipper auf den Tresen fallen. An einem klemmt ein Schein.

Der Mann betrachtet Danny mit verengten Augen, als hätte er plötzlich Zweifel bekommen. Er hebt die rechte Hand. »Fünf Dollar. Fünf.«

»Sie können ihn gern anrufen«, sagt Danny und legt zehn Dollar auf den Tresen. »Aber er hat mich gebeten, schnell zu machen. Der Rest ist für Sie.«

Der Mann nimmt den Schein und denkt kurz nach, steckt die Schuhe dann rasch in eine Tüte und wedelt Danny weg wie einen üblen Geruch.

Draußen zieht Danny die Schuhe aus der Tüte und studiert den Zettel. Statt eines vollen Namens und einer Adresse ist ein einzelnes, unlesbares Schriftzeichen mit Kugelschreiber neben die Summe gekritzelt worden. Er kehrt enttäuscht zu Zamora zurück.

»Wir haben eine Spur. Nur einen Vornamen. Und wir können nicht das ganze Gebäude durchsuchen. Das würde Tage dauern.«

»Wir beobachten es von der anderen Straßenseite aus«, sagt Zamora. »Vielleicht tut sich ja etwas.«

Während sie durch das morgendliche Menschengewimmel zurückgehen, sinkt ihr Mut.

Aber manchmal kann sich das Blatt innerhalb von Sekunden wenden. Eine kleine Veränderung im Gefüge der Welt, und schon bietet sich eine Gelegenheit. Und wenn man aufpasst – und nicht zögert –, kann man zuschlagen.

Als Danny sich einen Weg zum Bürgersteig bahnt, sieht er aus den Augenwinkeln den Pferdeschwanz. Er kommt ihnen entgegen, seine Stirn ist bandagiert und er humpelt, aber das hagere Gesicht und die Haare sind unverkennbar.

Danny überlegt nicht lange, sondern drängelt sich rasch zu dem Mann durch. Zamora folgt ihm auf den Fersen, ohne zu wissen, was Danny gesehen hat. Beim Anblick des Mannes brüllt er: »He, auf ein Wort, Mister Haarig!«

Der Pferdeschwanz blickt auf, macht kehrt und eilt durch das Gewimmel der Passanten davon. Er hat einen guten Vorsprung, und Danny befürchtet kurz, dass sie ihn in diesem Chaos aus den Augen verlieren. Aber dann stolpert der Mann über einen Koffer und fällt der Länge nach hin.

Danny wird durch eine Gruppe von Rucksacktouristen aufgehalten, aber der Major bewegt sich verblüffend schnell und steht Sekunden später neben dem Gestürzten. Für Passanten sieht es so aus, als würde er ihm aufhelfen.

»Mitkommen, *amigo.* Ganz brav.«

Als Danny dazukommt, zuckt er zusammen, denn der Major hat eine kleine Pistole, und er hält sie so, dass der Mann sie gerade eben sehen kann. Der Pferdeschwanz rappelt sich auf, und Zamora verbirgt die Waffe hinter seinem Rücken vor neugierigen Blicken.

»Da entlang«, zischt er und stößt den Mann zu einem Durchgang zwischen den Mansions und dem angrenzenden Gebäude. »Und keinen Mucks, *comprende?*«

Der Mann nickt und lässt sich in den Durchgang führen. Dort ist es dunkel und voller Müll, und es stinkt nach Urin. Die Gebäude ragen auf wie die Wände eines tiefen Brunnens, und vor dem schmalen Streifen Himmel zeichnet sich ein Gewirr von Rohren und herabhängenden Kabeln ab.

»Keinen Mucks«, wiederholt Zamora und stößt die Mündung der Pistole in den Rücken des Mannes. »Kapiert?«

Der Mann nickt mit wippendem Pferdeschwanz. Der Zorn in Zamoras Augen scheint ihn einzuschüchtern. Kein Zweifel – der Major meint es ernst.

»Kein Problem.«

»So ist brav«, sagt Zamora und stößt den Mann noch tiefer in die Schatten. Danny, der ihnen folgt, schaut sich um, aber auf der Straße scheint sie niemand bemerkt zu haben. Die Welt dreht sich weiter, als wäre nichts geschehen.

»Und nun raus mit der Sprache, mein Freund, und zwar schnell: Wo ist Miss White? Wo steckt die Frau, die ihr Spatzenhirne gestern entführt habt?«

Der Pferdeschwanz schüttelt den Kopf. »Ich nicht verstehen.«

»In den Wuchung Mansions, richtig? Stimmt's oder habe ich Recht? Aber in welchem Stockwerk? Und in welchem Zimmer?«

»Nicht sagen.«

»*¡Ay caramba!* Wir haben keine Zeit für diesen Unsinn.«

Der Gangster sieht tatsächlich aus, als hätte er die Hosen gestrichen voll. Seine Pupillen sind stark geweitet, die Muskeln um die Augen zucken, und er beißt die Zähne zusammen.

»Du hast drei Sekunden«, sagt Zamora. *»Uno, dos …«*

»Er wird nichts verraten«, flüstert Danny. »Er hat mehr Angst vor seinen Leuten als vor uns. Hat sicher einen Eid geschworen –

Tod durch tausend Stiche oder so. Das wäre viel schlimmer für ihn, als von dir erschossen zu werden.«

Danny denkt schnell nach. Wie können sie diese Situation am besten nutzen? Vielleicht sollte er jetzt anwenden, was er bisher immer nur geprobt hat. Bei der Stewardess hat die Spiegeltaktik gut funktioniert – bei Lo dagegen nicht. Ich muss wohl schneller und direkter vorgehen, denkt Danny.

»Ich habe eine bessere Idee. Wir sollten reden. Und zwar … ganz … ganz ruhig. Ganz entspannt.«

Er hat das Gefühl, als würde sein Vater ihm Anweisungen zuraunen: *Gut so, Danny, Blickkontakt halten, Stimme senken. Benutze deine Hand, um zu beeinflussen, was dein Gegenüber sieht … Immer wieder mit Namen anreden, dann entspannst du dich, und er entspannt sich, du entspannst dich und …*

Er nimmt die Dietriche ab. Hier, in diesem dunklen Durchgang, funkelt das Set und lenkt die Aufmerksamkeit des Pferdeschwanzes auf sich. Danny hält den Blick des Gangsters.

»Tony. Hör mir gut zu. Wir werden uns schon einigen. Hier, schau mal!« Er hebt den Dietrich, hält ihn dem Mann vor die Augen und füllt dessen Blickfeld aus.

»Immer meine Hand anschauen, immer meine Hand anschauen. Ja, gut so.«

Danny presst den kühlen Stahl gegen Tonys Stirn, packt mit der anderen Hand den Hinterkopf und drückt ihn nach unten. Er hat ihn im Griff.

»Schlaf, Tony. *Wan an.*«

Diese chinesischen Wörter fliegen ihm zu. Seine Mutter hat sie jeden Abend zu ihm gesagt, als er klein war: Gute Nacht, schlaf gut.

Und der Mann gehorcht!

Eine gelungene Überrumpelung, eine Hypnose wie aus dem Lehrbuch. Man wählt die richtige Person aus dem Publikum aus, und diese dreht sich scheu um – oder grinst einen Freund an –, dann lenkt man ihre Aufmerksamkeit auf sich, stellt eine Verbindung her, verwirrt die Person, erteilt ihr den Befehl … und schon schläft sie. Oder fällt mit etwas Glück in Trance.

Vielleicht war es in diesem Fall hilfreich, dass Zamora dem Mann vor knapp zwölf Stunden eine Gehirnerschütterung verpasst hat; vielleicht haben widersprüchliche Interessen oder die Angst nachgeholfen. Wer weiß? Vielleicht ist es auch nur Anfängerglück wie bei dem jungen Houdini, der die Handschellen löste – was nicht nur den Häftling, sondern auch Houdini überraschte. So wurde eine Legende geboren … Sobald Danny den Dietrich auf Tonys Stirn drückt, trübt sich dessen Blick. Er ist bereit.

»Du schläfst jetzt«, sagt Danny ganz leise und verdrängt die Mischung aus Erstaunen und Euphorie, die ihn durchzuckt. »*On min*. Die Augen schließen, Tony. Weiter. Hör auf meine Stimme. Einatmen und auuusatmen.«

Der Atem des Pferdeschwanzes verlangsamt sich. Sein Kopf liegt schwer in Dannys Händen, dessen Selbstvertrauen wächst. Seine Stimme beruhigt ihn selbst genauso wie den Mann.

Zamora kämpft gegen ein Grinsen an.

»Gut«, sagt Danny. »Augen öffnen. Aber gaaanz entspannt bleiben. Und nun überleg, wo Laura ist. Wo hält sie sich auf? Egal, wie sehr du dich dagegen sträubst, du kannst nicht anders, als an das Zimmer und das Gebäude zu denken. Du hast alles vor Augen. Du wehrst dich, aber dir steht alles klar und deutlich vor Augen.«

Er nickt dem Major zu, der die Pistole in der Jackentasche verschwinden lässt. Die Mündung beult den Stoff aus, falls der Pferdeschwanz doch noch eine Ermahnung brauchen sollte.

»Alles bestens, Major«, sagt Danny. »Wir können uns jetzt zurücklehnen. Wie der gute Tony. Er muss gar nicht reden.«

Solange der Pferdeschwanz nicht das Gefühl hat, die Bande zu verraten, wird man ihn durch seine Körpersprache und die unbewussten Signale überführen können. Danny schüttelt die Finger aus und legt seine Hände locker auf die Schultern des Mannes.

»Denk weiter darüber nach – stell dir vor –, wohin du gehen würdest, um deine Freunde zu finden … Vor oder zurück. Nach links oder rechts. Wie beginnst du?«

Der Mann zuckt wie ein Schlafwandler. Danny kann diesen Impuls deuten und führt den Pferdeschwanz langsam zurück zum Bürgersteig.

»Gut so«, sagt Danny. »Behalt das Bild im Kopf … Hier entlang, nicht wahr? Nach links, richtig?«

Die Muskeln des Mannes bewegen sich unter Dannys Fingerspitzen. Es funktioniert.

Zamora pfeift halblaut. »Unglaublich, Mister Danny. Wie bei Axel Hellstrom!«

Danny erwidert nichts – er ist hochkonzentriert, berührt die Schultern des Mannes so leicht wie möglich, spürt jedem Widerstand nach, jeder noch so geringen Veränderung der Körperhaltung. Das war einst eine Art Spiel zwischen ihm und seinem Vater und gehörte zu seiner täglichen Arbeitsroutine. Aber in diesem Fall funktioniert die Deutung von Muskelregungen besser als bei Dannys Versuchen im Mysterium. Sind die Bewegungen des Pferdeschwanzes so leicht zu deuten, weil er hochnervös ist? Egal. Es funktioniert.

Sie haben den stinkenden Durchgang verlassen und tauchen unbemerkt in das bunte Treiben ein. Danny versucht, die Bewegungen des in Trance versetzten Mannes nicht im Voraus zu erraten. Das ist auch unnötig, weil der Mann jede Richtungsänderung so klar vermittelt, als würde er ihnen laut und deutlich sagen, wohin es gehen soll.

Sie wenden sich nach links und sind wieder in den Mansions. Sie gehen durch das Labyrinth, vorbei an den kleinen Läden im Erdgeschoss, an »Herz und Sohle« und am Gedränge vor den Fahrstühlen, in denen Überwachungskameras blinken, passieren Handy-Läden und Schneidereien … Und die Bewegungen des Pferdeschwanzes sprechen die ganze Zeit zu Dannys Fingerspitzen, als würden sie sagen: »Ja, hier entlang, dorthin, nein, nicht dahin, wir müssen nach hinten durchgehen.«

Schließlich gelangen sie an eine Brandschutztür. Danny nickt Zamora zu, der losrennt und die Tür aufhält. Sie zwängen sich hindurch. Sie fällt hinter ihnen zu und dämpft den Lärm der Mansions zu einem leisen Brummen.

In der plötzlichen Stille sind nur ihre Schritte auf dem blanken Beton zu hören. Danny redet weiter beruhigend auf den Pferdeschwanz ein: »Halt dir immer vor Augen, wo du hinwillst. Die Treppe hoch? Gut.«

Nach zwei Treppenfluchten erreichen sie einen schmutzigen, leeren Flur. An einer Tür hängt ein handgeschriebenes Schild mit der Aufschrift »Schöne Luxuszimmer«. Doch von diesem Luxus ist nichts geblieben. Der Mann geht schneller, Danny kann seine Eile durch die Finger bis in die Arme spüren. Sie kommen an einem Take-away vorbei, in dem indische Pfannengerichte auf schmierigen Gaskochern brutzeln, danach an einem Raum mit Frauen, die sich über surrende Nähmaschinen beugen. Im Anschluss führt ein langer und hallender Personalflur zurück in die Stille.

Die Schritte des Pferdeschwanzes geraten ins Stocken, und er bleibt vor der Tür eines uralten Fahrstuhls stehen. Darauf ein Schild: AUSSER BETRIEB.

»Wir probieren es trotzdem«, sagt Danny. »Ich bin mir sicher, dass er damit fahren will.«

Zamora drückt alle Knöpfe, und hoch über ihnen ertönt ein Rumpeln, das den Fahrstuhlschacht erbeben lässt. Der Major zwirbelt den Schnurrbart.

»Braucht dringend Öl, meinst du nicht auch? Ist diese Vogelscheuche immer noch in Trance?«

»Ganz tief.«

Die Fahrstuhltüren öffnen sich ruckelnd. Als sie eintreten, wackelt die Kabine bedenklich, und Zamora wirft einen argwöhnischen Blick auf den Boden.

Danny betrachtet die Tasten für die Stockwerke. Es sind vierundzwanzig, dazu ein E für Erdgeschoss und ein U für Untergeschoss. Der Notfallknopf ist mit rotem Isolierband beklebt. Nicht sehr vertrauenerweckend.

Danny, der den Draht zum Pferdeschwanz auf keinen Fall verlieren will, legt seine Fingerspitzen auf den rechten Handrücken des Gangsters.

»Okay. Jetzt denk an das Stockwerk, in das du fahren willst. Du musst den Arm nicht bewegen. Sag die Nummer im Geist immer wieder vor dich hin.«

Die Hand des Pferdeschwanzes ruckt hoch wie die eines Roboters, seine ausgestreckten Finger schweben über der 17.

Zamora drückt die Taste, und der Fahrstuhl ruckelt aufwärts. Über ihnen hallt ein metallisches Kreischen, und die Kabine poltert ächzend gegen die Wände des Schachtes. Der Major beginnt leise vor sich hinzupfeifen und starrt unverwandt die Tasten an.

»*No hay problema, no hay problema*«, murmelt er.

»*No problema*«, wiederholt der Pferdeschwanz in seiner tiefen Trance.

Der Fahrstuhl hält. Sie haben das siebzehnte Stockwerk erreicht. Zamora umklammert die Pistole.

Die Türen öffnen sich zu einem schmuddeligen Flur mit feuchten Wänden. Totenstille, die Luft ist zum Schneiden. In weiter Ferne erschallt ein hysterisches Lachen, das ruckartig verstummt, als sie aus dem Fahrstuhl treten.

»Irrenhaus«, sagt Zamora.

Danny beruhigt seinen Atem.

»Behalt das Bild deutlich im Kopf«, sagt er zu dem M

aber keine Ermutigung braucht. Danny kann spüren,

drängt, an sein Ziel zu gelangen, was auch immer es sein mag. Er spannt die Muskeln an.

»Ganz ruhig«, sagt Danny. »Nur keine Eile. Locker bleiben.«

Der Weg führt sie an mehreren unbeschrifteten Türen vorbei, danach eine halbe Treppe hinauf und durch einen weiteren feuchten Flur, dann über eine Verbindungsbrücke in einen anderen Teil der Wuchung Mansions. Dann wieder eine Tür und noch ein finsterer Flur …

»*Madre mia*«, murmelt Zamora. »Ich hoffe, wir finden hier wieder raus.«

Der Pferdeschwanz zögert. Vielleicht gewinnt seine Angst, das Versteck zu verraten, allmählich die Oberhand über alles andere. Danny kann in seinen Fingerspitzen keine Anzeichen von Bewegung mehr spüren. Der Mann scheint stehen bleiben zu wollen … hier.

»Alles bestens«, sagt Danny. »Kein Grund zur Sorge. Gehen wir weiter?«

Aber der Mann steht wie angewurzelt vor einer Milchglastür.

Darauf ein Schild: KUNG-FU-CLUB SCHWARZER DRACHE. Und unter den letzten beiden Wörtern zwei Schriftzeichen:

黑龍

Danny zieht die Augenbrauen hoch. Es sind eindeutig die gleichen Schriftzeichen. Er holt Tonys Feuerzeug aus der Tasche, betrachtet es kurz und gibt es dann Zamora. »Ich glaube nicht, dass Lo richtig übersetzt hat. Was meinst du?«

Der Major schüttelt den Kopf. »Mistkerl.«

Sie horchen angestrengt an der Tür. Dahinter herrscht Stille.

»Laura ist da drin?«, fragt Danny leise.

Und Tony nickt, als wäre er sehr, sehr weit weg.

VIERZEHN

* * * * * * * * * * * * * *

Wie man ohne einen Stift schreibt

Zamora drückt die Klinke, aber die Tür ist verschlossen.

Sie kann nur durch einen Code geöffnet werden. Der Kasten mit dem Tastenfeld ist auf dem Türrahmen angebracht. Während Danny überlegt, wie er dem Pferdeschwanz die Kombination entlocken kann, handelt der Major. Er rennt gegen die Tür, rammt sie dicht über dem Schloss mit der linken Schulter. Sie gibt etwas nach. Zamora legt die Stirn in Falten, dann nimmt er einen neuen Anlauf. Dieses Mal splittert der Rahmen. Die nur noch an einer Angel hängende Tür schwingt auf und kippt auf den Fußboden. Staub wölkt auf.

Ein Krach wie eine Bombenexplosion hallt durch den Flur – und reißt den Pferdeschwanz aus seiner Trance. Er macht große Augen und blinzelt hektisch, während er die Situation erfasst. Im nächsten Moment rennt er los, flitzt um eine Ecke und ist verschwunden.

»Vergiss ihn«, sagt Danny. »Lass uns lieber nachsehen, was sich hinter dieser Tür verbirgt.«

Sie laufen durch ein Büro in eine große, hallende Sporthalle. Durch eine Reihe staubiger Fenster fällt trübes Licht auf den

Holzfußboden. Vor der gegenüberliegenden Wand hat man ein ganzes Arsenal von Knüppeln, Stöcken und Hanteln aufgereiht. Davor stehen zahlreiche hölzerne Übungspuppen mit starr gereckten Armen. Kung-Fu-Meister, deren Schwarz-Weiß-Porträts an den Wänden im Gang hängen, schauen streng auf sie herab.

»Laura?«, ruft Zamora.

Ein Sandsack dreht sich langsam und ächzend an einem Seil. Kein Mensch in Sicht. Die Stille singt in ihren Ohren.

Am anderen Ende der Sporthalle gibt es zwei Milchglastüren. Eine davon steht einen Spaltbreit offen.

Unter den Augen der lebensgroßen Übungspuppen durchqueren sie die Halle, alle Sinne geschärft. Noch immer ist nichts zu hören. Fast unheimlich, wenn man bedenkt, wie viel Lärm in dieser Stadt herrscht, denkt Danny. Er greift nach der angelehnten Tür – horcht angestrengt – und tritt sie dann auf.

Ein Dutzend Campingbetten stehen dicht gedrängt in dem Raum, darauf ein Durcheinander von Schlafsäcken, Decken und Reisetaschen, ungespülten Reisschalen, Tassen, Teekannen, überquellenden Aschenbechern. Die Luft ist schwer vom Geruch nach Rauch und Schweiß.

»Stinkt wie im Wohnanhänger der Khaos Klowns nach einem Auftritt, *no*?« Zamora rümpft die Nase. »Diese Ganoven sind offenbar Deo-Verweigerer.«

Danny nimmt eine halb leere Tasse in die Hand. Der Kaffee ist trüb, aber noch lauwarm.

»Sie können noch nicht lange weg sein. Schauen wir mal im anderen Raum nach.«

Die zweite Tür knarrt in den ungeölten Angeln, ein Geräusch, das entsetzlich laut durch die Sporthalle dröhnt und die beiden innehalten und horchen lässt. Doch alles bleibt ruhig.

Dieser Raum ist kleiner, fast kahl. Nur ein Campingbett, und in einer Ecke liegt – Lauras Umhängetasche! Dannys Herz schlägt bis zum Hals, als er hinüberläuft, um sie aufzuheben.

»Sie muss in der Nähe sein«, sagt er. »Sie ist hier irgendwo!«

»Oder sie war hier.«

Unter Dannys Fuß knirscht etwas, und als er den Blick senkt, entdeckt er die Einzelteile eines Laptops: Chips, Tasten, Bruchstücke der schwarzen Hülle. Lauras Laptop ist schwarz.

»Sie wird stinksauer sein, wenn sie das sieht«, sagt Zamora.

»Aber wo ist sie?«, stöhnt Danny. Sie muss hier sein. Alles lief so glatt – sie sind den Hinweisen gefolgt, sie haben den Pferdeschwanz in Trance versetzt und mit seiner Hilfe dieses Labyrinth durchquert. Das muss doch belohnt werden! Aber es gibt nur die Tasche und die Überreste des Laptops, mehr nicht. Drei gerahmte Akupunkturtafeln hängen schief an der schmuddeligen Wand, die Körper darauf sind mit Hunderten von schwarzen Punkten bedeckt.

»Miss Laura!«, ruft Zamora unvermittelt. »Kannst du uns hören, Miss Laura?«

Seine Stimme dröhnt bis in die Sporthalle.

Dannys Freude darüber, die Muskelregungen des Gangsters richtig gedeutet zu haben, weicht dem immer stärkeren Gefühl des Versagens. Er beißt sich auf die Lippe und denkt nach, bis sein Kopf raucht, Lauras Tasche in den Händen. Sie fühlt sich leichter an als sonst. Er wirft einen Blick hinein. Sie ist fast leer, Notizblöcke, Hustenbonbons, Stifte – alles weg, auch Lauras Brieftasche. Er schüttet die Tasche aus. Ein Päckchen Taschentücher fällt heraus, dann ein Lippenstift, dessen Kappe fehlt. Er kullert über die Dielen und hinterlässt einen roten Strich auf dem Boden.

Das ist ungewöhnlich. Erstens legt Laura selten Lippenstift auf, und zweitens geht sie – wenn sie dies tut – sehr sorgsam damit um. »Immerhin«, meinte sie oft, »schmiere ich mir das Zeug nur alle Jubeljahre auf die Lippen.« Und während einer Entführung hätte sie wohl kaum Zeit gehabt, sich zu schminken, oder?

Zamora ist in die Sporthalle zurückgekehrt und brüllt weiter: »Laura! Laura!« Nicht gerade die allerbeste Idee, denkt Danny, aber einen Muskelmann kann man nicht bis in alle Ewigkeit hinhalten. Sein Blick fällt auf die Lippenstiftspur auf dem Fußboden, und plötzlich kommt ihm ein Gedanke. Er zieht den Reißverschluss der Tasche ganz auf und krempelt sie um, kann auf den Innenseiten aber nichts entdecken. Er schaut sich im Raum um.

Sein Blick fällt auf die Tafeln. Neben einer von ihnen blitzt ein schmaler, sauberer Streifen Wand hervor. Sie muss kürzlich bewegt worden sein. Danny geht hinüber und schiebt sie etwas weiter zur Seite, dann noch etwas mehr …

Und da, auf der weißen, sauberen Wand entdeckt er die Botschaft, die er gesucht hat.

CHEUNG CHAU steht da in dicken Lippenstiftlettern.

Und darunter, hastig hingekritzelt: SUCHT MANN IM WEISSEN ANZUG. SEID VORSICHTIG.

Er schaut wieder zum Lippenstiftstreifen auf den Dielen, der ihn nach wie vor beschäftigt und ihn an den toten Fisch im Golden Bat denken lässt. Worauf weist das hin?, denkt er. Auf etwas Wichtiges, das mir gerade nicht einfällt. Nur was?

Aber das kann warten. Zuerst müssen wir an diesen Ort namens Cheung Chau.

Dann hört er eilige Schritte auf dem Holzfußboden der Sporthalle, und im nächsten Moment brüllt Zamora aus vollem Hals: »Mister Danny! *¡Gran problema!*«

FÜNFZEHN

* * * * * * * * * * * * * * *

Wie man als Kleinwüchsiger seine Höhenangst überwindet

Der Major hält mit der Pistole eine Gruppe von Ganoven in Schach, die sich im Halbkreis nähern. Sie sind unterschiedlich gebaut, fast jedes Alter ist vertreten. Sie alle scheinen dem Schwarzen Drachen anzugehören, was bedeutet, dass sie alle vermutlich reichlich Dreck am Stecken haben. Sie starren Zamora und Danny aus eisig glitzernden Augen an. Unter ihnen ist auch der Pferdeschwanz, der immer wieder den Kopf schüttelt, als wollte er einen bösen Traum vergessen.

»Bleibt, wo ihr seid«, ruft Zamora, »oder ich lege euch auf der Stelle um.«

Die Männer, die ihm nicht zu glauben scheinen, kommen langsam näher.

»Mister Danny«, flüstert der Major, »diese Spielzeugpistole ist nicht geladen. Ich habe zur Sicherheit die Patronen herausgenommen. Renn zur Brandschutztür. Ich halte sie auf.«

»Aber …«

»Keinen Schritt weiter!«, röhrt Zamora und schiebt sich dicht neben Danny zur Brandschutztür. »Oder wollt ihr eine Akupunktur mit blauen Bohnen?«

Er lässt die Waffe fallen und reißt eine große Hantel von der Wand. Dann stürzt er sich mit wild wirbelnder Hantel auf die Ganoven, wobei seine Tätowierungen und Muskeln zucken und beben.

Danny rennt geduckt zur Brandschutztür. Als er einen Blick über die Schulter wirft, hat Zamora bereits zwei Typen zu Boden geschickt, die anderen weichen vor seinem stürmischen Angriff zurück. Einer zieht eine Pistole aus der weiten Hosentasche, doch Zamora lässt die Hantel auf die Finger des Mannes sausen. Der Getroffene jault auf und lässt die Waffe aus der schmerzhaft verrenkten Hand fallen. Die anderen Ganoven weichen zurück und reißen Stöcke und Knüppel von der Wand.

Danny wirft sich vergeblich gegen die Brandschutztür. Bei einem Blick über die Schulter sieht er, dass Zamora rückwärts auf ihn zukommt und dabei Schlag um Schlag abwehrt. Ein Holzschwert zerschellt an der Hantel.

»*¡Vamos!*«, knurrt Zamora und rammt einem Ganoven die Hantel in den Magen. Der Mann, dem die Luft wegbleibt, sackt zusammen.

Danny atmet tief ein und tritt kräftig gegen den Türgriff. Noch immer bewegt er sich nicht. Konzentration, Danny. Stell dir vor, wie stark du bist. Stell dir vor, wie sich die Energie in deinem Bauch sammelt, stell dir vor, dass deine Beine aus Stahl sind. Tief Luft holen und alle Kraft durch das Bein in den Fuß schicken und dann gegen die Tür richten, bis auf die andere Seite. Jetzt!

Die Tür fliegt auf und knallt gegen ein Bandenmitglied, das dahinter gelauert hat. Der Mann wirkt erstaunt, dann geht er mit leerem Blick zu Boden.

»Los, Major!«

Zamora pariert einen letzten Schlag und schleudert die Hantel mit voller Wucht auf seine Gegner.

»Weg hier!«

Sie rennen durch die Tür und knallen sie den Ganoven vor der Nase zu. »Wir müssen sie verkeilen«, ruft Zamora und sieht sich hektisch um.

An einer Wand lehnt ein alter, rostiger Feuerlöscher. Der Major rammt ihn so unter den Türgriff, dass sich dieser nicht mehr bewegen lässt.

»Das verschafft uns eine Atempause. Was nun?«

»Wir müssen hier raus.«

»Und deine Tante?«

»Sie wurde weggebracht. Erkläre ich dir später.«

Der Treppenabsatz ist dunkel und voller Pappkartons, die sich bis auf die Treppe stapeln. Jeder Karton ist mit chinesischen Schriftzeichen bedruckt. Zamora lässt das Feuerzeug aufflammen und betrachtet sie, fährt mit einem Finger unter den lateinischen Buchstaben entlang: WING LUCK FEUERWERKE. EXPORT. LEICHT ENTFLAMMBAR.

Auf der anderen Seite der Tür hören sie wütende Stimmen. Dann ein erstes Poltern, als die Ganoven versuchen, die Tür aufzubrechen. Sie erbebt, doch der Feuerlöscher hält.

»Hier geht's raus«, sagt der Major, der das Feuerzeug über den Kopf hält.

Sie rennen die dunklen Stufen hinunter, aber nach einer halben Treppe hören sie unten Stimmen, und Sekunden später kracht ein ohrenbetäubender Schuss. Eine Kugel schlägt dicht über Zamoras Kopf in die Wand ein, Putz regnet auf die beiden herab.

»*Caramba*, Mister Danny. Diese Halunken meinen es ernst!«

»Wir müssen wieder nach oben.«

Als sie an der Tür zur Sporthalle vorbeikommen, hören sie, dass ihre Verfolger immer noch versuchen, sie aufzubrechen: Es kracht so regelmäßig, als würden sie einen Rammbock einsetzen. Der Feuerlöscher wankt und gibt ein langes, unheimliches Zischen von sich.

»Weiter, Major.«

Doch Zamora bleibt stehen und betrachtet die Kartons. Er beugt sich zu einem Karton hinab, der unten im Stapel steht, und hält die Flamme des Feuerzeugs daran. Die Pappe fängt an zu brennen. Flammen züngeln daran empor und erhellen Zamoras Gesicht. Er grinst.

»Licht am Ende des Tunnels. Oh Mann! Lauf, Danny! So schnell du kannst. Warte nicht auf mich.«

Danny rennt die Stufen hinauf, hält aber immer wieder inne, um auf Zamora zu warten. Die Stimmen kommen immer näher – der Abstand zu den Verfolgern wird kleiner. Zamora bleibt nicht viel Zeit.

»Komm schon, Major!«

»Du hast gut reden, Mister Danny. Meine Beine sind zu kurz für diese Stufen.«

Rauch steigt im Treppenhaus auf, die Luft wird stickig. Danny rüttelt auf jedem Treppenabsatz an der Tür, aber alle sind fest verriegelt.

»Diese Mansions sind eine Todesfalle, Mister Danny«, sagt der Major und schnauft laut, als sich auch die nächste Tür nicht öffnen lässt. »Man müsste sie komplett dichtmachen.«

Unten kracht ein Schuss, dann noch einer. Hier, in diesem engen Raum, sind sie ohrenbetäubend laut, und eine Kugel prallt klirrend vom Metallgeländer ab.

Sekunden später erhebt sich unten ein lautes und knatterndes, an Maschinengewehrfeuer erinnerndes Getöse. Blitz um Blitz erhellt das Treppenhaus, als die Feuerwerkskörper im Karton explodieren. Das löst eine Kettenreaktion aus: Raketen heulen und platzen im Dämmerlicht, bengalische Feuer versprühen ihre glühende Ladung, und weil das Treppenhaus einem Resonanzraum gleicht, ist der Lärm markerschütternd. Blau und Grün und leuchtendes Orange flackern auf. Eine Rakete schießt aus dem Chaos und schlittert über die Wände, ihr schwarzer Rauch wölkt bis zu Danny und Zamora.

Und dann ertönt mitten in diesem Lärm eine noch heftigere Explosion, die die Treppen erbeben lässt.

»Feuerlöscher, *no?*«, sagt Zamora stolz.

»Gute Arbeit«, sagt Danny und klopft ihm auf den Rücken. »Besser als das Finale der Wunderkammer-Nummer.«

Schließlich erreichen sie das oberste Stockwerk. Dort enden die Stufen. Weiter unten füllt sich das Treppenhaus mit Qualm, während das Feuerwerk stotternd zur Neige geht. Auf der Wand steht die Zahl 24. Keine Tür, sondern nur Mauerwerk. Über ihnen befindet sich eine Falltür in der Decke, an der eine Ausziehleiter klemmt. NOTAUSGANG DACH, erklärt ein Schild, aber weder Danny noch Zamora kommen an die Leiter heran. Der Rauch brennt in ihren Augen, und sie ringen nach Atem.

»Das müsste gesetzlich geregelt werden«, sagt Zamora. »Wie wäre es mit gleichen Chancen für alle? Komm, wir probieren es mit einer Räuberleiter.«

Er verschränkt die Finger beider Hände, und Danny setzt den linken Fuß darauf.

»Bereit?«, fragt Zamora. »Wie beim Kunstreiten. Ich zähle bis drei …«

Danny reckt die Arme, als ihn der Major zur Decke stemmt, und greift nach dem Hebel, der die Leiter löst – sie schießt klappernd nach unten, schlägt ihnen fast den Schädel ein.

Danny klettert auf den Metallsprossen nach oben, stößt die Falltür auf und wird von der Sonne geblendet, die auf das Dach des Gebäudes scheint. Er saugt die frische Luft ein. Der heftig hustende Zamora folgt ihm.

Vor ihnen breiten sich Kowloon, der Hafen und Hongkong-Insel aus. Hochhäuser ziehen sich über die Hügel. Der Blick ist schwindelerregend.

Rechts von ihnen ragt ein modernes Bürogebäude auf, genauso hoch wie die Wuchung Mansions. Es ist verlockend nahe und doch durch eine vierundzwanzig Stockwerke tiefe Schlucht von ihnen getrennt. Eine Windböe fegt über das Dach, wühlt in Unkraut und Müll und flaut dann wieder ab.

»¡Caracho!« Zamora, von der Tiefe eingeschüchtert, dreht sich zur Falltür um. Da man unten aus dem Treppenhaus immer noch

auf sie schießt, weicht er jedoch wieder zurück. »Wir müssen die Tür verbarrikadieren, sonst sind wir erledigt.«

Danny sucht das Dach mit Blicken ab. Sie müssten etwas Schweres auf die Falltür legen, nur was? Oder gibt es vielleicht eine Fluchtmöglichkeit? Das Teerdach gleicht einer Müllhalde: alte Fernsehapparate, Lampenschirme, Plastikstühle, ein Gewirr von Antennen und Drähten … nichts Brauchbares. Und keine anderen Türen. Dann springt ihm ein Glitzern ins Auge, und er rennt hin.

Eine lange Metallleiter liegt da, fast vollständig von Unkraut überwuchert. Und Danny hat einen Geistesblitz, eine Idee – die er in die Tat umsetzt, ohne lange darüber nachzudenken. Er zerrt die Leiter aus dem Kraut und schleift sie zur schmalen Schlucht auf der anderen Seite des Daches. Er nähert sich vorsichtig dem Rand.

Ganz unten in diesem Abgrund, der in seinem Magen ein flaues Gefühl auslöst, verläuft der Durchgang, in dem er den Pferdeschwanz hypnotisiert hat. Er betrachtet die Leiter – sie müsste den Abstand zwischen den Dächern gerade eben überbrücken. Sie wirkt stabil, ist offenbar aus Aluminium, denn sie hat keinen Rost angesetzt. Und sie ist ganz eindeutig noch intakt.

Er stellt sie senkrecht hin, versucht einzuschätzen, wie breit die Lücke ist, kämpft gegen einen erneuten Windstoß an – und lässt sie dann über den Abgrund fallen, einen Fuß auf der untersten Sprosse.

Vergiss die Tiefe, hätte seine Mutter gesagt. *Wie tief es sich anfühlt, hängt nur von dir ab. Bei einem Drahtseilakt gibt es nur das Seil, sonst nichts, und es dient dazu, dich in der Luft zu halten. Es ist dein Freund, Danny.*

»Major!«, ruft er und dreht sich zu Zamora um, der mitten im Rauch steht und versucht, die Falltür zu verbarrikadieren. Der Major schaut fragend hoch. Und erst jetzt, mit einem Blick auf den Abgrund, wird Danny bewusst, dass es ein Problem gibt: Zamoras panische Höhenangst.

Der Major scheint zu ahnen, was von ihm verlangt wird, und winkt ab, als er über das Dach auf Danny zuläuft. »Ich kann das nicht, Danny. Auch wenn ich nicht nach unten schaue. Unmöglich. Auf gar keinen Fall.« Zum ersten Mal seit vierundzwanzig Stunden zeigt Zamora so etwas wie Angst. »Da riskiere ich lieber einen offenen Kampf mit diesen Ganoven. Bring du dich in Sicherheit. Und finde Miss Laura.«

Hinter ihnen wird gebrüllt. Jemand steckt den Kopf aus der Falltür, streckt einen langen Arm aus und zielt mit einer Pistole auf sie. Danny geht blitzschnell die Alternativen durch. Zamora zurücklassen? Nie im Leben. Ich brauche seine Kraft. Er ist mein Fels in der Brandung. Aber er wird es nicht wagen, den Abgrund zu überqueren. Danny stellt sich vor, wie es wäre, allein durch diese riesige Metropole zu ziehen …

»Ich komme schon klar«, sagt Zamora mit einem Blick über die Schulter.

»Zum Diskutieren fehlt uns die Zeit!« Der Wind frischt auf und zerzaust Dannys Tolle. »Sie sind bewaffnet. Papa hätte gewollt, dass du mitkommst! Mir nach!«

Er dreht sich wieder zum Abgrund um und betrachtet die Leitersprossen. Er ist schon über ein Schlappseil balanciert. Er hat auch auf dem Drahtseil geübt, wenn auch dicht über dem Boden. Er hatte weder den Mut noch die Lust, sich in größere Höhen zu wagen. Das war die Domäne seiner Mutter. *Die Höhe ist notwendig,* sagte sie stets, um ihn zu einem Versuch zu ermutigen. *Die Höhe ist notwendig, damit man weiß, was zählt.*

So etwas wie jetzt hat er noch nie gemacht.

Er schaut wider besseres Wissen nach unten und spürt sofort, wie die Tiefe an ihm zerrt. Er erinnert sich an das Amateur-Video auf YouTube, das den Todessturz des legendären Karl Wallenda von den Hochhäusern in Puerto Rico zeigt. Immer und immer wieder.

Er holt tief Luft.

Es gibt nur das Drahtseil, sonst nichts. Er holt noch einmal Luft, atmet langsam aus und setzt den linken Fuß auf die Leiter, das Knie angewinkelt, die Arme ausgebreitet. Er spürt das Metall unter den Schuhen. Zamora muss den Eindruck gewinnen, dass es kinderleicht ist, denkt er. Einen Fuß vor den anderen setzen, immer einen Fuß vor den anderen.

Nur ein kurzer Spaziergang, als würde die Leiter auf der Erde liegen. Er löst auch den rechten Fuß vom Dach. Der erste Schritt gibt alle übrigen vor – deshalb muss er gelingen. Aus den Augenwinkeln kann Danny den gähnenden Abgrund sehen, und in diesem Moment wird ihm bewusst, dass der erste Schritt einen unwiderstehlichen Reiz auf ihn ausübt, obwohl sie gerade um ihr Leben laufen.

Los geht's. Links, rechts, links. Nur die Ruhe. Er balanciert mit ausgebreiteten Armen. Dann wackelt die Leiter, und er hält auf halber Strecke über dem Abgrund inne, während der Wind an ihm zerrt.

Ich muss auf meinen Schwerkraftmittelpunkt vertrauen. Mir Zeit lassen, ins Gleichgewicht zu kommen. Der Wind flaut wieder ab. Danny wird für den Bruchteil einer Sekunde von einer unbändigen Hochstimmung erfasst, hat das Gefühl, eins mit sich zu sein – und ganz und gar lebendig! Er betrachtet mit weit aufgerissenen Augen die Stadt, die sich endlos weit unter ihm ausdehnt.

Dann geht er weiter.

Noch fünf schnelle Schritte, genau auf die Sprossen gesetzt. Es gibt nur noch seine Füße und die Leiter, keinen einzigen ablenkenden Gedanken. Dann erreicht er das Dach des angrenzenden Gebäudes. Plötzlich drohen seine Knie unter ihm nachzugeben, aber er fängt sich mit einem tiefen Atemzug und dreht sich um. Sein ganzer Körper kribbelt, das Blut singt in seinen Adern.

Ein Schuss zerfetzt diesen Augenblick der Euphorie.

»Los, Major!«, ruft Danny und legt Nachdruck in jede Silbe. »Du schaffst das. Kopf hoch!«

Zamora zögert. Dann bläst er die Wangen auf, holt Luft und wagt einen zögerlichen Schritt zur Kante des Dachs. Er bleibt stehen. Er bringt es nicht fertig, verdammt!

Noch ein Schuss. Die Verfolger stürmen auf den Major zu.

»Um Himmels willen, Major. Bist du nun ein Artist oder nicht? Da habe ich aber schon ganz andere Kerle gesehen!«

Das sitzt. Zamora bekreuzigt sich drei Mal, drückt die Melone fest auf den Kopf – und tut erst einen, dann einen zweiten schwankenden Schritt auf der Leiter. Er breitet die Arme entschlossen aus, die Finger gespreizt.

Die Bandenmitglieder stolpern über das Dach, zornige Schemen in den Rauchschwaden.

»Sieh mich an«, ruft Danny. »Vertrau auf deine Füße.«

Ein erneuter Windstoß, und Zamora, der seine Melone festhalten will, kommt ins Wanken.

»Vergiss den blöden Hut. Weiter die Arme einsetzen!«

Da wird erneut auf sie geschossen, und Danny duckt sich. Zamora stürmt wie von der Tarantel gestochen über die Leiter, die unter seinen schweren Schritten gefährlich ächzt und wippt – dann steht er verblüfft vor Danny. Er öffnet den Mund, bringt aber kein Wort hervor, dreht sich stattdessen um und gibt der Leiter einen wütenden Tritt. Sie stürzt in die Tiefe, knallt gegen die Feuerleitern und Gehäuse der Klimaanlagen und landet schließlich unten im Durchgang. Ein teuflisch tiefer Fall. Zamora dreht sich der Magen um. Er bereut es sofort, der Leiter bei ihrem Fall nachgeschaut zu haben.

»Wir müssen weiter, Major!«

Sie befinden sich auf einem Dachgarten mit Topfpflanzen und Bänken. Eine Frau im Hosenanzug sitzt wie erstarrt auf einer Sonnenliege und sieht Zamora und Danny nach, die über eine niedrige Mauer springen und zur Tür hasten.

»Bon dia«, sagt Zamora und tippt mit zwei Fingern gegen die Melone. »Hoffe, die Show hat Ihnen gefallen.«

Als Danny sich umdreht, sieht er, dass ihre Verfolger vor dem Abgrund zwischen den Gebäuden stehen. Sekunden später befindet er sich mit Zamora im Treppenhaus. Sie flitzen eine Treppe hinunter, laufen durch einen verwaisten Sitzungssaal und ein summendes Großraumbüro – und direkt in einen wartenden Fahrstuhl.

Zamora schlägt so heftig auf den Knopf für das Erdgeschoss, dass dieser fast zerspringt. »Oh Gott. Ich glaube, mir wird schlecht«, sagt er und stützt sich gegen die Fahrstuhlwand.

Im Gegensatz zu dem Fahrstuhl in den Mansions bewältigt dieser die vierundzwanzig Stockwerke geschmeidig und fast so schnell wie die in die Tiefe stürzende Leiter.

Auf dem Bürgersteig angekommen blickt Danny mit zusammengekniffenen Augen zum Dach der Wuchung Mansions auf. Oben wölkt schwarzer Rauch, und eine kleine Gestalt zeigt auf sie. Er kann Rufe hören, aber sie sind so weit entfernt, dass er kein Wort versteht.

Das Heulen eines Martinshorns kommt rasch näher.

»Taxi!«, brüllt Zamora, drängelt sich an einem verwirrten Rucksacktouristen vorbei und zwängt sich gemeinsam mit Danny auf die Rückbank des wartenden Autos.

SECHZEHN

* * * * * * * * * * * * * *

Wie man zornig wird

Die sonnensatte Metropole gleitet vorüber.

Danny lehnt sich zurück. Sein Körper hat so viel Adrenalin ausgeschüttet, dass seine Beine immer noch zittern. Er ist zugleich aufgeregt und enttäuscht, verängstigt und dennoch begeistert, weil er einen so tiefen Abgrund überwunden hat.

Und da ist noch etwas.

Wenn Papa erlebt hätte, wie ich die Muskelregungen gedeutet habe … Wenn Mama mich auf der Leiter gesehen hätte … Hätte, hätte, hätte. Solche Gedanken lässt er meist gar nicht erst zu, und wenn sie ihn doch einmal einholen, verdrängt er sie rasch.

Ja, er stand damals unter Schock, denn er hatte seine Eltern verloren. Als Überlebender des Brandes plagten ihn große Schuldgefühle, weil er sich an jenem Abend aus egoistischen Gründen, aus kindischer Wut und wegen des Wunsches nach Aufmerksamkeit aus dem Wohnanhänger entfernt hatte. Aber nun ist er zornig – und dieser Zorn hat seit dem Brand in ihm geschwelt.

Wie konnten seine Eltern ihn allein lassen? Wie konnten sie einfach so verbrennen? Warum diese Fahrlässigkeit? Sie haben ihm das Mysterium genommen, und nun ist er entweder wie benebelt in Ballstone gefangen oder muss am anderen Ende der Welt auf einem Dach voller Müll um sein Leben kämpfen.

Was zum Teufel haben sie sich dabei gedacht?

Er schließt die Augen. Sinnlos, sich in diese Fragen zu verbeißen. Er erinnert sich daran, wie der Regen vor dem Golden Bat auf sein Gesicht prasselte – kitzelnd, anregend – und für einen klaren Kopf sorgte. Langsam komme ich wieder zu mir, denkt er. Als ich über die Leiter gelaufen bin, habe ich mich gefühlt wie im Mysterium. Hellwach und endlich wieder ganz lebendig.

Er öffnet die Augen. Sie leuchten auf, als seine Gedanken zu rasen beginnen. Ja, denkt er, ich bin wieder wach und weiß, was zu tun ist. Wir müssen Laura finden. Und sobald ich wieder zu Hause bin, muss ich in Angriff nehmen, was ich während der letzten anderthalb Jahre schon längst hätte tun sollen: dem Schicksal meiner Eltern auf den Grund gehen. Ich muss herausfinden, wie und warum sie ums Leben gekommen sind. Was sie mir verheimlicht haben. Ich muss die Tür zur Vergangenheit öffnen und mir alles anschauen, was sich dahinter verbirgt, ob gut oder schlecht. Ich muss alles ans Licht bringen. Ich werde der Wahrheit ins Auge sehen.

Der Major hat ihn die ganze Zeit genau beobachtet.

»Alles klar, Junge?«

»Ja. Alles klar.« Er klingt ruhig und gefasst.

»Vielleicht sollten wir zur Polizei gehen«, sagt Zamora.

»Nein. Vergiss nicht, dass Lo unsere Aussagen verfälscht hat. Der Mann ist ein falscher Fuffziger.«

»Stimmt. Außerdem hat er die chinesischen Schriftzeichen verkehrt übersetzt. Wir sollten den anderen Detective suchen – diesen Tan.«

»Wenn Laura ihn schon nicht ausfindig machen konnte, haben wir wohl auch keine Chance.« Danny schaut den Major an. »Du hast mir verschwiegen, dass du eine Pistole eingesteckt hast.«

»Dachte, sie könnte nicht schaden. Aber ich würde nie schießen. Ist nicht mein Stil.«

»Hast du von Anfang an geahnt, dass wir in Schwierigkeiten geraten?«

»Man muss immer mit Ärger rechnen«, erwidert der Major bedächtig. »Außerdem war ich nicht der Einzige, der im Golden Bat etwas geklaut hat, stimmt's?«

Danny sinkt grübelnd zurück. Sein Pulsschlag beruhigt sich allmählich, die Übelkeit lässt nach.

»Ist alles Schnee von gestern«, sagt Zamora. »Wir haben noch viel zu tun.«

»Stimmt«, sagt Danny. »Und wir haben neue Anhaltspunkte. Ich habe eine Botschaft von Tante Laura auf einer Wand in der Sporthalle entdeckt. Sie lautet: CHEUNG CHAU. Das ist schon der zweite Hinweis dieser Art. Außerdem schrieb sie: SUCHT MANN IM WEISSEN ANZUG. SEID VORSICHTIG. Sie kennt ihn also – oder sie hat ihn gesehen, nachdem sie entführt wurde.«

Zamora reibt nachdenklich seine Glatze. »Könnte zweierlei bedeuten. Entweder: Vorsicht vor dem Mann im weißen Anzug, oder: Sucht den Mann im weißen Anzug, aber seid vorsichtig. Wir sollten im Hotel fragen, ob es Nachrichten für uns gibt. Danach erkundigen wir uns bei Kwan, wie man auf diese verfluchte Insel gelangt.«

Danny bemüht sich, die Bilder von Bolzenschneidern und abgeschnittenen Fingern zu verdrängen. Er beugt sich zum Fahrer. »Pearl Hotel, bitte. Geht es etwas schneller?«

Bei Tageslicht wirken die Neonreklamen blass. Eine lautet: HONGKONG – EIN ABENTEUER DER BESONDEREN ART!

»Das kannst du laut sagen!«, sagt Zamora. »Aber eigentlich sollte ich die Füße hochlegen, denn ich bin inzwischen ein Zwerg im mittleren Alter, *no*?«

Danny ist abgelenkt. Er denkt wieder an den Lippenstift, den toten Fisch, den rot gestrichenen Wassertank. Zwischen all diesen Dingen gibt es eine Verbindung, denkt er. Sobald ich mich beruhigt habe, werde ich darauf kommen. Nur ist das leichter gesagt als getan, denn das Adrenalin lässt sich so schnell nicht abbauen.

Zuerst müssen sie Laura finden. Aber Dannys Gedanken kehren aus irgendeinem Grund immer wieder zu dem gescheiterten Entfesselungsversuch unter Wasser zurück.

»Major? Papa war doch ein Meister seines Fachs, oder?«, fragt er unvermittelt.

Zamora wirkt verdutzt. »Ein Meister? Er gehörte zu den größten Könnern, Danny. Einen Besseren als ihn kannte ich nicht. Das brennende Seil. Die Entfesselungsnummern. Die Hypnose. Alles so ausgetüftelt, dass es cool und modern wirkte … nicht so ein Allerweltstrickser wie Jimmy Torrini. Deine Eltern waren einsame Spitze, Danny.«

»Warum ist die Entfesselung unter Wasser dann gescheitert?«

»Keine Ahnung. Ich weiß es wirklich nicht.« Zamora kratzt sich am Kopf. »Während der Proben lief es wie geschmiert. Genau genommen gab es nichts, das *ernsthaft* hätte schiefgehen können. Ich habe die Ausrüstung am nächsten Morgen überprüft. Alles in bester Ordnung.«

»Aber Papa hat nie Fehler gemacht …«

»So gut wie nie. Er meinte immer, er habe aus Houdinis Fehlern gelernt – der zu ungeduldig war und manches nicht genau genug geplant hatte. Mehr Bauch als Kopf.«

»Findest du es nicht auch merkwürdig, dass es so kurz danach gebrannt hat?«

»Ja, das fand ich sonderbar. Hatte das dumpfe Gefühl, dass da etwas faul war …«

Wenigstens einer, der zugibt, auch ein ungutes Gefühl gehabt zu haben! Dannys Herz schlägt wieder schneller. »Ich wusste es! Mir kam es immer spanisch vor!«

»Mag sein. Aber immer hübsch der Reihe nach, ja? So ist dein Vater auch vorgegangen. Schloss für Schloss.«

Das Taxi taucht in die östliche Hafenunterführung ein, wo sie vom Dunkel des Tunnels geschluckt werden. Der Major wirft seinem jungen Freund einen Blick zu. »Eines will ich dir sagen, mein Junge: Deine Eltern wären heute mächtig stolz auf dich gewesen.«

Danny wendet sich ab. Zamoras Worte brennen wie Zitronensaft in einer Wunde, und er hat plötzlich Tränen in den Augen – etwas, das er seit der Nacht des Brandes nur selten zugelassen hat.

Er betrachtet die Tunnelwand, deren Lichter im Vorbeifahren verschwimmen.

»Wir suchen Laura«, sagt Danny. »Das hat jetzt Vorrang. Und danach finde ich heraus, was damals im Mysterium passiert ist.«

Als sie ans Tageslicht gelangen, hat er die Tränen abgewischt und seine Augen funkeln wieder entschlossen. Zamora klopft ihm auf die Schulter und wendet dann den Blick ab, um seine eigenen Gefühle zu bändigen.

»Du kannst auf mich zählen, Danny. Ich bleibe an deiner Seite, egal wohin es geht.«

SIEBZEHN

* * * * * * * * * * * * * *

Wie man einen guten Rutsch hinlegt

Im Pearl Hotel nehmen sie den Fahrstuhl zu ihrem Zimmer, jeder tief in Gedanken versunken. In der Lobby waren keine Nachrichten für sie hinterlegt. Höchst verdächtig, dass sich niemand bei ihnen gemeldet hat.

»Wir sollten besser umziehen«, sagt Zamora. »Der Drache weiß, wo wir wohnen. Ich will hier nicht wie auf dem Präsentierteller sitzen, bis ich weiß, ob Lo und Chow auf unserer Seite stehen oder nicht. Der Kerl im weißen Anzug oder der Pferdeschwanz können uns auch jederzeit finden, falls sie wieder frei herumlaufen.«

»Wir sollten zu der Insel fahren«, sagt Danny. »Laura wusste offenbar, wohin man sie bringen wollte. Sonst hätte sie beim Schreiben nicht so fest aufgedrückt.«

»Ich hatte erwartet, dass deine Botschaft sich mal meldet«, sagt Zamora, »aber Pustekuchen. Wir rufen Kwan an. Er soll uns zu dieser Chop-Suey-Insel fahren oder wie zum Teufel sie heißt.«

Sie erreichen nur die Mailbox des Taxifahrers, und nach der kantonesischen Ansage hinterlässt Zamora die Bitte, so rasch wie möglich zurückgerufen zu werden.

»Wir geben ihm dreißig Minuten. Während dieser Zeit wird

schon nichts passieren. Außerdem können wir uns inzwischen den Magen vollschlagen.« Er greift zu der Bestellkarte des Zimmerservice. »Eine gute Strategie. Bei uns hieß es immer: Mit vollem Magen kann man den Zirkus ertragen.«

Während Zamora eine lange und sehr detaillierte Bestellung aufgibt, holt Danny Lauras Notizbuch hervor und blättert es durch. Auf der vorletzten Seite stößt er auf die Skizze einer Tabelle. In der ersten Spalte hat sie Daten aus den letzten zwölf Monaten notiert, in der zweiten irgendwelche Namen: Yangtse, Grashüpfer, Kolibri, Kanamaru.

Die dritte Spalte trägt die Überschrift »Geladen«, und die hingekritzelten Einträge lauten: Bauxit, Elektrogeräte, Ware unbekannt. Manche Wörter sind rot durchgestrichen. Handelt es sich um Schiffe und ihre Fracht? Aber warum sollte sich Laura für so etwas interessieren?

Das letzte Datum stammt aus der vergangenen Woche. Der Schiffsname ist unleserlich, die Art der Fracht aber nicht: Giftmüll. Danny faltet den Zeitungsausschnitt mit dem Foto auseinander, das Chow am Hafen zeigt.

»Ich habe gebratenen Reis mit Ei, Krabben und extra Nudeln für dich bestellt«, sagt Zamora und schaut Danny über die Schulter. »Klingt das gut?«

»Ja. Super«, antwortet Danny geistesabwesend. »Vielleicht ist Chow doch ganz in Ordnung. Was hältst du von Sing Sing, Major?«

»Kratzbürstig. Und ein bisschen zu sehr von sich überzeugt.«

»Aber sie ist auf unserer Seite, meinst du nicht auch?«, fragt

Danny. »Sie ist jedenfalls nicht gegen uns.« Oder ist das nur Wunschdenken? Ein Versuch der Gefühle, den Verstand zu überlisten?

Sie erschrecken, als laut an die Tür geklopft wird.

»Das Essen«, sagt Zamora und reibt sich die Hände. »Das ging ja flott.«

Er geht über den Teppich und reißt die Tür auf – und hat den Mann im weißen Anzug vor der Nase.

Auf dem langen Gesicht des Mannes erscheint ein leises Lächeln. Er wartet nicht auf eine Einladung, sondern drängt sich am überraschten Major vorbei und greift mit der rechten Hand in die Innentasche seines Sakkos.

»Schließen Sie bitte die Tür, Major Zamora. Ich möchte kurz mit Ihnen reden.« Er klingt ruhig, fast tonlos, und spricht mit einem leichten französischen Akzent.

»Finger weg von dem Jungen! Wer zum Teufel sind Sie?«

Der Mann im weißen Anzug geht zu Danny. Als er seine Brieftasche aufklappt, kommt ein Ausweis zum Vorschein. »Inspektor Ricard. Interpol, Abteilung Hongkong. Freut mich, Sie kennenzulernen.«

Danny greift nach der Brieftasche und vergleicht das Foto mit dem Gesicht des Mannes. Das Ding wirkt echt. »Was wissen Sie über Lauras Entführung?«

»Nicht viel mehr als du, Danny. Ich konnte die Hongkonger Polizei übrigens nicht daran hindern, Anklage zu erheben. Gegen euch beide.«

»Anklage?«

Ricard zählt sie an den Fingern ab. »Sachbeschädigung, Verwüstung eines Tatorts, Entwendung von Beweismitteln, Hausfriedensbruch, Tätlichkeiten. Und nun kommen auch noch schwere Körperverletzung, Hausfriedensbruch und Brandstiftung hinzu. Grundgütiger, *mes amis* – das sind mehr Anklagepunkte, als ich Finger habe!«

»Ist doch absurd!«, sagt der Major empört.

»Sehr richtig. Die ganze Welt ist absurd, *n'est-ce pas*?«

»Warte, Major.« Danny hebt eine Hand und sieht Ricard eindringlich an. »Warum sind Sie uns nach unserer Ankunft am Flughafen gefolgt?«

»Ich wollte euch nur im Auge behalten.«

»Und die Entführung?«

Ricard mustert ihn von Kopf bis Fuß und nickt, als würde er Dannys Äußeres mit amtlichen Informationen vergleichen.

»Der Schwarze Drache. Kein Zweifel. Sehr merkwürdig, dass noch kein Lösegeld verlangt wurde. Aber das wird wohl nicht mehr lange auf sich warten lassen.«

»Tante Laura ist nicht gerade reich. Wer sollte das Geld aufbringen?«

Dannys Großeltern sind gestorben, als er noch sehr klein war. Aber hat er nicht einen Onkel in Kanada? Danny weiß es nicht genau. Der Mann könnte längst tot sein. Er hat nur eine Angehörige, und das ist Laura.

»Da gibt es sicher Mittel und Wege«, sagt Zamora. »Wir könnten uns an den Wohltätigkeitsfonds für Zirkusartisten wenden.«

»Verfügen Sie über größere finanzielle Mittel, Major?«

»Ich? *No, señor.* Wie Sie wissen, verdient man sich in unserem Beruf keine goldene Nase.«

Ricard tritt ans Fenster und schaut auf die Straße. »Ich fürchte, wir müssen hier weg, Freunde.« Er legt die Stirn in Falten. »Die Polizei rückt gerade an.«

»Gehören Sie nicht auch zur Polizei?«, fragt Zamora.

»Nicht zu dieser.«

»Woher sollen wir wissen, ob wir Ihnen vertrauen können?«, fragt Danny.

Ricard schaut ihm in die Augen. »Wenn du deinem Vater ein wenig ähnelst, Danny, könntest du in meinen Kopf schauen und würdest wissen, dass du von mir nichts zu befürchten hast. Na los. Durchleuchte mich.«

»Was wissen Sie über Papa? Was wird hier gespielt?«

Ricard wirkte entspannt, als er seinen Vater erwähnte. Danny erlebte im Mysterium immer wieder, wie sein Vater bei einer gefährlichen Probe auftauchte, jemandem auf den Rücken klopfte, ein paar beruhigende Worte sprach und die Stimmung dadurch sofort auflockerte.

»Ich weiß, dass er andere gern zum Lächeln brachte.«

Stimmt. Sein Vater war ein Mensch, der mit Eiern jonglierte, bevor er sie in die Pfanne schlug – und das nur, um, wie er es nannte, »den Schauder vor einer drohenden Katastrophe« zu erleben.

»Ich weiß auch, dass er ein guter Menschenkenner war«, fügt Ricard hinzu. »Genau wie du, würde ich meinen.«

»Okay«, sagt Danny, der sich entschieden hat. »In Ordnung. Wir machen, was Sie sagen.«

Der Mann lächelt. Er gibt Danny eine kleine Karte. »Packt genug ein, um für einige Tage unterzutauchen, und folgt mir dann. Ich zeige euch den Notausgang. Fahrt zu dieser Adresse. Das ist meine Wohnung in Tsim Sha Tsui. Ein kluger Bursche wie du wird den Schlüssel rasch finden. Dort seid ihr in Sicherheit. Verhaltet euch ruhig, während ich versuche, die Lage weiter zu sondieren …«

Danny betrachtet die Karte: INSPEKTOR JULES RICARD. INTERPOL. HONGKONG, steht darauf. Die Adresse des Büros wurde durchgestrichen, eine andere in eleganter Handschrift darunter geschrieben: Wohnung 42, Preston Villas, Tsim Sha Tsui.

»Und Lo? Kann man ihm vertrauen?«, fragt Zamora, der nach seiner Melone greift und einen sehnsuchtsvollen Blick in Richtung Speisekarte wirft.

»Lo?«, erwidert Ricard. »Nein, wohl kaum.«

»Und dieser andere Detective? Der, mit dem Miss Laura sprechen wollte?«

»Detective Tan ist leider mit hoher Wahrscheinlichkeit tot«, antwortet Ricard und zupft bedeutungsvoll ein kurzes schwarzes Haar von einem Ärmelaufschlag. »So sieht der Preis in diesem Spiel aus – er ist sehr hoch. Und nun Abmarsch, meine Herren. Wenn Sie in einer Zelle sitzen, wird es für uns nicht gerade einfacher. Wie entscheiden Sie sich?«

Ricard tritt einen Schritt zurück, damit Danny in Ruhe nachdenken kann. Das ist gut, denkt Danny, er übt keinen Druck aus. Lässt mich selbst entscheiden.

»Na gut.« Er schaut wieder zu Ricard. Sie dürfen jetzt nicht nachlassen. Wieder in der Erstarrung zu versinken und nicht mehr handeln zu können wäre zu diesem Zeitpunkt das Schlimmste.

Danny greift nach dem Rucksack und stopft eine Garnitur Wechselklamotten und Lauras Notizbuch hinein. Im letzten Moment schnappt er sich die auf dem Nachttisch liegenden Karten und geht zu Zamora, der schon vor der Tür steht.

Ricard legt einen Finger auf die Lippen. »Ich schaue nach, ob die Luft rein ist.« Er öffnet leise die Tür. Hinten im Flur surrt schon der Fahrstuhl im Schacht, die Nummern der Stockwerke blinken der Reihe nach auf.

»Beeilung!«, sagt Ricard und führt sie in entgegengesetzter Richtung durch den Flur. »Was auch immer geschieht, man darf mich nicht mit euch sehen …«

»Meinen Sie die Polizei oder den Drachen?«, fragt Danny.

Ricard überhört ihn. Dann stehen sie vor einer Luke aus poliertem Stahl, die die Aufschrift »Wäscherutsche« trägt.

»Ihr Notausgang, meine Herren«, sagt Ricard, über dessen Gesicht wieder das feine Lächeln huscht.

»Das kann nicht Ihr Ernst sein!«, erwidert Zamora. »Wenn wir unten ankommen, sind wir Matsch.«

»Das sagt ein Star des Mysteriums?«, erwidert Ricard. »Der unerschütterliche Captain Solaris?«

»Woher zum Teufel …«

»Ihr Ruf eilt Ihnen voraus, mein Freund. Wie ich höre, waren Sie großartig!« Er öffnet die Klappe des Schachts und tritt zurück, wirft einen Blick durch den Flur. »Wir haben noch gut zehn Sekunden.«

Zamora holt tief Luft. »Ich zuerst, Mister Danny. Wie ein weiser Mann einmal gesagt hat: Ich habe mich nicht vor der Geburt gefürchtet, warum also vor dem Tod?«

Er klingt nicht überzeugt, zwängt sich aber durch die Klappe in die finstere Röhre der Wäscherutsche. »Wenn ich über die Leiter gegangen bin …« Er stößt sich ab und ist sofort verschwunden.

Als Danny sich hineinzwängt, sausen zwei Wäscheteile aus einem höheren Stockwerk im Halbdunkel an ihm vorbei wie wehende Geister.

»Wir sehen uns heute Abend«, sagt Ricard – und gibt Danny einen Schubs. *»Bon voyage!«*

Die Schwerkraft packt Danny, und er stürzt wie ein Stein.

ACHTZEHN

* * * * * * * * * * * * * * *

Wie man verschwindet, wenn es brenzlig wird

Die Beschleunigung ist entsetzlich. Danny saust in die Tiefe, Wind pfeift in seinen Ohren. Weiter unten hört er Zamora, der wiederholt gegen die Wände kracht und dabei aufstöhnt.

Der Schacht führt abwechselnd nach links und nach rechts. Danny schlägt sich zuerst einen Ellbogen und danach den Hinterkopf an, und zwar so heftig, dass ihm Hören und Sehen vergeht. Er rast an einer offenen Klappe vorbei und sieht im Vorbeifliegen eine Putzfrau, die große, ungläubige Augen macht.

Dann der lang gezogene Ruf: »Gerrrrronimooo!«, danach ein dumpfer Aufprall, als Zamora unten landet. Die letzten Sekunden sind am schlimmsten. Der Wäscheschacht knickt zwei Mal scharf ab, und Danny bleibt die Luft weg, als er gegen die Seiten knallt. Im nächsten Moment saust er in vollem Tempo in einen Wäschebehälter von der Größe eines Containers. Er landet in einem Wirrwarr aus Bettlaken, Kopfkissenbezügen und Handtüchern und prallt gegen den halb vergrabenen Zamora.

Ein Stöhnen. Dann ein langes Schweigen.

»Alles in Ordnung, Major?«, fragt Danny und untersucht, ob bei ihm selbst alles heil geblieben ist.

»Madre de Dios«, ächzt der Major und wühlt sich an die Oberfläche. »Das war schlimmer als die Kanonenkugel, so viel steht fest. Und wo ist meine Melone?«

Siebzehn Stockwerke über ihnen steht Ricard im Flur vor ihrem Zimmer und sieht Lo und zwei anderen Beamten dabei zu, wie sie Koffer und Schubladen hastig durchsuchen und die Sachen dabei eilig über ihre Schultern werfen.

»Immer noch nichts von den Entführern?«, ruft er durch die Tür.

Lo schaut auf und streicht sich die dichten Haare aus der Stirn.

»Das braucht seine Zeit, Ricard. Sie wissen das.«

»Und das verschollene Schiff?«

»Wir haben alles im Griff. Keine Sorge.«

Einer der Männer leert Zamoras Koffer aus. Dann richtet er sich auf, grinst breit und hebt mit der behandschuhten Rechten eine Tüte mit weißem Pulver hoch.

»Aha«, sagt Lo mit vorgetäuschter Überraschung. »Tja, der Schein trügt – wie üblich, nicht wahr, Ricard?«

Der Interpol-Beamte runzelt die Stirn, als Lo dem Inspektor die Tüte mit dem verdächtig aussehenden Pulver abnimmt. »Unser zu kurz geratener Freund scheint sich als Schmuggler betätigt zu haben … Wir werden noch mehr Leute einsetzen, um die beiden zu finden. Wir haben jetzt genug gegen sie in der Hand.«

Ricard legt den Kopf schief und betrachtet Lo. Das Lächeln erwidert er nicht.

Danny kann vom Wäschecontainer aus sehen, dass noch fünf weitere Behälter im Keller des Pearl Hotel stehen, bis zum Rand gefüllt und bereit für den Abtransport.

»Machen wir es uns gemütlich«, sagt er. »Vielleicht können wir uns einfach hinausbefördern lassen.«

In Abständen ertönt ein Wispern im Schacht, das zu einem Zischen wird, wenn ein weiteres Bettlaken oder Handtuch angesaust kommt. All das könnte lustig sein – wenn Laura nicht in den Fängen der Gangster wäre und um ihre Fingerkuppen bangen oder noch Schlimmeres befürchten müsste; wenn Zamora und er nicht auf einem von Müll bedeckten Dach im Kugelhagel um ihr Leben hätten rennen müssen; und wenn seine Eltern noch am Leben wären …

Sein Kopf schmerzt von dem Aufprall im Schacht, seine Gedanken rasen: Laura und ihre heikle Lage, Ricards düstere Andeutungen über das Schicksal von Detective Tan. Das bringt ihn auf den Hafen und die Fische. Er muss an das Aquarium denken, das im Golden Bat geborsten ist, und dieses Bild – ein Becken voller Fische – führt ihn wieder zu dem gescheiterten Entfesselungsversuch seines Vaters. Zu seinen Eltern und dem Mysterium. In letzter Zeit holt ihn das Mysterium immer wieder ein.

Es zieht mich an, denkt er. Wie die Schwerkraft.

Er spielt mit seinen Karten wie mit einem Rosenkranz. Zamora schaut zu, wie sie durch seine langen Finger gleiten.

»He, Mister Danny, du wolltest mir doch den Springenden Mann zeigen.«

»Jetzt?«

»Wir haben Zeit, *no*?«

Danny muss trotz allem lächeln. Er mischt die Karten, schiebt den König an den richtigen Platz, bereitet den Schwung vor. Dabei kann er sich entspannen. Es fällt ihm leichter als in der Schule. Er weiß noch, wie sein Vater diesen Trick vorführte, vor langer Zeit an einem Sommerabend in einem Vorort Roms, auf den Stufen des Wohnanhängers. Damals sah Danny den Trick zum ersten Mal. Einige Hochseilakrobatinnen schauten zu, die abendliche Brise spielte in den schwarzen Straußenfedern ihrer Kostüme. In der Ferne spielte jemand Flamenco auf der Gitarre – und die Hände seines Vaters, der immer einen Scherz auf den Lippen hatte, wirkten ruhig und entspannt. So sah das Leben damals aus …

»Zieh eine Karte, Major.«

Es läuft wie am Schnürchen. Der König macht einen Satz, schießt hoch wie eine »Fliegerin« auf dem Trapez, und Zamora applaudiert stumm.

»Alle Achtung, Mister Danny.«

Da nähern sich Schritte. Stimmen hallen im Flur.

Zamora zieht rasch den Deckel des Containers zu, und sie graben sich tief in die Wäsche ein.

Sie hören, wie einer der Behälter über den Betonfußboden gerollt wird. Danach wird ihrer mit einem Ruck in Bewegung gesetzt – er wird gedreht, durch klatschende Plastiktüren in die schwüle Nachmittagshitze gezogen und rumpelnd auf eine Rampe geschoben. Sonnenlicht fällt durch die Ritzen der Containerwände.

»Na, dann – *¡vamos!*«, murmelt Zamora, als der Container auf die Ladefläche eines wartenden Lasters geschoben wird.

»Aber wohin?«, fragt Danny und steckt die Karten in die Hosentasche.

Zamora lächelt. Im schmalen Lichtschein wirkt sein Gesicht geheimnisvoll und unergründlich. »Gibt auf dieser Welt keine geraden Wege, Danny. Nur Labyrinthe.«

Der Laster mit der Aufschrift »Wäscheglück« fährt rückwärts aus der Ladebucht. Das gelbe Logo mit der lächelnden Sonne leuchtet auf, als der Wagen hinter dem Pearl Hotel hervorkommt.

Er fährt unbemerkt aus der Lieferantengasse und fädelt sich in den dichten Verkehr auf der Connaught Road ein.

Der Laster spiegelt sich in der Sonnenbrille von Sing Sing, die auf der anderen Straßenseite in einem Café sitzt und sehr schnell auf Kantonesisch in ihr Handy spricht.

Ohne Aufmerksamkeit zu erregen, fährt der Laster an einem Streifenwagen vorbei, in dem Detective Lo Kette raucht und immer wieder nachdenklich durch sein struppiges Haar fährt.

Er rollt unauffällig an drei Motorradfahrern vorbei, die mit zugeklappten, getönten Helmvisieren in einer Seitenstraße lauern. Einer nimmt den Helm ab und schüttelt den langen Pferdeschwanz; auf seinem Rücken brennen noch die Schnitte, die ihm die Mitglieder der Triaden zur Strafe verpasst haben. Seine Augen funkeln rachsüchtig.

Auf dem Bürgersteig steht Ricard und schaut zu, wie der Wäschelaster vorbeifährt. Er ist sich sicher, richtig gehandelt zu haben. Vielleicht wird sich am Ende alles in Wohlgefallen auflösen. Gut möglich, dass das Glück zu guter Letzt auf ihrer Seite sein wird.

Der Laster biegt um eine Ecke und ist außer Sichtweite.

ZWEITER AKT

Nur Geheimnisse

erhalten uns am Leben

Nur Geheimnisse.

* * * * * * * * * * * * * * *

Lorca

EINS

* * * * * * * * * * * * * * *

Wie man während einer Entführung einen Haarschnitt bekommt

Laura kommt langsam wieder zu sich. Sie ist immer noch wie benebelt.

Sie hat heftige Kopfschmerzen und keine Ahnung, wo sie sich befindet. Der Raum ist dunkel, ihr Blickfeld getrübt. Wie ausgetrocknet fühlt sich ihr Mund an, und sie hat das unangenehme Gefühl, sich übergeben zu haben.

Sie haben mich unter Drogen gesetzt, denkt sie. Schweine.

Sie erinnert sich daran, mit Lippenstift auf die Wand der Sporthalle geschrieben zu haben. In panischer Hast, weil sie begriffen hatte, dass dies ihre einzige Chance war. Wenn irgendjemand die Botschaft findet, gibt es noch Hoffnung. Vielleicht sogar Danny?

Aber das ist unwahrscheinlich. Er ist ein kluger Junge, aber erst zwölf. Eines Tages ist er bestimmt so gewieft wie sein Vater. Aber noch ist es nicht so weit.

Ich hätte Danny vorher informieren sollen. Hätte die Botschaft anders formulieren und die Sache mit dem Mann im weißen Anzug klarstellen müssen. Verflixt und zugenäht! Aber ich hatte nur eine Sekunde, um auf die Wand zu schreiben und das Bild wieder richtig hinzurücken. Andererseits kann Major Zamora im Notfall sehr findig sein. Wäre nicht das erste Mal, dass er das Blatt wendet. Was ist nur mit dem Fußboden los …?

Sie steht auf und taumelt zur Seite. So benommen kann sie eigentlich nicht mehr sein. Sie spürt plötzlich die Reste des Isolierbands auf den Handgelenken, die wunden Stellen am Mund. Man hat sie verschnürt wie ein Paket und ihr Plappermaul zugeklebt. Oh Mann.

Sie torkelt wieder. Im Halbdunkel hebt und senkt sich der Fußboden. Und irgendwo in der Tiefe dröhnt ein großer Dieselmotor.

Da geht die Tür auf, und im Schein der im Flur hängenden Glühbirne zeichnet sich die Silhouette eines spindeldürren Mannes ab. Er betritt die Kabine und schwenkt eine Pistole.

»Hinlegen. Leg dich hin!«

»Okay. Ich lege mich hin.«

Dann ein zweiter Mann, so dick, wie der andere dünn ist. Er beugt sich über sie und schwenkt eine große, schmutzige Schere vor ihrer Nase. Er stinkt so sehr nach Fisch, dass ihr übel wird.

»Deine Haare«, sagt er. »Brauche Haare. Stillhalten.«

»In Ordnung. Du bist der Boss. Aber bitte nur die Spitzen schneiden.«

»Maul halten!«, brüllt der Dicke und lässt die Schere zweimal zuschnappen. »Oder ich schneide etwas anderes ab.«

Ach du grüne Neune, denkt Laura. Was für ein Mist. Aber wenn ich hier rauskomme, habe ich eine richtig gute Story. Für die Titelseite!

Dieser Gedanke gibt ihr etwas Hoffnung. Sie schließt die Augen, während die Schere dicht neben ihrem Ohr klappert, und versucht sich darauf zu konzentrieren, was für ein toller Artikel das werden könnte. Tut gut, an etwas anderes zu denken, und sie probiert zur Ablenkung im Stillen verschiedene Anfangssätze aus.

»He! Pass auf, Smutje. Du hättest fast mein Ohr erwischt.«

ZWEI

* * * * * * * * * * * * * * *

Wie man dem Glück auf die Sprünge hilft

Der »Wäscheglück«-Laster ist auf der Heimfahrt.

Im Container, der auf der verhängten Ladefläche steht, ist es stockfinster. Wie gut, dass ich eine Weile nichts entscheiden muss, denkt Danny. Er schließt die Augen, macht es sich zwischen den Handtüchern und Laken gemütlich und seine Gedanken schweifen wieder zu Ricard ab.

Ob sie ihm vertrauen können? Einen Gesichtsausdruck wie den seinen hat Danny in letzter Zeit jedenfalls oft gesehen – er besagt: Ich weiß etwas mehr als du, Danny. Alle scheinen mehr zu wissen als ich: Laura, Zamora, Sing Sing …

Und nun auch noch Ricard. Die Botschaft, die Laura auf die Wand gekritzelt hat, kann man, wie Zamora sagte, so oder so lesen: Hütet euch vor dem Mann im weißen Anzug. Vertraut dem Mann im weißen Anzug.

Verdammt. Wer sagt mir, wem ich vertrauen kann?

Er erinnert sich daran, dass sein Vater vor jedem Entfesselungsversuch die »Sicherheit« prüfte. *Immer alles selbst prüfen, Junge – schön, wenn du deinem Umfeld voll vertraust, aber ob alles bereit ist, weißt du erst, nachdem du es selbst kontrolliert hast.*

Was also ging bei dem Entfesselungsversuch unter Wasser schief? Irgendwann scheint es nicht mehr zu reichen, wenn man nur auf sich selbst vertraut. Man braucht auch jemanden, der hundertprozentig zuverlässig ist – ich vertraue Zamora, und es wäre idiotisch, auch nur eine Sekunde an seiner Treue zu zweifeln.

Er schaut den Major an. In dieser Dunkelheit fällt es ihm leichter, Fragen zu stellen.

»Major Zamora?«

»Ja, *amigo*.«

»Wem hast du vertraut – damals im Mysterium?«

»Allen. Na ja – fast allen. Bei manchen der vorübergehend eingestellten Handlanger hatte ich ein mieses Gefühl, wenn du verstehst, was ich meine. Auch bei einigen Mitgliedern der Khaos Klowns. Rosa ging es genauso.«

»Nein. Wenn du die menschliche Kanonenkugel warst, meine ich. Oder auf der Mauer des Todes. Wer hat Aufbau und Ausrüstung für dich gemacht?«

»Tja, das habe ich meist den Monteuren überlassen«, sagt Zamora. »Aber kurz vorher habe ich noch einmal alles selbst überprüft. Um für den Fall, dass etwas schiefläuft, persönlich die Verantwortung zu tragen. Wie bei dem Popcorn-Unfall. Da habe ich nicht aufgepasst. Ist alles eine Frage der eigenen Verantwortung.«

Danny denkt kurz darüber nach. Trifft eine Entscheidung.

»Wenn wir uns irren, übernehme ich die Verantwortung.«

»Wir teilen die Verantwortung, Mister Danny. Aber weißt du was? Da gab es noch jemanden, den ich nicht mochte ...« Der Major wird mitten im Satz unterbrochen, weil der Laster über eine Rüttelschwelle holpert. Danach geht es eine Rampe hinunter. Danny dreht sich der Magen um – wie bei einer Achterbahnsturzfahrt. Dann hält der Laster mit quietschenden Bremsen.

»Endstation«, sagt Zamora heiter. »Schnell raus, bevor wir in der Kochwäsche landen!«

Sie sind gerade aus dem Container geklettert, da schnellt die hintere Klappe des Laderaums auf. Ein verschlafener Wäschereiarbeiter starrt die zwei Fremden halb verblüfft und halb belustigt an.

»Was habt ihr denn hier zu suchen?«

»Was schulden wir Ihnen, *señor*?«, fragt der Major strahlend und springt von der Ladefläche. »Und wo sind wir?«

Sie stehen in einem Kellerraum. Andere »Wäscheglück«-Laster stehen weiter hinten an einer Betonrampe. Hitze und Lärm sind unerträglich.

»Kowloon«, antwortet der Mann. »Shantung Street.«

»Muchas gracias«, sagt Zamora und gibt dem Mann einen herzhaften Klaps auf den Rücken. Er dreht sich zu Danny um und sein Lächeln verfliegt.

»Wir sind also wieder auf der anderen Hafenseite. Was nun? Sollen wir Kwan bitten, uns zu fahren? Vielleicht nach Cheung Chau?«

Danny nickt. »Ja. Aber wir sollten zuerst herausfinden, was Inspektor Ricard zu erzählen hat.«

»Ich frage mal, ob ich hier telefonieren kann«, sagt Zamora und eilt zum Büro der Wäscherei.

Danny geht zur Straße hinauf. Als er ins Licht tritt, malt er sich aus, wie es Laura ergeht. Er sieht sie gefesselt und angekettet auf einem Stuhl sitzen; eingesperrt in einem kleinen, stickigen Raum; in einem Segeltuchsack verschnürt; im Kofferraum eingepfercht. Und ihm wird bewusst, dass es sich jedes Mal um Situationen handelt, aus denen sein Vater sich befreit hat. Andererseits ist keine dieser Situationen mit der von Laura vergleichbar, und bei den Worten Dim Sum oder Chop Suey muss Danny unwillkürlich an die fröhlich plaudernde Laura im Flugzeug und einen ihrer Finger in der Zange eines Bolzenschneiders denken.

Kowloon strömt an ihm vorbei. Elegante Damen beim Einkaufen, einen kleinen, herausgeputzten Hund auf dem Arm; Teenager, die sich cool geben; Geschäftsleute, denen das Handy am Ohr zu kleben scheint; Touristen, die einen Stadtplan halten und sich unablässig den Hals verrenken.

Für alle ist es ein Tag wie jeder andere. Sonderbar, dass die Welt sich einfach weiterdreht, während das eigene Leben gerade Kopf steht. Danny kennt dieses Gefühl noch aus den endlos langen Tagen zwischen dem Brand des Wohnanhängers und der Beerdigung. Auch in Berlin ging das Leben weiter.

Die Leute kauften ein oder führten ihre Hunde aus, Marktleute und Schulkinder eilten nach Hause. Danny fand es schlimm, dass niemand dem Tod seiner Eltern Beachtung schenkte. Am Himmel glitzerten die unbarmherzigen Sterne.

Niemand ahnte, dass er unter Schock stand.

Und nun wieder das gleiche Gefühl – in einem anderen Land mit einem anderen Klima. Seltsam, dass die Welten des Gewöhnlichen und des Ungewöhnlichen so dicht nebeneinanderliegen, dass kaum ein Blatt Papier dazwischen passt. Ein Schritt, und man gleitet von der einen in die andere. Wenn man Laura nicht entführt hätte, wären er und Zamora nicht anders als die Touristen, die die nächste Imbissbude suchen, die nächste Sehenswürdigkeit, das nächste Fotomotiv. Obwohl … Die ganze Sache – von der Ankunft über die Entführung bis zu Ricards Erscheinen – erscheint Danny wie vorherbestimmt. Geradezu schicksalhaft.

Zamora kommt die Rampe herauf und kratzt sich am Kopf, blinzelt in die Sonne. »Oh Mann, oh Mann. Das wirst du nicht glauben, Danny. Der Fahrdienstleiter der Taxis sagt, dass Mister Kwan vermisst wird. Er wurde nicht mehr gesehen, seit er uns vor diesen grauenhaften Wuchung Mansions abgesetzt hat. Seine Frau ist krank vor Sorge.«

Danny schüttelt den Kopf. Das kann nicht sein – es kommt ihm vor wie ein Traum, der im Laufe der Nacht immer böser wird, ganz gleich, wie man ihn dreht und wendet. »Wir hätten ihn nicht in die Sache verwickeln dürfen.«

»Vielleicht ist er bloß auf Sauftour? Vielleicht ist seine Frau ein alter Drache«, sagt der Major mit wenig Überzeugung. »Sie scheint ihn jedenfalls sehr unter Druck gesetzt zu haben. Na, komm. Wir müssen uns auf Laura konzentrieren.«

»Einverstanden. Trotzdem fahren wir erst zu Ricard.«

»Wir bleiben aber wachsam, *no*?«, sagt Zamora entschieden und tritt an die hektische Straße. »Taxi!«

Der Taxifahrer fährt sie zu den Ausläufern von Kowloon. Sie passieren einen Wohnblock nach dem anderen, sausen abwechselnd durch Schatten und Sonne.

»Man scheint diese Interpol-Typen fürstlich zu entlohnen«, sagt Zamora, denn die Gebäude werden immer prachtvoller, die Geschäfte und deren Waren immer exklusiver. »Oder steht er auch auf der Gehaltsliste der Triaden?«

»Kann ich mir nicht vorstellen«, sagt Danny.

Das Taxi hält an einer Ecke des Kowloon-Parks, einer grünen Oase zwischen Glas und Beton. Ein Schild auf dem Gebäude kündigt die »Preston Villas« an.

»Das macht achtzig Dollar«, sagt der Taxifahrer, der sich zu ihnen umdreht.

»Verzeihen Sie die Frage«, sagt Zamora, »aber Sie kennen nicht zufällig einen Taxifahrer namens Kwan Kar Wai?«

»Soll das ein Witz sein?«, erwidert der Mann. »In Hongkong gibt es Tausende von Taxifahrern. Wer kann heutzutage noch den Überblick behalten?«

Die Preston Villas sind älter als die anderen Gebäude, die den Park umgeben. Das Treppenhaus zeugt von vergangener Pracht. Der Geruch von Weihrauch vermischt sich mit dem Gestank von Putzmitteln, und vor den Wohnungstüren sehen Danny und Zamora Topfpflanzen, Buddhastatuen und Fußmatten.

Nach den hektischen Straßen im Zentrum von Kowloon wirkt hier alles still und vornehm.

»Vierter Stock«, sagt Zamora mit einem Blick auf den an der Wand hängenden Wohnungsplan. »Mal sehen, wie der alte Knabe so wohnt.«

Auf dem Treppenabsatz im dritten Stock liegt eine schwarze

Katze auf dem dunkelroten Kissen eines Korbsessels. Sie späht sie kurz aus schmalen grünen Augen an, dann rollt sie sich wieder zusammen.

Die Tür der Nummer 42 befindet sich auf dem nächsten Treppenabsatz. Ein Messingschild neben der Eingangstür verkündet knapp: RICARD.

Zamora rüttelt am Griff. »Rührt sich nicht. Sollen wir auf ihn warten?«

»Er meinte, wir würden herausfinden, wo der Schlüssel versteckt ist«, sagt Danny und schaut sich um. Im Gegensatz zu den anderen Türen gibt es vor der von Ricard weder Fußmatte noch Statuen oder Topfpflanzen, also auch kein Versteck für einen Schlüssel.

Dannys Blick prallt von der schlichten Holztür ab.

Er betrachtet die Schlösser. Ein Riegelschloss und ein Sicherheitsschloss. Dieses könnte er vielleicht knacken. Aber das Riegelschloss wäre eine harte Nuss, denkt er. Papa hat mit mir das Öffnen von Bühnenhandschellen und großen Vorhängeschlössern geübt, nicht das Einbrechen. Was sagte Ricard? Das Versteck des Schlüssels sei offensichtlich. Man brauche nur »etwas Glück«.

Er schließt die Augen und versucht sich den Interpol-Mann bei diesen Worten vorzustellen. Er hielt den Blick gesenkt. Und er zupfte ein Haar von seinem Ärmel!

Danny rennt die Treppe hinunter.

Die schwarze Katze schlummert noch auf dem Kissen. Als Danny näher kommt, reißt sie die Augen weit auf und faucht feindselig. Die Rückenhaare sträuben sich und sie fährt ihre Krallen aus.

»Ruhig«, sagt Danny beschwichtigend. »Ruuuhig.«

Aber die Katze wirkt überhaupt nicht ruhig.

Danny senkt den Blick, um Augenkontakt zu vermeiden, und weicht zur Seite aus, damit die Katze sich nicht bedroht fühlt. Dann streckt er eine Hand aus und tippt der Katze zweimal oben auf den Kopf. Das ist ein Akupressur-Punkt, eine der Hauptschlagadern. Diese Berührung beruhigt Tiere, wenn man sie richtig ausführt. Blanco hat das immer gemacht, wenn sein Hund wieder einmal einen Koller bekam.

Die Katze zögert, dann legt sie sich wieder hin, als wäre sie auf einmal sehr schwer, und schnurrt wie ein aufziehbares Spielzeug.

»Entschuldige bitte«, sagt Danny, während er unter das Kissen greift.

Und wie vermutet liegen dort die Schlüssel.

Die Wohnung ist sparsam eingerichtet. Schlichte Möbel auf blanken Dielen. Saubere, weiße Wände, an denen nur eine große Kalligrafie hängt. Die Tinte ist verspritzt, als hätte jemand einen großen Pinsel wuchtig auf das Papier sausen lassen. Danny saugt alles in sich auf, um ein Gespür für Ricard und dessen Welt zu bekommen.

Trotz der sparsamen Einrichtung ist es gemütlich – das Zuhause eines Menschen, der im Einklang mit sich ist. Und ein reines Gewissen hat? Würde in der Wohnung eines korrupten Polizisten oder eines Gangsterbosses auch eine so stille, entspannte Atmosphäre herrschen? Danny malt sich aus, wie Ricard hereinkommt, die Schuhe abstreift, einen Kaffee aufsetzt, auf das Sofa fällt. Die Füße hochlegt.

»Machen wir es uns bequem, wenn wir schon mal hier sind«, sagt Zamora und wirft einen Blick in die Küche. »Ich finde es immer noch jammerschade, dass wir das Frühstück verpasst haben.«

»Er meinte, wir sollten uns ganz wie zu Hause fühlen«, sagt Danny.

Er geht zu einem Sekretär, der hinten an der Wand steht – und bleibt wie angewurzelt stehen.

Neben dem Telefon steht ein Foto seiner Eltern in einem silbernen Rahmen.

Danny reibt sich die Augen, um sicherzugehen, dass es keine Einbildung ist, keinem Wunschdenken entspringt. Ja, dort stehen sie, beide im Kostüm: Sein Vater trägt einen eleganten schwarzen Anzug mit schmaler roter Krawatte, seine Mutter, die sich auf den Stufen des Wohnanhängers an ihn schmiegt, ein gestreiftes Trikot. Das ist kein Werbefoto – es wirkt viel zu privat –, und Danny sieht es zum ersten Mal. Sein Vater lächelt, und das Gesicht seiner Mutter ist verwackelt, weil sie im Moment der Aufnahme zu ihrem Mann aufgeschaut hat. Danny muss schlucken und kneift die Augen zusammen. Nicht jetzt. Das wäre auch keine Hilfe.

Konzentration. Was zum Teufel hat das Foto hier zu suchen?

»Major! Schau mal.«

»Was gibt's?«, fragt Zamora, der die Dringlichkeit in Dannys Stimme bemerkt und neben ihn tritt. »*¡Madre mia!* Harry und Lily. Sieht aus, als wäre die Aufnahme schon etwas älter.«

»Wie alt ungefähr?«

»Ungefähr so alt wie du, würde ich meinen. Muss um die Jahrtausendwende entstanden sein. Auf keinen Fall früher, denn das ist der Wohnanhänger, den sie damals angeschafft haben. Und deine Mutter ist nicht schwanger – das sieht man! Aber was hat das Foto auf dem Schreibtisch dieses Burschen zu suchen?«

Danny zuckt mit den Schultern und denkt angestrengt nach. Versucht alles zu begreifen.

»Das sagt uns wohl, dass wir Monsieur Ricard vertrauen können – oder was meinst du?«

»Ja. Andererseits hattest du bei der Polizei den Eindruck, dass man ihn verhört hat. Und wir kennen nur seine Meinung, was Lo betrifft.«

»Aber man lässt ein Foto nur dann so schön rahmen und stellt es so prominent hin, wenn einem die Menschen darauf etwas bedeuten. Findest du nicht auch?«

Zamora nickt zustimmend.

Er blättert die auf dem Sekretär liegenden Papiere durch. Nur Rechnungen und Quittungen. Die Schubladen sind alle abgeschlossen.

»Soll ich sie aufbrechen, Mister Danny?«

»Nein. Wir warten ab, was er zu sagen hat.«

Zamora holt tief Luft.

»Tja, ich schaue mir mal die Küche an. Der Mann hat schließlich gesagt, wir sollen uns wie zu Hause fühlen. *Mi casa es tu casa.* Oder so ähnlich.«

Danny starrt das Foto an. Da stehen sie. Im Schein der Abendsonne. Strahlend und entspannt. Ohne zu ahnen, was auf sie zukommt. Ob das für uns alle gilt?, fragt er sich. Lächeln wir in die Kamera, weil wir nicht wissen, was uns bevorsteht? Oder haben wir die Dinge ab und zu unter Kontrolle? Er holt tief Luft. Tja, man kann es jedenfalls versuchen.

Das Telefon reißt ihn aus seinen Gedanken, und der altmodische Klingelton jagt ihm einen Schreck ein. Er wartet und horcht, seine Hand schwebt unentschlossen über dem Hörer. Dann springt der Anrufbeantworter an: »Jules Ricard. Bitte hinterlassen Sie eine Nachricht. *Laissez-moi un message, s'il vous plaît.*«

Danach ertönt wieder Ricards Stimme, dieses Mal leibhaftig und gehetzt. »Hallo, Danny. Wenn du dies hörst, nimm bitte ab – hallo?«

Danny nimmt den Hörer ab. »Hallo? Wir sind in der Wohnung.«

»Bleibt unbedingt dort, bis ich komme, *oui*?«

Danny kann sich nicht mehr zügeln, die Worte brechen aus ihm heraus: »Warum haben Sie ein Foto meiner Eltern? Haben Sie sie gekannt, Monsieur Ricard?«

Schweigen.

»Hallo?«

»Das ist eine lange Geschichte, Danny, die ich nur ungern am Telefon erzählen möchte. Wir haben wenig Zeit. Hör mir gut zu: Geh nicht an die Tür, wenn jemand klingelt.«

Zamora hat sich dicht neben Danny gestellt, um das Gespräch mithören zu können.

»Aber warum …«

»Hör einfach auf mich. Die Sache wird brenzlig«, sagt Ricard. »Wir haben eine Lösegeldforderung von den Entführern erhalten.

Es handelt sich tatsächlich um den Schwarzen Drachen. Sie haben ein dickes Büschel Haare von deiner Tante geschickt. Aschblond, *oui*?«

»Ja.« Danny nickt. Seine Knie werden weich. Immerhin sind es nur Haare, keine Finger. »Und wie hoch ist das Lösegeld?«

»Absurd hoch, Danny …« Ricard verstummt kurz, hustet am anderen Ende der Leitung. »Vollkommen überzogen. Zu allem Überfluss haben sie den anderen Triaden-Mitgliedern eine Belohnung versprochen, wenn sie dich und Zamora auch noch schnappen.«

»Für uns? Warum denn?«

»Keine Sorge. Haltet euch einfach von ihnen fern. Diese Banden haben viele Mitglieder, aber ihre Organisation und ihre Kommunikation sind eher lose. Und die anderen haben für den Schwarzen Drachen nicht viel übrig. Trotzdem solltet ihr auf Nummer sicher gehen.«

»Wir versuchen, Mister Kwan zu erreichen.«

»Wir auch. Außerdem ist Lo auf dem Kriegspfad. Er weiß, dass ihr im Golden Bat einen Hinweis bekommen habt. Ich muss sehr vorsichtig ermitteln, Danny. Hier gibt es ein Sprichwort: ›Schwarze Hunde werden belohnt, weiße Hunde werden bestraft.‹ Das soll heißen, dass es nicht immer gerecht zugeht. Und dass ehrbare Hunde gut aufpassen müssen.«

Es geht nicht immer gerecht zu. Danny betrachtet das Foto, von dem ihn sein Vater anlächelt. »Erzählen Sie mir von Papa? Und Mama?«

»Später. Versprochen. Bin beeindruckt, dass du den Schlüssel gefunden hast. Ich wusste es. Spike kann biestig sein, wenn er jemanden nicht mag.« Er lacht. »Vielleicht hast du die Narbe auf Los Gesicht gesehen? Und noch eines …« Sein entschlossener Optimismus weicht zum ersten Mal einem schwankenden Unterton. »Leider müssen wir keine weitere Zeit in die Suche nach Detective Tan investieren. Man hat seine Leiche gerade aus dem Hafen gefischt. Gut hundert Stiche, sagt der Pathologe. *Mon Dieu!* Wie in alten Zeiten. Geht ja nicht an die Tür. Wartet auf mich.«

»Monsieur Ricard …« Aber der hat schon aufgelegt.

Danny steht kurz da, den Hörer in der Hand, und stellt sich vor, wie die Leiche von Tan im trüben Hafenwasser eine Blutspur hinter sich herzieht, während der leblose Körper langsam versinkt.

Plötzlich wird wie wild gegen Ricards Tür gehämmert.

DREI

* * * * * * * * * * * * * *

Wie man sein Leben aufs Spiel setzt

Danny legt einen Finger auf seine Lippen und pirscht so leise wie möglich zur Tür. Er bittet Zamora mit einem Wink, den Vorhang zuzuziehen, damit er den Spion nicht verdunkelt, wenn er hindurchschaut, und sich so verrät.

Zamora nickt, dann zieht er die Vorhänge zu.

Noch ein lautes Pochen. Diesmal etwas leiser. Danny späht durch den Spion – im Flur steht Charlie Chow.

Das Gesicht des Mannes wirkt so finster wie immer, zugleich aber sehr aufgewühlt. Er versucht offenbar seine Gefühle zu bändigen, ist aber eindeutig wütend. Er ballt immer wieder die rechte Hand zur Faust. Er ist stärker außer Atem, als man nach drei Stockwerken vermuten würde.

Danny dreht sich zu Zamora um und flüstert »Charlie Chow«. Der Major zieht die Augenbrauen hoch.

Chow tritt von der Tür zurück und tippt auf den Touchscreen seines Handys. Er reißt den Kopf hoch und horcht. Das Telefon auf dem Schreibtisch klingelt erneut.

Der Anrufbeantworter springt an. »Jules Ricard. Bitte hinterlassen Sie eine Nachricht. *Laissez-* …«

Chow klappt das Handy gereizt zu und stopft es in seine Tasche. Er hat nicht die ganze Nummer gewählt, denkt Danny. Sie ist offenbar eingespeichert. Oder hat Chow einen Anruf von Ricard erwidert? Die beiden kennen sich jedenfalls, so viel steht fest.

Der Mann starrt die Tür noch einmal trotzig an – dann poltert er die Treppe hinunter. Er hat einen Umschlag dabei, den er im Gehen in eine Jackentasche steckt.

Danny trifft eine Entscheidung. »Los, Major. Wir folgen ihm.«

»Bist du sicher?«

»Wir sehen doch nur nach, wohin er geht. Danach kommen wir zurück und warten auf Ricard.«

»Du hast doch gehört, was er gesagt hat. Über die Triaden. Ich bin für dich verantwortlich, Danny …«

»Geteilte Verantwortung, weißt du noch? Wir bleiben in belebten Gegenden. Außerdem ist heller Tag.«

Zamora drückt sich die Melone auf den Kopf. »Tja, du hast Recht. Etwas zu unternehmen ist besser, als hier Däumchen zu drehen.«

Danny nimmt einen Zettel vom Schreibtisch und kritzelt darauf: Sind gleich zurück. Danny.

Sie tauchen in den Menschenmassen von Tsim Sha unter. Chow ist gerade noch zu sehen. Seine gedrungene Gestalt durchpflügt die Menge, als hätte er einen Streifen des Bürgersteigs ganz für sich allein. Ein großer Hai zwischen kleinen Fischen.

Zamora schnappt sich im Vorbeigehen eine kostenlose Ausgabe des *Hongkong Standard* von einem Stand.

»Tarnung. Komm, sonst verlieren wir ihn aus den Augen.«

Chow geht weiter, ohne nach links oder rechts zu schauen. Er dreht sich kein einziges Mal um. Danny behält ihn im Auge. Wenn Chow in Gefahr wäre, würde er sich bestimmt in Abständen umschauen. Außerdem flieht er nicht, sondern scheint ein Ziel zu haben. Er wird gezogen, nicht geschoben. Ist er eher ein Jäger als ein Gejagter? Schwer zu sagen.

Zamora überlässt es Danny, Chow im Auge zu behalten, und beobachtet wachsam den Bürgersteig, mustert jeden Motorroller und jedes geparkte Auto.

Chow geht bei Rot über eine Fußgängerampel, ohne auf den Verkehr zu achten, während Danny und Zamora bei der Überquerung der Straße Lieferwagen und Taxis ausweichen müssen. Sie haben große Mühe, ihre Zielperson nicht aus den Augen zu verlieren.

»Wir sollten zu ihm aufschließen, Major. Er hat sich kein einziges Mal umgeschaut.«

Der stämmige Mann biegt in eine Nebenstraße ein, taucht dann so rasch nach links ab, dass seine Jacke flattert, und huscht in einen Fotoladen.

»Er hat uns bemerkt«, sagt Zamora.

»Nein, das ist bestimmt Routine. Reine Vorsichtsmaßnahme.«

Sie betreten den hell erleuchteten Laden und werden kurz von den grellen Lichtreflexen auf den Vitrinen geblendet. Chow trabt mit schweren Schritten auf eine Hintertür zu.

Danny und Zamora eilen über den gebohnerten Fußboden und folgen ihm ins Freie. Die Tür mündet in den Winkel eines belebten Einkaufszentrums, und nachdem sie sich durch die Menge gedrängelt haben, sehen sie gerade noch, wie Chow einen Fahrstuhl betritt, um zur U-Bahn hinabzufahren. Ein Schild besagt: *Tsuen-Wan-Line, Hong Kong Island.*

»Ob er uns zu den bösen Buben führt?«, fragt Zamora schnaufend. »Oder gar zu deiner Tante?«

»Gibt nur eine Möglichkeit, das herauszufinden«, sagt Danny. »Wir müssen ihm weiter folgen. Wohin auch immer.«

Der Bahnsteig ist überfüllt. Chow, der offenbar glaubt, genug getan zu haben, um mögliche Verfolger abzuschütteln, hat seine Schritte verlangsamt. Danny fragt sich, mit welchen Verfolgern er rechnet. Bestimmt nicht mit uns, denkt er. Eher mit anderen Triaden-Ganstern. Oder der Polizei. Er beobachtet, wie Chow eine Karte über das Lesegerät einer Sperre schwenkt und durchgeht.

»Fahrkarten!«, sagt Zamora, der nach Kleingeld kramt und dabei forschend den Automaten mustert.

»Keine Zeit, Major.«

Danny hebt zwei gebrauchte Karten vom Boden auf und putzt sie an seiner Hose ab. »Los.«

Er geht auf einen gelangweilt dreinschauenden Wachmann zu, der vor einer Sperre steht. Wir dürfen keine Zeit verlieren, denkt er. Schau mir in die Augen, direkt in die Augen. Gut so. Sonderbar, zwei Farben zu erblicken, stimmt's? Lenkt ab.

»Wir haben diese Fahrkarten eben gekauft, aber sie scheinen nicht zu funktionieren.«

Der Mann senkt den Blick darauf, aber Danny schwenkt sie rasch im Kreis. »Sie sind gültig!«, sagt er und unterstreicht dies, indem er seine Handkante auf die Sperre sausen lässt.

Der Wachmann blinzelt und nickt. Dann öffnet er die Sperre und lässt sie durch.

Zamora lacht sich ins Fäustchen, während sie im Fahrstuhl nach unten sausen, aber sie haben keine Zeit, um diesen Erfolg zu genießen. Chow ist im überfüllten Fahrstuhl nicht mehr zu sehen …

Sie eilen an den Pendlern vorbei, drängeln sich zwischen vollgestopften Einkaufstüten durch …

… aber sie haben ihn aus den Augen verloren. Sie hören das Fauchen des näher kommenden Zuges, spüren den heißen Wind, der durch die Station fegt. Ihnen bleibt nicht viel Zeit.

»Welche Richtung? Norden oder Süden?«, ruft Zamora in den Lärm und betrachtet den an der Wand hängenden Plan der U-Bahn-Linie.

»Die Insel«, sagt Danny. »Süden.«

»Woher weißt du das?«

»Nur eine Vermutung.«

Der nach Süden fahrende Zug donnert aus dem dunklen Maul des Tunnels und hält vor dem überfüllten Bahnsteig. Danny springt auf eine Bank und erhascht mitten im Gewimmel einen Blick auf Chow, der in einen der letzten Wagen steigt.

»Da ist er, Major!«

Er springt von der Bank und drängelt sich durch die Menge, dicht gefolgt von Zamora. Sie sind nur noch einen Wagen vom Ende des Zuges entfernt, da ertönt ein Heulen, und sie schlüpfen im letzten Moment durch die Tür.

Der Zug gewinnt an Fahrt und taucht unter dem Hafen durch, saust zurück nach Hongkong-Insel.

Danny, der langsam wieder zu Atem kommt, starrt die dunkle Tunnelwand an. Allem Anschein nach waren sein Vater oder seine Mutter oder sogar beide mit Ricard bekannt. Doch wie kam es dazu? Und Chow? Beweist der Besuch dieses Geschäftsmannes und früheren Triaden-Gangsters bei Ricard, dass sie ihm vertrauen können? Die Sache gleicht einem der Mengendiagramme aus dem Mathe-Unterricht. Ein Kreis steht für »vertrauenswürdig«, einer für »gefährlich«. Danny ist inzwischen überzeugt, dass Ricard in den ersten Kreis gehört, und er glaubt – hofft –, dass dies auch für Sing Sing gilt. Und für Tan, wäre der noch am Leben. Der Pferdeschwanz und der Schwarze Drache stehen natürlich im zweiten Kreis. Aber wie groß ist die Überschneidung? Wer befindet sich in der Grauzone?

Er schüttelt den Kopf. Zuerst ertönt eine Ansage auf Kantonesisch, danach auf Englisch: »Nächste Station: Admirality.« Danny wirft einen Blick in den letzten Wagen. Chow steht an der Tür.

»Steigt er aus?«, fragt Zamora, als der Zug langsamer wird. »Ich kann nichts sehen.«

Nein. Chows massiger Körper wirkt entspannt. Die Schultern sind locker. »Er fährt weiter.«

Die Türen gleiten zischend auf, Fahrgäste schieben sich hinaus, andere steigen ein. Chow hat den Blick gesenkt. Im nächsten Moment hebt er den Kopf und dreht sich nach ihnen um. Danny, der darauf vorbereitet ist, reißt die Zeitung hoch, um sein Gesicht zu verbergen. Dann fährt der Zug wieder los.

»Gleich kommt die Endstation«, sagt Zamora. »Central. Willst du wirklich nicht zu Ricard zurückkehren?«

»Ganz sicher nicht. Falls Chow uns entdeckt, tragen wir es auf der Straße aus. Zwischen so vielen Menschen kann uns nicht viel passieren.«

Die automatische Ansage ruft die Haltestelle aus. »Alle aussteigen. Alle aussteigen!«

VIER

* * * * * * * * * * * * * * *

Wie man sich zwischen exotischer Unterwäsche versteckt

An der Station Central herrscht noch dichteres Menschengewimmel, und so nähern sie sich Chow an, während sie im Fahrstuhl nach oben fahren. Auf der Straße hüllt sie gleich wieder schwüle Luft ein.

»Wir müssen wachsam bleiben. Nur der Himmel weiß, wer sich hier so herumtreibt«, sagt Zamora.

Ein Streifenwagen steht vor dem Ausgang der Station. Chow zögert kurz, dann huscht er dicht neben den Gebäuden davon und benutzt die anderen Passanten als Deckung. Was hat das zu bedeuten? Es ist verdächtig, dass er den Polizisten ausweicht. Wenn er sich nur vor korrupten Beamten versteckt, könnte das allerdings heißen, dass er »vertrauenswürdig« ist.

Was auch immer geschieht, sie dürfen ihn jetzt nicht mehr aus dem Blick verlieren. Und die Polizei darf uns auf keinen Fall entdecken, denkt Danny.

Plötzlich kommt eine Schar lärmender Schüler auf sie zu, und als die Jungen am Ausgang der U-Bahn-Station vorbeilaufen, zieht Danny Zamora am Ärmel mitten in die lustige Truppe hinein. Einer der Jungen stibitzt Zamoras Melone und probiert sie lachend auf. Im Schutz der Gruppe passieren sie unbemerkt den Streifenwagen und biegen um die nächste Ecke.

Als sie sich aus dem Gewühl der Teenager lösen, ist Chow noch in Sicht. Zamora holt sich die Melone zurück, und sie bleiben Chow dicht auf den Fersen, der immer weiter in das Zentrum geht. Vor ihnen erhebt sich der Victoria Peak über den Wolkenkratzern, sein prächtiger Gipfel überragt den Hafen.

Chow biegt erst nach links, dann nach rechts ab. Im nächsten Moment verändert sich der Rhythmus seiner Schritte – sie zögern und stocken, als wollte er umkehren.

»Rein hier«, zischt Danny und zieht Zamora in einen Laden, kurz bevor Chow herumfährt.

Die Verkäuferin des Ladens für edle Damenunterwäsche sieht verdutzt zu, wie sich Danny und Zamora im Eingang hinter einen Ständer mit spitzenbesetzten BHs ducken.

»Kann ich Ihnen helfen, meine Herren? Suchen Sie vielleicht etwas für die Dame Ihres Herzens?«

»Äh, nein danke«, sagt Danny und lässt einen erschrockenen Blick über die Ständer mit Unterwäsche gleiten. »Los, Major. Weiter.«

»Erinnert mich an den Wohnanhänger der Hochseilakrobatinnen«, murmelt Zamora nostalgisch und zögert kurz, bevor er Danny hinterhereilt. »Warte …«

Als sie Chow wieder sichten, geht dieser auf ein modernes Gebäude mit abgerundeten Kanten zu. Er verlangsamt seine Schritte, scheint sich zu sammeln. Sonnenlicht lässt die Lettern auf der Steintreppe erstrahlen: *Hong Kong Peak Tram.*

Die Bahnschienen führen wahnwitzig steil den Hügel hinauf, zwängen sich zwischen den Gebäuden durch, ducken sich unter eine Überführung und schlängeln sich außer Sicht. Hoch oben zeichnet sich der Victoria Peak vor den vom Wind zerfetzten Wolken ab.

Aber Dannys Aufmerksamkeit richtet sich auf eine kleine Gestalt, die auf den Stufen des Bahnhofs sitzt. Es ist Sing Sing.

Sein erster Gedanke ist, dass er froh ist, sie wiederzusehen. Fast will er ihren Namen rufen. Aber dann bremst er sich. Wir wollen herausfinden, was Chow vorhat, ermahnt er sich. Und sicherlich ist es besser, wenn er uns nicht sieht.

Und da ist noch etwas: Sing Sing hat ihre Schultern wie zur Verteidigung angespannt. Sie fühlt sich unwohl. Danny behält sie genau im Auge, während Chow auf sie zugeht. Sie vertieft ihr Gesicht in einen Manga, um zu verbergen, dass sie auf jemanden wartet. Doch sie tappt mit dem linken Fuß auf die Stufe, als hätte sie all ihre Angst in diesem Körperteil konzentriert.

»Mal sehen, was passiert«, sagt Danny und gleitet in den Schatten eines Hauseingangs.

Sing Sing blickt zu Chow auf, der zur Begrüßung nur kurz nickt und dann in seine Jacke greift. Er überreicht Sing Sing den Umschlag, wobei er eilig etwas sagt. Sie nickt zwei Mal und steckt den Umschlag in ihren Rucksack, die Augen hinter der großen Sonnenbrille verborgen.

Keine Miene verzieht sie, und ihr Mund ist ein Strich, als sie zuschaut, wie Charlie Chow an den Straßenrand tritt und ein Taxi heranwinkt. Sie wartet regungslos, bis er eingestiegen ist, dann wirft sie den Manga in einen Mülleimer und marschiert in die Basisstation der Peak Tram.

Danny schaut ihr nach, bis sie nicht mehr zu sehen ist. Dann dreht er sich nach Chows Taxi um, das sich gerade in den Verkehr einfädelt. Sie haben drei Möglichkeiten: Sie können entweder Chow oder Sing Sing folgen oder sich aufteilen und beiden auf den Fersen bleiben.

»Was meinst du?«, sagt Zamora, der offenbar den gleichen Gedanken hat.

»Wir folgen dem Umschlag. Er ist wichtiger als die Person, die ihn gebracht hat.«

»Könnte eine Finte sein. Wie bei einem Zauberkünstler, der den Blick des Publikums in eine bestimmte Richtung lenkt, um etwas zu verbergen …«

Danny schüttelt den Kopf. »Der Umschlag ist für jemanden bestimmt. Wir müssen herausfinden, für wen. Wir bleiben an Sing Sing dran.«

Zamora mustert Danny. Dann lächelt er: »He, Mister Danny. Wäre es möglich, dass du ein kleines bisschen auf unsere gute Sing Sing stehst?«

»Nein!« Danny errötet. »Gar nicht. Aber irgendwas ist mit ihr. Ich weiß nur noch nicht, was.«

»Denk an die Worte des Philosophen, Mister Danny: ›Die Frau ist ein rätselhaftes Wesen.‹ Jedenfalls für arme *hombres* wie uns.«

Sie müssen sich nicht beeilen, denn Sing Sing kann nur ein Ziel haben: Sie fährt mit der Standseilbahn auf den Victoria Peak.

Danny und Zamora halten Abstand, und als sie im letzten Moment die Fahrkarten kaufen, rumpeln die roten Wagen schon in die Basisstation. Sing Sing, die an der Spitze der Warteschlange stand, ergattert einen der besten Plätze vorn im ersten Wagen. Sie starrt auf die steil in die Höhe führenden Gleise und sieht nicht, wie Danny und Zamora weiter hinten einsteigen und ihre Zeitungen aufschlagen, umgeben von plappernden Touristen und piependen Digitalkameras.

»Wir werden immer besser in diesem Mantel-und-Degen-Ding«, flüstert Zamora, als sich die Seilbahn mit einem Ruck in Bewegung setzt. »Trotzdem würde ich den Zirkus jederzeit vorziehen.«

Die Wagen fahren unter der Überführung durch, biegen um eine scharfe Kurve, wobei sie rasch an Höhe gewinnen, schlängeln sich zwischen turmhohen Gebäuden hindurch, sausen abwechselnd durch Schatten und Sonnenschein. Sie fahren in greifbarer Nähe an Balkonen vorbei, auf denen Wäsche zum Trocknen aufgehängt ist, an Dachgärten mit Plastikstühlen und Fernsehantennen. Zamora wirft einen Blick über die Schulter. Die Gleise fallen schwindelerregend steil ab, manche Wolkenkratzer haben sie schon überflügelt. Unten entfaltet sich das Panorama der Stadt und des Hafens. Zamora holt tief Luft.

»Und schon wieder in Aktion.«

Aber Danny hat auf der dritten Zeitungsseite einen Bericht entdeckt. Die Überschrift lautet: »Schiff mit radioaktiver Fracht immer noch vermisst. Laut Behörden droht keine Gefahr für die Öffentlichkeit.« Darunter das Foto eines Mannes mit kantigem

Kiefer, der direkt in die Kamera schaut. Die Bildunterschrift besagt: »Kontakt zu Kapitän Zhang Kaige und Besatzung am Dienstag abgerissen. Verdacht auf Piraterie.«

Er versetzt dem Major einen Knuff, zieht eine Augenbraue hoch.

»Was soll ich sagen, Mister Danny? Glaubst du, dass Laura sich damit beschäftigt hat?«

»Würde ihr jedenfalls ähnlich sehen«, antwortet Danny.

»Aber hallo!«

Danny blättert um. Und wie es der Zufall will, stößt er auf ein Foto von Laura und einen kurzen Bericht über ihre Entführung. Danny überfliegt ihn. Er enthält nichts, was er nicht schon wüsste – endet aber mit einem Zitat von Lo: »Wir drehen bei der Suche nach Miss White jeden Stein um, haben bis jetzt aber noch keine festen Anhaltspunkte. Außerdem suchen wir dringend Kontakt zu einem ihrer Angehörigen und einem Freund: Danny Woo aus Großbritannien und ein Mister Zamora – Vorname unbekannt.«

Danny betrachtet das winzige Foto von Laura. Es scheint von ihrer Website zu stammen. Er kann sich daran erinnern, es hinten in ihrem Garten gemacht zu haben, kurz nachdem sie offiziell zu seinem Vormund bestellt worden war. »Ich will ernst und unerschütterlich wirken«, sagte sie damals. Aber das schelmische Funkeln ihrer Augen war auf jedem der vielen Fotos zu sehen, die er geknipst hatte. »Tja«, sagte Laura schließlich. »Man kann wohl doch nicht aus seiner Haut.«

Ich frage mich, ob sie immer noch dieses Funkeln in den Augen hat, überlegt Danny – wo auch immer sie steckt, in welcher Lage sie auch sein mag. Wenn es so wäre, würde mich das nicht überraschen. Hauptsache, sie ist noch am Leben. Hauptsache, sie hacken ihr nicht den kleinen Finger ab. Und machen kein Dim Sum daraus.

Trotz der Wärme im überfüllten Wagen läuft ihm ein Schauder über den Rücken.

FÜNF

* * * * * * * * * * * * * * *

Wie man sich einen Überblick verschafft

Die Standseilbahn rattert den bewaldeten Hang hinauf.

Hier gibt es nur vereinzelte, dafür umso prächtigere Häuser, neben denen teure Autos stehen. Swimmingpools glitzern im dichten, üppigen Grün. Sie haben gleich den Gipfel des Victoria Peak erreicht, und unter ihnen entfaltet sich ein weites Panorama.

Danny reißt sich von der Aussicht los und behält Sing Sing im Blick. Wäre schön blöd, sie jetzt zu verlieren. Sie ist schon aufgestanden und drängelt sich zur Tür durch, ihren Rucksack fest gegen die Brust gedrückt, während sie in die Endstation einfahren.

Sie gehen durch die Fahrkartenschranken und den Bahnhof, durch einen Komplex mit Restaurants und Souvenirläden … Danny und Zamora halten Abstand, lassen das Mädchen aber keine Sekunde aus den Augen. Sie ist angespannt – gibt sich Mühe, gelassen zu wirken, schwingt die Arme, als wollte sie auf dem Victoria Peak nur spazieren gehen, aber sie scheint irgendetwas zu befürchten. Ihre Bewegungen sind abgehackt, denkt Danny.

Als sie ins Freie treten, treibt der böige Wind die Wolken über dem Gipfel vor sich her.

Sing Sing steigt zu einer Aussichtsplattform hinauf, die über die zur Stadt und zum Wasser abfallende Steilwand ragt. Aus dieser Höhe gesehen, schlägt Hongkongs rasender Puls auf einmal ganz langsam.

Aber die Aussicht lässt Danny kalt. Er konzentriert sich voll und ganz auf Sing Sings schlanke Gestalt. Er ist so darauf konzentriert, ihre Bewegungen zu deuten – jede Nuance ihrer Körpersprache zu entschlüsseln –, dass es Zamora ist, der den Pferdeschwanz-Typen erspäht.

Der Major bremst Danny auf den Stufen.

»Sieh an! Unser alter *amigo.*«

Neben dem Pferdeschwanz steht ein Unbekannter. Sein huckeliger Kopf ist kahl und glänzt in der Sonne wie eine aus der Form geratene Billardkugel. Seine abstehenden Ohren sehen aus, als wären sie mehrmals zerfetzt worden und jedes Mal schlecht verheilt. Er hat einen Lolli zwischen den Zähnen, sein offenes Hawaiihemd in knalligem Lila und Orange flattert im Wind.

»Ein echter Hingucker, der Mann, *no?*«, bemerkt Zamora trocken.

Die beiden Gangster lehnen mit dem Rücken zur Aussicht an einem Fernrohr. Sie versuchen gar nicht erst, wie Touristen zu wirken, sondern stehen so selbstbewusst da, als sei dies ihr Revier. Danny und Zamora ducken sich hinter ein Schild mit mehrsprachiger Aufschrift und spähen um die Ecke, während Sing Sing forsch auf die Männer zugeht.

Sie redet schnell und zeigt in Richtung Kowloon. Danny versucht von ihren Lippen zu lesen, aber sie spricht Kantonesisch. Unmöglich, ihre Worte zu deuten. Warum spricht sie mit diesen

Typen, Teufel noch mal? Seine Hoffnung schwindet – sollte sie doch mit dem Schwarzen Drachen unter einer Decke stecken? Aus dem Kreis der Guten in die Grauzone gleiten? Oder noch schlimmer?

Der Pferdeschwanz lacht schnaubend. Segelohr grinst schief und zieht langsam einen Finger über seine Kehle. Er wiederholt die Geste, als wollte er sicherstellen, dass ihre Bedeutung verstanden wird.

Wem gilt das?, denkt Danny. Sing Sing? Laura? Oder uns? Nein, er meint sicher Tan.

Was auch immer es bedeutet, Sing Sing scheint zu verstehen. Sie strafft ihre Schultern, als wolle sie es mit den beiden aufnehmen, gibt sich Mühe, mutiger dreinzuschauen, als sie in Wahrheit ist. Dann greift sie in ihren Rucksack und übergibt den Umschlag. Segelohr steckt ihn in seine weite Hose und klopft dem Pferdeschwanz so kräftig auf die Schulter, dass der fast zusammenbricht. Dann setzen sie sich in Bewegung – kommen im Laufschritt direkt auf Danny und Zamora zu.

Die beiden haben nur eine Möglichkeit, wenn sie nicht entdeckt werden wollen: Sie müssen sich im richtigen Moment unter dem Schild durchrollen. Danny hebt eine Hand und zählt die Sekunden an den Fingern ab.

Drei, zwei, eins … los!

Sie gleiten in genau dem Moment unter dem Schild durch, als die Gangster auf den Stufen an ihnen vorbeihasten. Wie es scheint, haben die beiden das Gewünschte bekommen und kehren nun in aller Eile zum Parkplatz zurück.

Aber wohin wollen sie? Zu Laura? Oder zu ihrem Boss? Wir müssen ihnen folgen, denkt Danny.

Er steht auf, bürstet Steinchen von seinem T-Shirt – und sieht sich plötzlich Sing Sing gegenüber. Sie verzieht genervt das Gesicht.

»Ich habe euch zwei Clowns in der Bahn gesehen«, sagt sie sachlich und mit dem Anflug eines Lächelns. »Ich kann ja nur hoffen, dass du besser zaubern als Detektiv spielen kannst.«

»Was war in dem Umschlag?«, fragt Danny. Er ist ernüchtert, weil sie ihnen auf die Schliche gekommen ist. Verärgert und verwirrt durch die Wendung der Dinge. Er dreht sich um, aber Pferdeschwanz und Segelohr sind nicht mehr zu sehen.

»Charlies Geschäftskram«, antwortet Sing Sing. »Ich bin nur eine Botin.«

»*¡Caramba!*«, fährt Zamora dazwischen. »Wir müssen dem verfluchten Umschlag auf der Spur bleiben.«

»Vergesst ihn«, erwidert das Mädchen entschieden. »Er führt dich nicht zu deiner Tante, Danny. So viel kann ich dir sagen.«

»Und was zum Teufel kannst du mir noch sagen?«, fragt Danny gereizt.

»Dass ich gern etwas trinken würde. Und dass ihr zwei meine Hilfe braucht. Und zwar dringend.«

SECHS

* * * * * * * * * * * * * *

Wie man jemandem einen ordentlichen Tritt verpasst

Sing Sing nippt an ihrem Eiskaffee und schiebt sich die Sonnenbrille ins Haar. Sie hat immer noch ein blaues Auge, aber die Schwellung geht langsam zurück. Sie schaut Danny direkt an. Da ist er wieder, dieser herausfordernde Blick, aber er wirkt milder. Als wollte sie Freundschaft schließen.

»Und? Warum seid ihr mir gefolgt?«

»Wir wollten herausfinden, welches Ziel dein Vater hat.«

»Er ist nicht mein Vater ...«

»Er hat uns zu dir geführt. Danach sind wir dir gefolgt. Wir wollten wissen, was in dem Umschlag ist. Vielleicht Geld für den Schwarzen Drachen?«

»Ha.« Sie lacht. »Nein, kein Geld. Glaubt ihr, diese Triaden-Ganoven hätten es nicht gezählt?«

»Was dann?«, fragt Zamora.

»Wie gesagt: Ich bin nur die Botin.«

»Und Mister Chow? Welche Rolle spielt er?«, hakt Danny nach und versucht an ihrem Gesicht eine Reaktion abzulesen.

»Er ist in Ordnung. Aber in einer schwierigen Lage. Derzeit arbeitet er als Informant für die Polizei.«

»Und was ist mit dir?« Er lehnt sich auf dem Stuhl zurück, um sie nicht zu bedrängen. Sinnlos, zu viel Druck auszuüben. Sie würde sich nur verschließen.

»Was soll mit mir sein?« Sie stützt sich auf die Ellbogen. Immer noch auf der Hut, aber wieder etwas nachgiebiger.

»Was weißt du über den Schwarzen Drachen?«

»Nicht viel.«

Das ist weniger als die halbe Wahrheit. Ihr Blick zuckt kurz zur Seite und sie setzt die Sonnenbrille wieder auf.

»Weißt du, wo Laura ist?«, wirft Zamora ein und tippt mit einer Münze auf den Metalltisch.

»Nein.«

Scheint die Wahrheit zu sein, denkt Danny – sie hat weder übereilt noch zögernd geantwortet.

»Weißt du, wie man auf die Cheung-Chau-Insel kommt?«

Sing Sing lächelt. »Na klar. Aber ihr zwei habt *großen* Ärger an der Backe. Der Schwarze Drache hat euch im Visier. Und auch andere Triaden.«

»Das regeln wir schon, Miss Sing«, sagt Zamora.

»Bei allem Respekt«, erwidert Sing Sing, »aber aus zwei Touristen, wie ihr es seid, machen sie Hackfleisch.«

»Touristen!«, ruft Zamora. »Wir sind Profi-Reisende, Miss Sing!«

Danny spielt gedankenverloren mit seinen Karten.

»Ihr seid nicht übel«, sagt Sing Sing und schlürft den letzten Kaffee aus den Eiswürfeln. »Aber eure Schultern verraten mir, dass ihr ziemlich angespannt seid.« Sie knallt das Glas auf den Tisch. »Na, kommt. Die beiden sind längst über alle Berge. Wir nehmen den Bus. Aber zuerst gehen wir ein Stück zu Fuß. Ich muss mir die Beine vertreten, denn ich war seit Tagen nicht mehr im Fitnessstudio.«

Sie überqueren den Parkplatz und lassen den Bahnhof hinter sich. Danach folgen sie der Serpentinenstraße, die auf dem Hang des Victoria Peak abwärts führt. Das Grün hüllt sie ein, Mimosen und Sträucher duften in der schwülen Luft. Ringsumher summen Insekten.

»Deine Mutter war Chinesin, richtig?«, fragt Sing Sing. Ihre Anspannung ist verflogen – als wäre sie erleichtert, den Umschlag übergeben zu haben –, und sie geht leichtfüßig bergab.

»Ja. Von hier. Woher weißt du das?«

»Von deiner Tante. Aber du warst noch nie hier?«

»Nein. Nach der Zirkusschule ist meine Mutter nach Europa gegangen. Kurz nach der Rückgabe Hongkongs an China. Sie hat meinen Vater in Italien kennengelernt.«

»Du siehst nicht besonders chinesisch aus, finde ich.«

Schon wieder jemand, der ihn in eine Schublade packen will!

»Vielleicht waren die Erbanlagen deines Vaters stärker als die deiner Mutter?«, fährt Sing Sing unbekümmert fort und schwingt ihre Arme. »Sprichst du Kantonesisch?«

»Meine Mutter hat es kaum gesprochen. Sie hat immer gesagt, sie wolle Hongkong vergessen. Außerdem war Kantonesisch nicht ihre Muttersprache.«

»Man kann sich selbst nicht entkommen.«

Immer dieses Zögern seiner Mutter, wenn er sie drängte, von

ihrer Kindheit und Jugend zu erzählen. »Ach, weißt du«, sagte sie dann, »Großstädte haben große Probleme. Da gibt es nicht viel zu erzählen. Ist ja auch alles Vergangenheit.« Und dann seufzte sie, knipste ihr strahlendes Lächeln an und kam auf ein anderes Thema zu sprechen.

Sing Sing legt ihm eine Hand auf die Schulter. Vielleicht ahnt sie, dass sie zu schroff war. »*Hou hoisam gindou neih*, Danny Woo.«

»Was bedeutet das?«

»Freut mich, dich kennenzulernen, Danny Woo.«

»Ich freue mich auch, dich kennenzulernen. Glaube ich.«

Sing Sing lacht.

»›Glaube ich‹? Was soll das heißen?«

»Du lässt dir nicht gern in die Karten gucken. Scheint vieles zu geben, über das du lieber nicht sprichst. Habe ich Recht?«

Sing Sing zuckt mit den Schultern. »Kann sein. Das Leben ist oft kompliziert. Vor allem hier … Vielleicht hat deine Mutter damit gehadert.«

Ihr Veilchen glänzt im Licht, und Danny deutet mit dem Kopf darauf. »Du hast nie erzählt, wie man dir das verpasst hat.«

»Ich habe den Kerl hinter mir übersehen. Als deine Tante entführt wurde. Ich hätte mehr tun müssen. Tut mir leid.«

Sie gehen schweigend weiter, und Danny wird mit aller Macht bewusst, in welcher Notlage Laura steckt. Er hat das Gefühl, als würde jemand seine Brust zusammenpressen.

»Wir finden sie«, sagt er möglichst zuversichtlich, um seine Furcht zu vertreiben und das Gefühl zu haben, dass es ihnen tatsächlich gelingen könnte.

Hier ist die Straße leerer, denn die Touristen ballen sich auf dem Victoria Peak. Durch das Laub sind die Schatten dichter. Vereinzelt kommen Autos oder Lieferwagen vorbei, aber davon abgesehen haben sie den Ort für sich allein. Zamora folgt ihnen mit etwas Abstand, die Hände in den Hosentaschen. Es ist immer noch schwül, und die Vögel zwitschern laut in den Sträuchern. Dies könnte ein idyllischer Augenblick sein – wären da nicht die Gefahr, die unten auf sie wartet, und die Tatsache, dass sie dringend Laura finden müssen. Ob es immer so ist?, fragt sich Danny.

»Merkwürdig«, sagt er. »Hier sind wir von Schönheit umgeben, und gleichzeitig passieren so viele schlimme Dinge …«

»Das eine gehört zum anderen«, erwidert Sing Sing fröhlich. »Kein Yin ohne Yang.«

Danny, in Gedanken verloren, nimmt unbewusst wahr, dass sich von hinten ein Auto nähert. Es wird langsamer, und er spürt ein Prickeln im Nacken, als es direkt neben ihnen hält. Als er sich umdreht, erblickt er Segelohr und Pferdeschwanz, die aus einem schwarzen Auto springen und auf sie zurennen.

Sie scheinen es ernst zu meinen. Pferdeschwanz zieht eine Pistole unter der Lederjacke hervor. Segelohr schwenkt die blanken Läufe einer abgesägten Schrotflinte in der Luft, schaut sich auf der Straße wachsam um und geht dann auf sie zu. In dieser Situation wirkt sein Hawaiihemd geradezu lächerlich.

Der Pferdeschwanz faucht Sing Sing auf Kantonesisch an. »Sprecht Englisch«, sagt sie trotzig, »damit meine Freunde euch verstehen können. Und wasch dein Schandmaul – du stinkst wie eine Kloake.«

Segelohr lässt den Lolli von einem Mundwinkel zum anderen rollen und grinst – dann lädt er seine Schrotflinte mit einem ratschenden Geräusch durch.

Der Pferdeschwanz spuckt auf den Boden und geht zu ihr. »Ab ins Auto, Kleine Blume. Du hast richtig Ärger. Und du auch, Winzling. Und du, Jungchen – mach keinen Mist.«

Danny rührt sich nicht – und folgt damit dem Beispiel von Sing Sing, die wie angewurzelt dasteht, die Hände in die Hüften gestemmt.

»Ich steige ganz bestimmt nicht ein«, sagt sie. »Macht einen Abflug.«

Niemand regt sich.

Danny tastet reflexartig in seiner Tasche nach den Karten. Verrückterweise überlegt er in diesem brenzligen Moment, welche Karte oben liegt. Pik-As. Immer die Karten im Kopf behalten, sagte sein Vater. Immer bereit sein. Gut möglich, dass du auf die Schnelle tricksen musst. Danny fand immer, dass das schwarze As mit dem großen, einsamen Pik-Symbol eine mächtige Karte sei. Aus irgendeinem Grund beruhigt sie ihn. Er trennt sie vom Rest des Blattes.

»Wollt ihr uns etwa hier auf der Straße abknallen?«, schnaubt Sing Sing und reckt ihr Kinn.

Der Pferdeschwanz tritt noch näher an sie heran, die Pistole drohend im Anschlag. »Warum nicht, Kleine Blume. Wir sind schließlich unter uns.«

»Nenn mich nicht *Kleine Blume.*« Sie tritt Danny sanft, fast unmerklich gegen den Fuß. »Der Name gefällt mir nicht. Und du bist ein superhässlicher Gangster, Tony Spatzenhirn.«

Danny spannt die Muskeln an, macht sich darauf gefasst, in Aktion zu treten. Die sanfte Berührung mit dem Schuh heißt: »Sei bereit – gleich geht es los.«

»Einsteigen«, sagt der Pferdeschwanz tonlos, unterstreicht seine Worte aber mit einem Fuchteln der Pistole.

»Schon gut. Schon gut.«

Sing Sing lässt die Schultern sinken, als würde sie sich geschlagen geben. Im nächsten Moment reißt sie den rechten Fuß hoch – ohne jede Vorwarnung und ohne ausgeholt zu haben – und tritt den Pferdeschwanz mit voller Wucht ins Gesicht. Luft zischt durch ihre Zähne, als ihr Kung-Fu-Tritt seinen Mund trifft. Ein Knacken wie ein berstender Tischtennisball, und der Pferdeschwanz geht zu Boden, die Hände schützend vor das Gesicht geschlagen. Segelohr ist überrumpelt und zögert kurz, dann hebt er die Schrotflinte.

Nun greift Danny ein.

Er zieht das Pik-As aus der Tasche und schnippt die Karte durch die Luft. Sie saust wie ein Pfeil auf die Augen von Segelohr zu und trifft ihr Ziel hart mit der Kante. Der Mann schreit auf, greift nach dem getroffenen Auge und lässt das Gewehr fallen.

Der Pferdeschwanz kommt wieder auf die Beine. Er hält noch die Pistole und richtet sie auf Danny, wird aber von Sing Sing angegriffen, bevor er abdrücken kann.

Sie deckt ihn mit einem Hagel von Tritten ein, alle aus einer Drehung heraus, wobei sie jedes Mal einen lauten Atemstoß von sich gibt. Sie ist zwar schmal gebaut, aber ihre Tritte sind ziemlich wuchtig – sie dreht sich vier oder fünf Mal um sich selbst und verfehlt ihr Ziel kein einziges Mal.

Zamora packt den rechten Arm des Mannes, als der gegen das Auto sackt, dreht ihn auf den Rücken und entwindet ihm die Waffe. »Soll ich dir den Arm brechen? Oder ausrenken?«, knurrt er. »Such es dir aus, *amigo*.«

Der hektisch blinzelnde Segelohr springt auf, doch bevor er seinem Kumpan zu Hilfe eilen kann, verpasst Sing Sing ihm einen kräftigen Nackenschlag und er geht zu Boden. Seine Lider flattern, dann ist er ausgezählt.

Danny hebt die Pistole auf und wirft sie ins Unterholz. Der Pferdeschwanz-Typ folgt ihr Sekunden später – Zamora drängt ihn auf der Straße zurück und schleudert ihn dann mit aller Macht den Hang hinunter. Der Mann hat einen langen, aber nicht gerade angenehmen Flug, denn er kracht mitten durch die Büsche. Erschrocken kreischende Vögel flattern aus den Bäumen auf.

Die drei Sieger schauen einander keuchend an.

»Das war cool«, sagt Danny. »Wo hast du das gelernt?«

»Charlie hat es mir beigebracht. Früher hat er Leute für den Film trainiert. Die fünf Tiere. Die Affenpfote. Betrunkener Stil. Die ganze Palette an Kampftechniken.« Sie strafft ihr T-Shirt, streicht die Haare zurück und schaut Danny an. »Dein Kartentrick war auch nicht schlecht.«

»M goi«, erwidert er mit leisem Stolz. Dieses Kompliment bedeutet ihm viel, zumal aus dem Mund dieses rätselhaften Mädchens. Es sorgt dafür, dass in der Abendluft ein leises Leuchten zurückbleibt.

Zamora schaut dem Pferdeschwanz hinterher. »Er tut mir fast

leid, der arme Kerl. Wir haben ihm das Leben in letzter Zeit ziemlich schwergemacht. Leihen wir uns ihr Auto? Was meint ihr?«

»Ich fahre«, sagt Sing Sing. »Wir sollten aufbrechen.«

»Bist du schon volljährig?«, fragt Zamora skeptisch.

»Ich bin jedenfalls größer als ihr zwei. Und ich habe euch gerade vor einer 426 und einer 438 gerettet. Außerdem hat Charlie mir schon vor einer Ewigkeit beigebracht, wie man Auto fährt.«

Danny sieht ihr nach, als sie zu dem BMW geht. Für sie ist die Sache offenbar entschieden. Ihre Bewegungen sind so geschmeidig wie immer. Sie ist genauso schmal wie Danny, aber unglaublich drahtig und kräftig für ihr Alter. Und gut in Form. Das schafft man nur durch hartes Training, bei dem man auch Niederlagen einstecken musste. Mit reichlich Entschlossenheit. Danny versteht jetzt, warum ihre Hände so schwielig sind, und er stellt sich vor, wie sie immer wieder eine der hölzernen Übungspuppen attackiert, langsam ihre Muskeln aufbaut und die Haut abhärtet. Sich darauf vorbereitet, jedes Hindernis zu überwinden, das man ihr in den Weg stellt.

»Ich will nicht mit dir streiten, Miss Sing«, sagt Zamora. »Aber ich muss noch diesen hässlichen Fleischklops verstecken.«

Er zerrt den massigen Mann in das dichte Gebüsch, wo er ihn in der stabilen Seitenlage ablegt und den Kopf beinahe zärtlich auf einen angewinkelten Arm bettet. »*Wan an*, Mister Segelohr.«

Auf dem Weg in die Stadt weicht das Grün des Victoria Peak wieder den Gebäuden. Im BMW stinkt es ähnlich wie in der Sporthalle – nach Schweiß, würzigem Essen und Zigaretten. Danny sitzt vorn neben Sing Sing, und Zamora drückt sich auf die Rückbank. Zwischen den Sitzen liegt ein Beutel. Er zieht den Reißverschluss auf und schaut hinein: zwei Seile, Kabelbinder, ein Hackbeil mit gezahnter Klinge. Daneben liegen einige blonde Haarsträhnen.

Zamora schließt den Beutel wieder.

»Hast du etwas Interessantes gefunden?«, fragt Danny.

»Sagen wir mal: Ich bin überzeugt, dass Laura in diesem Auto entführt wurde.«

Sing Sing rast bergab. Bevor sie in eine Kurve geht, schaltet sie fachmännisch herunter, um das Tempo zu drosseln, und gibt gleich danach wieder Gas.

»Was ist eine 426? Und eine 43 … was auch immer?«, erkundigt sich Danny.

»Das sind Codenummern der Triaden. 426 ist ein sogenannter ›Red Pole‹. Eine Art Unteroffizier wie in der Armee. 438 ist der stellvertretende ›Mountain Master‹. Nach dem Boss der zweite Mann in der Hierarchie. Das ist Segelohr.«

»Und wer ist der Boss?«

»Ich hatte gehofft, ihr könntet mir das sagen.«

Danny beobachtet sie, während sie den BMW auf die Höhe des Meeresspiegels zurücklenkt. Sie wirkt so erwachsen. Und zugleich so jung und verletzlich. »Wie kommt es, dass du in all dies verstrickt bist, Sing Sing? Ich meine – wer bist du wirklich?«

»Die Freundin eines Freundes. Vertrau mir, Mister Danny Woo.«

»Ja, ich vertraue dir.«

Diese Worte scheinen Sing Sing einen Stich zu versetzen. Sie starrt geradeaus und tritt auf die Bremse, um eine scharfe Kurve zu nehmen. Das Auto kommt ins Schlingern und sie muss heftig am Steuer reißen, um es zu stabilisieren.

»M goi«, sagt sie.

Zamora schiebt den Kopf zwischen den Vordersitzen durch. »Und du kannst *uns* vertrauen. Da wir gerade von Nummern reden, Miss Sing – sagt dir die Neunundvierzig etwas?«

»Nicht viel«, antwortet sie und beschleunigt, um über eine Kreuzung zu fahren, bevor die Ampel auf Rot springt. Die Reifen rumpeln über Straßenbahnschienen. »Ein Netzwerk von Kriminellen. Ich habe einen Freund, der mehr darüber weiß.«

»Wer ist dieser Freund?«

»Jules Ricard. Von Interpol.«

Zamora und Danny sehen sich an.

»Wir sollten in seine Wohnung zurückkehren«, sagt Zamora. »Er fragt sich bestimmt schon, wo wir abgeblieben sind …«

Sie nähern sich einem haltenden Streifenwagen. Sing Sing geht vom Gas und setzt sich so aufrecht hin wie möglich.

»Das wäre im Moment etwas unpassend. Er hat eigene Probleme. Man hat ein Schiff gekapert.«

»Das Schiff aus der Zeitung?«

»Genau. Außerdem gibt es ein paar Leute, die ihm Ärger machen wollen. Wir sollten unser eigenes Ding durchziehen. Zum Fähranleger und von dort nach Cheung Chau fahren. Einverstanden?«

Danny nickt. »Was weißt du über Cheung Chau?«

»Hübsche Insel. Kleiner Fischereihafen. Sehr malerisch. Dort fahren keine Autos, sondern nur Fahrräder und Motorroller. Und kleine Feuerwehrautos und Krankenwagen. Vor einigen Jahren«, fügt Sing Sing hinzu und fädelt sich in den Feierabendverkehr ein, »wurde Cheung Chau eine Weile die ›Todesinsel‹ genannt.«

»Bezaubernd«, sagt Zamora und lässt sich auf der Rückbank nach hinten sacken. »Und warum?«

»Einige Leute fuhren dorthin, um Selbstmord zu begehen.«

»Na toll.«

Sie haben den Victoria Peak inzwischen hinter sich gelassen. Die Wolkenkratzer beginnen im abendlichen Lichterglanz zu erstrahlen, und die Sonne sinkt rasch. Danny muss dabei an das Video mit dem rinnenden Sand denken, das während der Entfesselungsnummern seines Vaters gezeigt wurde.

Die Zeit läuft ihnen davon.

SIEBEN

* * * * * * * * * * * * * *

Wie man seine Skrupel vergisst

Anderthalb Blocks vom Fähranleger entfernt gibt es einen kleinen Parkplatz.

Sing Sing rumpelt über die Bordsteinkante und parkt den BMW auf dem Bürgersteig. Sie lässt das Heck des Autos in den Verkehr ragen.

»Du fährst gut, Miss Sing«, sagt Zamora. »Aber du parkst grauenhaft.«

»Das Auto soll abgeschleppt werden«, erwidert sie. »Dann findet der Drache nicht so schnell heraus, wohin wir gefahren sind. Und es wird von der Polizei sichergestellt. Los, beeilen wir uns.«

Danny steigt aus und sieht sich um. Sicherzustellen, dass die Luft rein ist, ist ihm inzwischen in Fleisch und Blut übergegangen. Ganz in der Nähe steht ein rot-weißes Taxi zwischen den geparkten Autos. Es gleicht den Hunderten anderer Taxis, die sich auf den Straßen drängen, aber hier, zwischen den schicken Privatwagen, wirkt es fehl am Platz. Und die Beulen in der Seite kommen Danny sehr vertraut vor.

»Schau mal, Major. Das ist Kwans Taxi – jede Wette.«

Zamora pfeift. »Ja, ganz eindeutig. Die gleiche Werbung für Zahnersatz!«

»Um wen geht es?«, fragt Sing Sing scharf.

»Um einen Taxifahrer. Er hat uns tagelang herumgefahren. Er wurde als vermisst gemeldet.«

Zamora geht zu dem Taxi und sieht hinein. »Wie wäre es, wenn du deine Zahnstocher zum Einsatz bringst, Danny? Die Schlösser dieser alten Karre sind bestimmt leicht zu knacken. Und ich bezweifle, dass sie eine Alarmanlage hat.«

»Wir geben dir Deckung«, sagt Sing Sing.

Dies ist der falsche Moment für Skrupel. Und vielleicht können sie Kwan helfen. Danny zückt den Dietrich, während er sich dem Taxi nähert. »Ich brauche eine Kreditkarte oder so was in der Art«, sagt er und mustert das Schloss. Dann entscheidet er sich für den längeren Dietrich. Das Gefühl des Werkzeugs in seiner Hand stärkt sein Selbstvertrauen. Er stellt sich vor, wie sein Vater mit einer großen Hand danach greift und damit zaubert.

Sing Sing kramt in ihrem Portemonnaie und reicht ihm dann eine Platinum-Kreditkarte.

»Sie gehört Charlie. Er hat sie mir geliehen.«

Danny konzentriert sich. Er hat dies bisher nur trocken geübt. Mit Bühnenhandschellen und Schlössern, immer angeleitet von seinem Vater. Einmal hat Jimmy Torrini ihm allerdings gezeigt, wie man die Tür eines Transporters knacken konnte, in dem sich ein völlig betrunkener Khaos Klown mitsamt den Schlüsseln eingeschlossen hatte.

Danny stochert im Schloss, dann zieht er die Karte durch den

Türschlitz, bis er auf den Riegel stößt. Er muss Druck darauf ausüben. Danach den Spanner im Schloss drehen. Er arbeitet beidhändig, und das Türschloss öffnet sich mit einem satten Klacken. Danny unterdrückt sein Triumphgefühl. Er gleitet sofort in das Auto und sucht es nach Dingen ab, die ihm einen Hinweis auf Kwans – oder Lauras – Aufenthaltsort geben könnten. Auf den Sitzen liegt nichts, aber Kwans rotes Taschentuch hängt über der Handbremse. Es wirkt verloren.

Zamora untersucht die Karosserie. »Ein Parkschein liegt vor der Windschutzscheibe, Danny. Heutiges Datum, aber am frühen Morgen gelöst. Und der Seitenspiegel ist kaputt.«

»Auf der Fahrt vom Flughafen war er noch heil. Ich habe hineingeschaut.«

»Außerdem ein platter Reifen. Und dieses Loch im Blech – könnte ein Einschuss sein, *no*?«

»Dann haben sie ihn vermutlich geschnappt«, sagt Danny, dem das Herz schwer wird. Er stellt sich vor, wie Kwan mit kaputter Brille und verstörtem Eulengesicht im trüben Hafenwasser treibt. Das Schicksal des mit zig Messerstichen getöteten Tans teilt.

»Wir müssen weiter«, sagt Sing Sing mit einem Blick über die Schulter. »Wir müssen zu Pier Fünf.«

Das Gebäude des Fähranlegers wirkt wie aus einem früheren Zeitalter, deplatziert zwischen all dem Stahl und Glas des Stadtzentrums. Der Minutenzeiger der Uhr auf dem weißen Glockenturm des Hauptgebäudes ruckelt gerade auf achtzehn Uhr fünfundzwanzig.

Sing Sing treibt sie eilig zum Anleger für Cheung Chau. Sie besteht darauf, alle Fahrkarten zu bezahlen, und zieht Hongkong-Dollar aus dem Portemonnaie, das ein kleines Vermögen zu enthalten scheint.

Zamora zieht die Augenbrauen hoch. »Du bist ein reiches Mädchen, Miss Sing.«

»Ach was. Aber Onkel Charlie gibt mir immer genug Geld, damit ich für den Fall der Fälle gerüstet bin. Gleich legt eine Expressfähre ab. Wir müssen unbedingt mit an Bord.«

ACHT

* * * * * * * * * * * * * *

Wie man die Dame findet

Das Schiff legt um Punkt achtzehn Uhr dreißig ab. Es gleitet zielstrebig durch den dichten Schiffsverkehr im Hafen und schießt dann auf das Meer hinaus. Der Wasserstrahlantrieb sorgt für ein mächtiges Kielwasser.

Sing Sing lehnt sich auf dem Sitz zurück und massiert ihre Handkante. Sie atmet tief aus, als die Verhaltensregeln für den Notfall über Lautsprecher verkündet werden. »Dieser 438 hatte einen echten Stiernacken.«

Hinter ihnen schrumpfen Wolkenkratzer und der Victoria Peak zwischen Himmel und Meer immer weiter zusammen. Im Südosten trübt sich der Himmel ein, im Westen leuchten die Wolken rosa und orange.

»Wenn ich in die eine Richtung sehe, bin ich pessimistisch«, sagt Zamora nachdenklich, »aber die andere weckt meinen Optimismus. Man hat die Wahl, nehme ich an. Ich werfe mal einen Blick in die Cafeteria. Wenn die jungen Leute mich bitte entschuldigen …«

Sing Sing schaut ihm nach. »Ich mag ihn. Sehr.«

Danny lächelt. Die meisten Leute würden eine Bemerkung

über Zamoras Größe machen – oder wenigstens erwähnen, wie tief sie sich bei der ersten Begegnung bücken mussten. Aber Sing Sing hat den kleinwüchsigen Muskelmann ohne jeden Vorbehalt in ihr Herz geschlossen.

Sie betrachtet die Karten, die Danny in der Hand hält. »Wie funktioniert der Trick?«

»Eine Karte fehlt«, sagt er. Kein gutes Gefühl, denn das Spiel begleitet ihn schon lange. Er denkt daran, wie die Karten in Ballstone im Umkleideraum herumflogen – vor einer Ewigkeit, wie ihm scheint. Was würde der überhebliche Jamie denken, wenn er ihn hier sehen könnte?

Sing Sing greift in eine Tasche ihrer Jeans.

»Ich zeige dir einen Trick«, sagt sie und hält ihm plötzlich eine Karte vor die Nase. »Deine Karte, richtig?«

Es ist das As. An einer Ecke leicht eingedellt.

»Ich habe sie aufgehoben, nachdem ich diesen dummen Gangster erledigt hatte.«

»Danke«, sagt Danny. »Vielen Dank.«

»Nicht der Rede wert.«

Er betrachtet ihr Gesicht eingehend und ist froh, ein paar Minuten mit Sing Sing allein sein zu können. »Du lebst also hier? In Hongkong?«

»Mit Chow. Schon seit Jahren. Seit dem Tod meiner Mutter.«

»Das tut mir leid. Wie … ist sie gestorben?«

»Selbstmord. Kurz nachdem sie vom Festland eingeschleust worden war«, antwortet Sing Sing und wendet sich ab, als würde sie über einen kleinen Patzer oder schlechtes Wetter reden. Doch ihr Atem geht schwerer. Sie verbirgt ihre wahren Gefühle. »Onkel Charlie hat mich adoptiert.«

»Und dein Vater?«

»Auch tot. Er gehörte zu den Triaden. Ein richtig übler Typ, wie man sagt. Niemand weint ihm eine Träne nach, glaub mir! Also – keine Eltern mehr. Tja, du weißt wahrscheinlich, wie das ist …«

Sie schweigt nachdenklich. Zamora kehrt mit mehreren Sandwichs aus der Cafeteria zurück.

»Wie alt warst du beim Tod deiner Mutter …«, setzt Danny an, aber Sing Sing schüttelt heftig den Kopf, als könnte oder wollte sie nicht darüber reden.

»Hungrig?«, fragt Zamora und reißt die Verpackung des ersten Sandwichs auf.

»Wie ein Bär«, sagt Sing Sing fröhlich.

»Du bist ein Mädchen nach meinem Geschmack, Miss Sing«, lobt der Major. »Thunfisch für euch. Hoffe, das passt. Und für mich ein Bierchen.«

Danny betrachtet das Kielwasser des Wasserstrahlantriebs und kaut nachdenklich auf seinem Sandwich. Die Pampe aus Brot und Fisch schmeckt nach nichts. Er schluckt mechanisch, denn er will bei Kräften bleiben. Wer weiß, was ihnen noch blüht? Während der letzten sechsunddreißig Stunden hat er kaum geschlafen und wenig gegessen.

Jetzt gibt es kein Zurück mehr – sie haben, wie sein Vater oft sagte, den Houdini-Punkt überschritten: jenen Moment, in dem man von der Plattform auf den Draht steigt; jenen Moment, in dem sich die Luftakrobatinnen im Vertrauen darauf fallen lassen, dass ihr Sturz in letzter Sekunde durch das seidene Seil gebremst wird; jenen Moment, in dem der Entfesselungskünstler in den Tank taucht … in das schäumende Wasser …

Sein Vater, unter Wasser mit den Fesseln kämpfend …

Ich dachte, er würde ertrinken, denkt Danny. Da war etwas faul.

In der Woche hatten seine Eltern mehrmals gestritten. Das war ungewöhnlich. Seine Mutter sagte: »Du verbringst zu viel Zeit mit ihnen. Irgendetwas wird schiefgehen.«

Und sein Vater erwiderte: »Noch eine allerletzte verfluchte Fahrt, Lily. Dann ist Schluss.«

Und seine Mutter fragte: »Und wenn du patzt, Harry?«

Irgendetwas belastete sie, denn ihr Akzent war stärker und sie klang abgehackter – wie immer, wenn sie sehr aufgewühlt war.

Wenn ich nur wüsste, was das zu bedeuten hatte und was damals in ihrem Blick lag, denkt Danny. Und in Papas.

Sing Sing, die ihr Sandwich verschlingt, betrachtet ihn die ganze Zeit eindringlich. Sie schluckt schwer, dann nimmt sie einen Schluck Wasser. Deutet auf die Karten in seiner Hand.

»Zeigst du mir einen Trick? Deine Karten sind ja wieder vollständig.«

Danny wendet sich vom Fenster ab. Er nimmt die drei obersten Karten ab.

»Kennst du ›Finde die Dame‹?«, fragt er. »Du musst die Herz-Dame ziehen. Ich zeige dir die Karten und drehe sie dann aufgefächert um. Und du legst einen Finger auf die richtige.«

»Alles klar. Ist einen Versuch wert.«

Danny zeigt ihr die Karten und legt sie dann hin, wobei er die Dame geschickt verschiebt. Das würde jeden täuschen.

»Diese!«, sagt Sing Sing. Volltreffer.

»Noch einmal«, sagt sie. »Volles Risiko …«

Bei drei Versuchen findet sie die Dame zwei Mal. Das ist ziemlich ungewöhnlich, denn sogar ausgebuffte Zirkusleute, die den Trick in- und auswendig kennen, lassen sich täuschen. Schon irgendwie ärgerlich, dass ich sie nicht austricksen kann, denkt Danny. Andererseits erhöht dies den Reiz, der wie ein exotischer Duft von Sing Sing ausgeht.

»Sehr gut«, sagt sie. »Aber ich bin mit solchen Dingen aufgewachsen. Und manchmal fällt es schwer, die Dame zu verstecken, richtig? Vielleicht haben wir doch eine Chance, deine Tante zu finden!«

»Mit Unterstützung von euch beiden ist alles möglich«, sagt Zamora. »Was steht an, sobald wir Cheung Chau erreicht haben?«

»Wir suchen das Pier, das Lo auf dem Post-it-Zettel notiert hat«, antwortet Danny. »Und danach improvisieren wir.«

Die Motoren werden gedrosselt, als die Fähre zwischen den Schutzmauern in einen Bilderbuch-Hafen einläuft.

In der Ferne sind Windsurfer zu sehen, die mit geblähten Segeln ungehindert und sorglos im letzten Abendlicht über die Wellen sausen.

Im Hafen drängen sich Fischerboote. Sie tanzen vor dem Kai. Ein paar Fischer entladen ihren Fang, andere bereiten sich darauf vor, in See zu stechen, oder warten auf ihre Besatzung. Einige Boote liegen verlassen da, vergessen und von Rost zernagt. Längs des Kais gehen bunte Glühbirnen an, die den Fischständen, Bars und Restaurants etwas Einladendes verleihen. Hier herrscht Urlaubsstimmung, zumal auf den schmalen Inselstraßen keine Autos fahren.

»Also gut, Jungs«, sagt Sing Sing, als sie mit den anderen Fahrgästen über die Rampe an Land gehen. »Ich erkundige mich nach dem Sai-Wan-Pier. Haltet die Augen offen.«

Danny sieht ihr nach, dann mustert er die Umgebung. Seine Augen, grün und braun, leuchten eindringlich. Dieser Hafen ist eine vollkommen andere Welt als jene, die sie vor einer halben Stunde verlassen haben. Am Kai stehen kleine Gebäude, deren Markisen von der Sonne ausgebleicht worden sind, und Wäsche flattert im Wind. Das Dorf läuft auf beiden Seiten in die sanft gewellte Landschaft aus, und diese geht allmählich in niedrige, friedliche Hügel über, die wie schlafende Hunde in der Abendwärme liegen. Kleine Touristengruppen suchen in den Bars Entspannung, aber die Zahl der Einheimischen, die frische Luft schnappen, ist weitaus größer. Überall wird geradelt, die Fahrer betätigen unablässig die Klingel. Unter anderen Umständen wäre dies ein guter Ort, um abzuschalten und zur Ruhe zu kommen. Doch Dannys Puls geht schnell. Ob man Triaden-Mitglieder abgestellt hat, die hier Ausschau nach ihnen halten sollen? Oder droht erst Gefahr, nachdem sie Sai Wan gefunden haben?

Sing Sing kehrt eilig zu ihnen zurück.

»Alles klar. Das Pier befindet sich am anderen Ende der Bucht, hinter dem Tempel der tausend Buddhas.«

»Dem was?«, fragt Zamora.

»Ist heute eine Touristenfalle«, antwortet sie. »Trotzdem sehr schön. Wir können ein Fahrradtaxi nehmen.«

»Hast du dich erkundigt, ob jemand Tante Laura gesehen hat?«, fragt Danny, als sie auf eine Ansammlung wartender Fahrradtaxis zugehen.

»Nein. Wir dürfen nicht auffallen«, murmelt sie. »In diesem Ameisenhaufen wimmelt es von Triaden-Mitgliedern.«

Sie steigt gemeinsam mit Danny in das erstbeste Fahrradtaxi. Zamora nimmt das nächste.

»Zum Sai-Wan-Pier«, sagt Sing Sing. »Aber bitte mit Volldampf!«

Ihr Fahrer stemmt die sehnigen, kräftigen Beine in die Pedalen, und dann fahren sie am Kai entlang. Für alle anderen sieht es so aus, als würden sie eine abendliche Spazierfahrt unternehmen.

In einer der lauteren Bars sitzt ein Mann mittleren Alters mit kurzen, blondierten Haaren auf einem Plastikstuhl und presst ein Handy gegen sein Ohr. Er steckt den kleinen Finger in das andere Ohr, um bei dem Krach etwas hören zu können. Dann springt er plötzlich auf, zieht eine Grimasse und rennt auf die Straße.

Zamoras Melone ist in der Ferne gerade noch über der Rückenlehne des zweiten Fahrradtaxis zu erkennen.

Der Mann beendet das Gespräch. Er tippt eine andere Nummer und geht dann hastig redend durch die Straße. Ein winziger Streifenwagen taucht aus einer Lücke zwischen Geschäften und Wohnhäusern auf. Der Fahrer winkt dem Mann mit den blondierten Haaren und schaltet das Blaulicht ein.

NEUN

* * * * * * * * * * * * * * *

Wie man mitten im Chaos die Ruhe bewahrt

Sing Sing dreht sich im vorderen Fahrradtaxi zu Danny um. »Der Typ in der Bar hat erzählt, dass an dem Pier manchmal Bootsfahrten angeboten werden. Angeltrips. Und Ausflüge zu den Inseln im Umkreis. Den Wanshans.«

»Welche Shans?«

»Über hundert kleine Inseln. Manche haben zwanzig oder dreißig Bewohner. Andere sind unbewohnt.«

»Vielleicht sollten wir Ricard benachrichtigen.«

Sing Sing zieht ein Gesicht und schüttelt den Kopf. »Nur, wenn er selbst abnimmt. Eine Nachricht auf Band könnte von den falschen Leuten abgehört werden. Außerdem hat man vielleicht seinen Festnetzanschluss angezapft. Dieser *gwai daan* Lo hat es auf ihn abgesehen. Er will Ricard ausschalten.«

»Gwai daan?«

»Wörtlich heißt das Schildkrötenei. Im übertragenen Sinne Vollidiot.«

Sie fahren an einer Reihe von Fischständen vorbei – dort gibt es Fische und Muscheln in allen Farben und Formen, direkt aus der Tiefe geholt. Manche schwimmen noch munter in Plastiktanks, andere liegen auf Eis und tun ihren letzten Japser. Danny starrt sie an, während sie vorbeisausen. Für diese Fische ist das wie Ersticken …

Am Rand des Dorfes stehen die Häuser weiter auseinander. Sie fahren am Ufer entlang in den Abend. Eine leichte Brise weht vom Südchinesischen Meer herüber. Sing Sing tippt Danny auf die Schulter und zeigt auf die unendliche Leere, aus der der Wind kommt.

»Dies ist die Jahreszeit der Taifune«, sagt sie. »Dort draußen könnte sich etwas zusammenbrauen …«

Sie verstummt plötzlich.

Zwei Männer stehen mitten auf der Straße vor einem kleinen Wagen – er sieht aus wie ein aufgemotzter Golf-Karren –, der den Fahrradtaxis den Weg versperrt. Der Wagen hat große, geländetaugliche Reifen, sein gestreiftes Verdeck flattert im Wind. Die Männer bremsen den vorderen Taxifahrer mit einer Handbewegung. Sie schauen finster drein. Das sind ganz sicher keine Golfspieler, denkt Danny und klammert sich fester an seinen Sitz.

»Triaden«, sagt Sing Sing, als ihr Fahrer heftig bremst und sich unsicher zu seinen Fahrgästen umdreht.

Zamoras Fahrradtaxi hält neben ihnen.

»Gibt es Ärger?«, fragt er, erhebt sich wie ein Kapitän auf der Brücke seines Schiffes und späht geradeaus. Sing Sing nickt.

»Sind wohl Einheimische. Sie sind scharf auf die Belohnung. Mal sehen, ob ich sie bequatschen kann. Manche bekommen immer noch Muffensausen, wenn sie Onkel Charlies Namen hören. Ihr bleibt hier.«

»Auf keinen Fall, Miss Sing. Ich lasse nicht zu …«

»Keine Diskussion!«

Sie springt aus dem Fahrradtaxi und geht forsch auf die zwei Männer zu. Wieder stakkatoartiges Kantonesisch und wildes Gestikulieren, als müssten die Männer eigentlich Angst vor *ihr* haben.

»Sie ist auf Zack, das muss man ihr lassen«, sagt Zamora. »Ich sollte sie trotzdem unterstützen.«

»Warte noch kurz, Major. Sie weiß, was sie tut.«

Sing Sing stößt einen der Männer wiederholt gegen die Brust, ihre Stimme hallt harsch in der Abendluft. Sie plant offenbar, den Schwung auszunutzen. Will die beiden auf dem falschen Fuß erwischen, denkt Danny. Aber der Mann lächelt so gereizt, als könnte sein Geduldsfaden jeden Moment reißen. Ein Plan B muss her.

Danny sieht sich um und schätzt ihre Lage ein. Links von dem Wagen, vor dem hitzig diskutiert wird, ragt ein großer Tempel auf. Stilisierte, vom salzigen Wind zerfressene Löwenskulpturen halten davor Wache, Drachen ringeln sich unterhalb des prunkvollen Daches. Darunter schirmen zinnoberrote Säulen einen dunklen Raum ab. Ein Hauch von Räucherstäbchengeruch liegt in der Luft.

Auf jeder Seite des Tempels eine hohe Wand zum Meer hin – kein Ausweg in Sicht …

Da knattert ein Motorrad. Als Danny sich umdreht, erblickt er eine schwere Harley-Davidson, die neben seinem Taxi zum Halten kommt. Der Fahrer, ein älterer Mann in einer viel zu weiten Motorradjacke, starrt ihn fragend an und steigt dann ab, um nachzuschauen, was los ist. Er spuckt Schleim in den Staub, geht mit schweren Schritten zu dem Wagen, der die Straße versperrt, und beginnt lautstark zu schimpfen.

Die Triaden-Gangster schauen auf, sind kurz abgelenkt.

Sing Sing nutzt diese Gelegenheit sofort. Sie verpasst einem der Männer einen Tritt, der ihn voll erwischt – aber bevor sie reagieren kann, packt sie der zweite Mann bei den Schultern. Sie versucht ihn umzuwerfen, aber er kommt ihr zuvor und tritt ihr die Beine weg, so dass sie aus dem Gleichgewicht gerät.

»Rennt, Jungs! RENNT!«, ruft sie und wehrt einen heftigen Schlag ab. Der Motorradfahrer brüllt die Männer wütend an und will in den Kampf eingreifen, um Sing Sing zu helfen. Er ringt einen der Männer zu Boden, aber der andere schlägt ihn gegen den Hinterkopf. Er geht bewusstlos zu Boden. Der Gangster versetzt ihm noch einen Tritt.

Zamora wirft einen Blick über die Schulter. In der Ferne ist leises Sirenengeheul zu hören.

»Weg hier, Danny. Wir leihen uns das Motorrad …«

»Wir müssen Sing Sing helfen. Wir dürfen sie nicht zurücklassen.«

Zamora sitzt bereits auf der knatternden Harley. »Wir haben keine Wahl, Danny.«

Sing Sing ist wieder auf den Beinen und teilt ebenso gut aus, wie sie einsteckt. Sie pariert in rascher Folge mehrere Schläge und drängt die Männer zurück. Sie schaut wieder zu Danny.

»Ab mit dir, Woo!«, ruft sie. »Sie wollen dich, nicht mich. Bring dich in Sicherheit!«

Danny zögert, während er zu begreifen versucht, was sie gesagt hat. *Sie wollen dich.* Damit sind nicht nur die Männer gemeint, die ihnen den Weg versperren. Und vielleicht nicht nur der Schwarze Drache. Danny hat allmählich das Gefühl, als wäre alles auf diese Auseinandersetzung hinausgelaufen – als würde sich alles um ihn drehen. Ist das möglich? Ricard oder Sing Sing, Chow oder Lo – alle scheinen etwas über ihn zu wissen, alle scheinen damit gerechnet zu haben, ihm zu begegnen. Obwohl die Entscheidung für die Reise doch kurzfristig und erst nach der Explosion in der Schule getroffen wurde.

Andererseits waren da diese Punkte auf dem verkohlten Zettel. Nein, hier geht es nicht um Laura, denkt Danny. Jedenfalls nicht in erster Linie. Sondern um mich. Sie sind hinter mir her. Aber warum? Und wer sind *sie*?

»Steig auf, Danny«, brüllt Zamora und lässt den Motor der Harley aufheulen. »Wie sollen wir Laura helfen, wenn wir uns in einer Zelle die Beine in den Bauch stehen? Oder noch schlimmer?«

Danny blickt wieder zu Sing Sing. Sie hat sich fast freigekämpft und scheint drauf und dran zu sein, sich aus dem Staub zu machen. Sie wirft ihm einen wilden Blick zu, der ihn zum Aufbruch drängen soll. Das entscheidet die Sache. Er springt hinten auf den Sitz, schlingt die Arme um den kräftigen Oberkörper des Majors. Zwei weitere Männer sind aus den Schatten des Tempels aufgetaucht und ziehen Pistolen aus Schulterholstern. Mönche sind das jedenfalls nicht …

»Ich komme gerade so an die Schaltung«, sagt Zamora. »Auf los geht's los.«

Im nächsten Moment gibt der Major Vollgas, und sie sausen mit röhrendem Motor davon.

»Wie in den guten alten Zeiten!«

Nur dass sie nicht auf einem Rummelplatz waagerecht über die Gitterwände der Arena knattern, sondern auf bewaffnete Ganoven zurasen, die sie um jeden Preis aufhalten wollen.

»Showtime!«, ruft Zamora. Danny hält sich mit aller Kraft an ihm fest, um von der Beschleunigung nicht vom Sitz gerissen zu werden. Der Major lenkt das Motorrad nach links und steuert gezielt auf die Kante einer Bootsrampe zu. Sie prallen so ruckartig dagegen, dass Danny Hören und Sehen vergeht – und schießen durch die Luft. Das fühlt sich federleicht an. Der Wind zerwühlt Dannys Haare, braust in seinen Ohren, der Motor der Harley jault auf. Danny sieht kurz nach links und erblickt – nur für den Bruchteil einer Sekunde, aber klar und deutlich – tief im Tempel einen riesigen, goldenen, von Strahlern erleuchteten Buddha. Die Zeit bleibt stehen. Der Buddha, im Lotussitz, die Augen halb geschlossen, streckt eine Hand nach dem Altar aus, auf dem er sitzt. Dieses Bild vollkommener Ruhe, das in einem krassen Gegensatz zu ihrer wilden Flucht steht, währt nur eine Sekunde, brennt sich aber tief in Dannys Netzhaut ein. Er schließt die Augen und drückt seinen Kopf gegen Zamoras Rücken – wobei er die goldene Statue immer noch vor sich sieht –, und der Major stößt seinen alten Kriegsruf aus, den er erschallen ließ, wenn er zum Ritt auf der Mauer des Todes ansetzte.

Die Triaden-Gangster ducken sich, als das Motorrad in einem formvollendeten Bogen durch die Luft saust. Das Hinterrad knallt auf die Motorhaube des Wagens, dann setzt Zamora leicht schwankend auf der Straße auf und braust am Ufer davon.

»Bisschen eingerostet«, ruft er. »Aber so etwas verlernt man nicht.«

Danny sieht bei einem Blick über die Schulter, wie drei Männer in den Wagen springen, den Motor starten und ihnen folgen. Dahinter blitzen die Lichter des Streifenwagens auf.

Wo ist Sing Sing? Sie scheint sich in Luft aufgelöst zu haben. Vielleicht passt der Buddha auf sie auf.

Danny ist noch von einer seltsamen inneren Ruhe erfüllt, obwohl zwei weitere Schüsse das Knattern der Harley übertönen.

ZEHN

* * * * * * * * * * * * * * *

Wie man auf einem geborgten Motorrad improvisiert

Zu Dannys frühesten Erinnerungen gehört das Bild einer jüngeren Ausgabe Zamoras, der über die senkrechten Gitter der Mauer des Todes braust: Danny schaut von oben zu, wie der Major, den weißen Sturzhelm mit dem großen roten Z auf dem Kopf, im Dämmerlicht des späten Abends seine Übungsrunden dreht. All das fand ein jähes Ende, als Zamora wegen eines geplatzten Reifens über den Lenker flog und wochenlang mit einem Streckverband das Bett hüten musste. Danach stieg er nur noch auf das Motorrad, um durch das Zirkuslager zu fahren. Fast acht Jahre ist das her. Ich muss darauf vertrauen, dass sich dieser Vorfall ins Körpergedächtnis eingeprägt hat, denkt Danny.

Er schaut wieder kurz über die Schulter und hofft, Sing Sing zu entdecken. Es würde ihn nicht überraschen, die Silhouette ihrer schlanken Gestalt auf dem Tempeldach zu erblicken. Aber sie bleibt verschwunden.

Stattdessen sieht er, dass der Wagen immer näher kommt. Das zornige Fauchen seines Motors ist trotz des Donnerns des Motorrades zu hören. Die Männer darin klammern sich verzweifelt fest, während der Wagen über Stock und Stein rumpelt.

Danny tippt Zamora auf die Schulter.

»Wir bekommen Besuch.«

»Sie wollen eine Verfolgungsjagd? Tja, auf diesem Baby zeigen wir ihnen im Handumdrehen eine lange Nase. Oh, Junge!«

Der Major beschleunigt. Im Seitenspiegel ist erkennbar, dass die zwei runden Scheinwerfer des Wagens auf der Uferstraße hinter ihnen zurückfallen.

»Habe ich doch gesagt!«

Aber sie können das Tempo nicht halten. Die schmale Straße wimmelt von Fußgängern, Fahrrädern und Fahrradtaxis, und Zamora muss immer wieder abbremsen, um sich durchzuschlängeln. Die Tische eines Cafés stehen bis weit auf die Straße, und er muss zunächst anhalten, um dieses Hindernis umfahren zu können.

»Tschuldigung! Jetzt sind wir durch.« Er beschleunigt wieder.

Der Wagen, der keine Rücksicht auf die Cafégäste nimmt, holt rasch auf. Er rumpelt laut hupend auf den schmalen Bürgersteig und rammt einen Plastikstuhl, der im hohen Bogen auf den Strand fliegt.

»Alles unter Kontrolle«, brüllt Zamora. »Die haben wir in null Komma nichts abgehängt.«

Doch als sie aufschauen, stellen sie fest, dass die Straße vor ihnen blockiert, ja unpassierbar ist. Vier brutal aussehende Gangster stehen mit gezückten Waffen nebeneinander auf dem Asphalt. Sie haben rot-weiße Sperrgitter quer auf die Straße gehievt und daneben einen kleinen Bagger postiert. Einer der Männer hebt beide Hände und befiehlt ihnen zu halten.

Wir können weder vor noch zurück, denkt Danny. Solche Typen schießen zuerst und stellen dann Fragen. Falls sie sich überhaupt die Mühe machen, uns zu verhören. Also – sollen wir uns ergeben? Und was dann? Laura ihrem Schicksal überlassen? Oder gemeinsam mit ihr in einer Zelle vermodern?

Zamoras Blick zuckt nach rechts und links. Auf der dem Land zugewandten Straßenseite führt eine breite Wendeltreppe zwischen den Häusern nach oben. Die Betonwand ist löcherig und rissig, das weiße Geländer verliert sich im Zwielicht – aber der Winkel könnte stimmen. Der Weg an der Wand entlang wäre schneller als der über die Stufen, bei dem sie obendrein einen Platten riskieren würden. Insgesamt also vermutlich sicherer. Und bestimmt besser als der Versuch, die Blockade zu durchbrechen.

»*No hay problema*, Mister Danny«, brüllt Zamora, um sowohl Danny als auch sich selbst Mut zuzusprechen. Einer der Männer kommt näher und richtet die Pistole auf sie.

Zamora verengt die Augen und trotzt der Harley alle Pferdestärken ab. Er muss die Wendeltreppe als Erster erreichen und die abfallende Bordsteinkante in einem Winkel treffen, der es ihm ermöglicht, mit dem Motorrad über die erste Stufe zu springen. Danach müssen sie das Beste hoffen. Und auf die Rückkehr der Magie vertrauen!

Der Wagen nähert sich rasch von hinten. Danny kann spüren, wie die Insassen ihre Waffen auf seinen Rücken richten. Er blickt nach vorn und sieht die Wendeltreppe, auf die sie zurasen. Das kann nicht klappen! Keine Chance …

»Na los, Major!«, murmelt Zamora. Im nächsten Moment prallen sie gegen die Bordsteinkante.

Der Winkel ist genau richtig. Das Motorrad fliegt durch die Luft, und Zamora verlagert sein Gewicht nach rechts, so dass sie zur Seite kippen und fast waagerecht dahinsausen. Danny macht sich auf den Sturz gefasst …

Aber dann setzen die Räder auf der geschwungenen Betonwand auf. Zamora gibt Vollgas, und sie fahren weiter, brausen in einem engen Bogen auf der Wand entlang. Sie schlingern etwas, aber die Reifen verlieren die Bodenhaftung nicht. Die letzte Fahrt dieser Art liegt Jahre zurück, doch Zamoras Hände, Arme und Beine wissen noch immer genau, wie es geht.

»Haut hin!«, ruft er. *»¡Perfecto!«*

Danny muss trotz allem grinsen und versucht die Augen offen zu halten, während die Fliehkraft ihn auf den Sitz drückt. Sekunden später ist die Fahrt zu Ende und Zamora lenkt das Motorrad auf den Weg, in den die Treppe mündet. Danny jubelt laut. Er ist vor allem erleichtert. Und der Major stößt eine Faust in die Luft wie damals, wenn er die schwierigste Nummer des Abends hinter sich gebracht hatte.

Unter ihnen ist der Wagen ruckelnd zum Halten gekommen. Die Insassen recken die Köpfe und sehen zu, wie Zamora und Danny zwischen den Bäumen verschwinden.

Der Fahrer setzt einen Helm auf und zurrt ihn fest, wirft einen Blick auf die breiten Reifen und wendet rasant. Zwei weitere Triaden-Mitglieder springen hinein, dann nimmt der Wagen die Verfolgung auf und rumpelt mit Vollgas die Stufen hinauf.

Zamora und Danny brausen im aufziehenden Abenddunkel durch eine Gasse. Über ihnen hängt Wäsche zum Trocknen. Leute gießen ihre Blumen oder sitzen auf der Türschwelle und genießen die Kühle. Vögel zwitschern in Käfigen. Hunde haben sich auf Eingangsstufen zusammengerollt. Alle blicken auf, als der kleine Mann und der Junge vorbeirasen und die Stille zerreißen.

»Schätze mal, wir improvisieren immer noch.«

Die Gasse windet sich nach links, dann nach rechts und geht plötzlich in sechs abwärts führende Stufen über. Zamora sieht sie im allerletzten Moment, kann das Motorrad aber im Flug stabilisieren und landet mit einem Schlittern, das er gerade noch unter Kontrolle bekommt. Sie halten mit heulendem Motor an einer kleinen Kreuzung.

»Jetzt habe ich alles wieder drauf. Wohin als Nächstes, Mister Danny?«

»Links geht es zurück zum Hafen. Wir sollten noch einmal versuchen, den Pier zu erreichen.«

Da hören sie den Motor des Wagens ihrer Verfolger weiter hinten in der Gasse.

»Zuerst müssen wir diese Trottel abhängen«, sagt Zamora. Er lenkt die Harley nach rechts und fährt in eine noch engere, steil bergauf führende Gasse, schaltet in rascher Folge höher. Hinter ihnen kommt der Wagen in Sicht. Der Fahrer hält das Lenkrad mit beiden Händen, während er die Stufen hinabrumpelt. Die anderen Ganoven klammern sich an die Sitze und versuchen zugleich, die Waffe anzulegen.

Der Mann auf dem Beifahrersitz feuert einen Schuss ab. Dicht über Dannys Kopf zerspringt eine Topfpflanze. Feine Erde und Blütenblätter regnen auf ihn herab.

Zamora schlängelt sich auf den Serpentinen der engen Gasse bergauf. Durch Lücken zwischen den Häusern erhaschen sie manchmal einen Blick auf den unter ihnen liegenden, glitzernden Hafen.

Als sie um eine Ecke biegen, verfehlen sie um Haaresbreite einen Mann, der ein schwer beladenes Fahrrad schiebt. Der will noch eine Warnung rufen, aber es ist zu spät. Zamora kann den alten Männern, die sich mitten auf dem Weg um ein Mahjong-Spiel versammelt haben, nicht mehr ausweichen. Die Spielbretter stehen auf Bierkisten, und Zamora scheppert so wuchtig dagegen, dass die Spieler von den Sitzen kippen und die Spielsteine wie Schrapnelle durch die Luft schießen.

Die wütenden Rufe der Mahjong-Spieler vermischen sich mit dem Motorengeheul des Wagens hinter ihnen.

Ihre Verfolger kommen immer näher.

»Schneller, Major.«

»Ich tue, was ich kann.«

Sie lassen die letzten Häuser hinter sich, und die Asphaltstraße weicht einem zum Wald hinaufführenden Sandweg. Auf der rasenden Fahrt bergauf wirbeln die Räder Rindenstückchen und Erde auf.

»Wir hängen sie zwischen den Bäumen ab …«

Weitere Schüsse. Das Motorrad ruckelt. Ein Treffer?

Nein, Danny spürt keinen Schmerz, und der Major scheint auch wohlauf zu sein. Danny dreht sich noch einmal um und sieht, dass der Mann auf dem Beifahrersitz aufgestanden ist, sich mit einer Hand an das Verdeck klammert und mit der anderen zielt. Plötzlich steigt Danny Treibstoffgestank in die Nase.

»Die Kiste zieht nicht mehr richtig«, ruft Zamora. »Die Treibstoffleitung ist kaputt. Oder der Tank.«

Die Harley verliert stotternd an Geschwindigkeit. Gibt unter ihnen langsam den Geist auf.

Da öffnet sich rechts von ihnen ein gerade eben erkennbarer Pfad, der zwischen den Bäumen steil bergab führt.

»Wir nutzen die Schwerkraft«, brüllt Zamora und lenkt das Motorrad mit einem letzten Aufjaulen des Motors den Hügel hinunter.

Sie weichen Baumstämmen und dichtem Unterholz aus, während die Harley mit ächzender Federung über den unebenen Boden rumpelt. Danny wird so durchgeschüttelt, dass er glaubt, alle Zähne würden ihm ausfallen. Der Pfad, anfangs kaum zu erkennen, scheint sich ganz zu verlieren.

»Na … ob … das so … gut war …«, sagt der Major, und da fällt das Gelände fast senkrecht ab. Sie sausen durch die Luft, befinden sich im freien Fall, werden vom Motorrad geschleudert und krachen in ein Wirrwarr aus Zweigen und Blättern, das ihnen ins Gesicht peitscht. Danny stürzt von einem Busch auf den nächsten. Erst ein Kratzer im Gesicht, danach einer am Arm – dann klatscht er auf einen Berg aus stinkendem Laub und Unkraut.

Das Motorrad landet etwas weiter weg, richtet sich auf und

kippt schließlich wie ein angeschossenes Tier auf die Seite. Das Vorderrad dreht sich weiter, scheint in der Luft nach Bodenhaftung zu suchen.

Das heiße Metall klackt in der plötzlichen Stille.

ELF

* * * * * * * * * * * * * * *

Wie man das Ende der Straße findet

Danny schaut sich um. Hier riecht es nach Pflanzensaft und moderigem Kompost, vermischt mit einem beißenden Treibstoffgestank. Wo ist Zamora? Er kommt vorsichtig auf die Beine.

In der Nähe ertönt Motorenlärm. Danny erstarrt – aber nein. Das ist nicht der Wagen ihrer Verfolger. Sondern irgendetwas anderes. Etwas, das man in Vororten hören kann, zum Beispiel ein Rasenmäher.

Sie sind offenbar in einem großen Garten gelandet. In den dichten Schatten verläuft ein Pfad zwischen Blumenbeeten und Büschen. Er scheint zum Dorf zu führen.

»Major?« Dannys Stimme klingt einsam und dünn.

»MAJOR?«

Es raschelt im Gebüsch, als der Major sich aus einem großen Rhododendron freikämpft und danach mit dem Kopf voran den Hang hinunterrutscht. Keine sehr würdevolle Landung, aber auch nicht schlimmer als der eine oder andere Abgang im Zirkus.

Zamora sieht fragend zu Danny auf. »Komposthaufen. Alles in Ordnung mit dir?«

»Ja. Ich glaube schon.«

»Du hast nicht zufällig meine schicke Melone gesehen? Scheine sie endgültig verloren zu haben.«

Das Motorengeräusch ist noch immer zu hören. Zamora legt den Kopf schief.

»Sind jedenfalls nicht unsere Verfolger. Schauen wir mal nach.«

Sie halten sich im Schatten der Büsche, dicht am Wegrand. Als sie um die Ecke biegen, erblicken sie einen Gärtner, der mit einem Laubsauger über den Rasen läuft. Hinter ihm steht ein Quad mit Anhänger.

»Der zweite Diebstahl des heutigen Tages«, sagt Zamora. »Aber wir müssen weiter, verdammt!«

Wegen des Lärms trägt der Gärtner Ohrenschützer, und da er ihnen den Rücken zukehrt, bekommt er nicht mit, wie sie über den Rasen laufen und auf das Quad springen. Zamora dreht den Zündschlüssel, tritt den Motor an, und im nächsten Moment donnern sie auf der Einfahrt davon. Hinter ihnen rumpelt der Anhänger voller Laub, das hinausfliegt, als sie in die erste Kurve gehen. Dann kommt ein Eisentor, dessen Flügel offen stehen, und sie gelangen auf eine schmale Nebenstraße.

Doch ihre Glückssträhne geht zu Ende, denn sie erwischen einen schlechten Zeitpunkt: Ihre Verfolger fahren langsam durch ebendiese Straße und halten Ausschau nach der Stelle, wo die Harley gelandet ist. Alle Insassen des Wagens sehen Danny und Zamora im gleichen Moment – der Fahrer gibt Vollgas. Mehrere Schüsse übertönen den Lärm der Motoren.

Gleich haben sie uns, denkt Danny. Keine Zeit, um Zamora zu warnen. Er blickt auf die Anhängerkupplung.

Der Anhänger bremst uns. Wenn ich ihn abkoppeln könnte …

Er hält sich mit einer Hand an der Jacke des Majors fest, während er auf dem Sitz nach hinten rutscht und die andere Hand nach der Anhängerkupplung ausstreckt. Die Kupplung des Wohnanhängers im Zirkus war ähnlich, nur dass diese kleiner ist. Einfach drücken und anheben und …

Geschafft. Das Quad wird sofort schneller. Danny hält sich panisch fest und versucht sich wieder richtig hinzusetzen. Ihre Verfolger werden von dem hin und her schleudernden Anhänger überrascht. Er knallt gegen eine Mauer, wirft eine am Straßenrand stehende Kiste mit Wassermelonen um und kippt dann direkt vor dem Wagen der Verfolger um. Der überschlägt sich mitsamt den Insassen, schlittert durch die umherkullernden Wassermelonen und rammt einen Stapel Plastikkisten. Als Danny einen Blick über die Schulter wirft, sieht er gerade noch das Chaos aus zermatschten grünen Melonen, Reusen, Fischernetzen und Seesternen, die sich im Schein der Laternen auf die Straße ergießen.

Dann ein ohrenbetäubendes Krachen, als Metall, Knochen und Verdeck gegen die Mauer prallen. Klingt übel.

Sie folgen dem abfallenden Gelände zum Meer und stoßen kurz darauf in der Nähe der Wendeltreppe auf die Uferstraße. Von ihren Verfolgern keine Spur.

Und auch nicht von Sing Sing.

»Noch eine Ehrenrunde gefällig?«, fragt Zamora mit grimmiger Miene. »Oder fahren wir weiter?«

»Der Pier ist unser einziger Hinweis. Wenn Sing Sing fliehen konnte, ist sie bestimmt dorthin gegangen«, sagt Danny. »Und wenn man sie geschnappt hat, wissen wir sowieso nicht, wo sie steckt. Lass uns weiterfahren.«

Sie machen sich wieder nach Süden auf, folgen der Uferstraße, die sich an einem dunklen und zerklüfteten Abschnitt der Bucht entlangzieht. Unter ihnen brandet das Meer gegen die Felsen und versprüht weiße Gischt.

Einige Hundert Meter weiter entdecken sie ein in Chinesisch und Englisch beschriftetes Hinweisschild für Touristen.

CHEUNG PO TSAI-HÖHLE 1,5 KM
SAI-WAN-PIER 2 KM

Der Weg folgt dem Bogen der Bucht, führt an Ferienhäusern, dicken Bäumen und Unterholz vorbei. Schließlich erblicken sie den Pier, der wie ein langer Finger aus Beton in die Bucht ragt, ein dunkler Strich inmitten der Wellen. Er wirkt verlassen.

Noch ein paar Kurven, und sie sind da.

Am Pier sind keine Boote vertäut – und auch sonst gibt es wenig zu sehen. Nur ein paar Poller, ein Rettungsring und ganz am Ende eine kleine Treppe, über die man an Bord gehen kann. Am steinigen Strand seufzen die Wellen. Davon abgesehen ist nur das helle Klimpern eines Glockenspiels zu hören, das an der Regenrinne eines niedrigen, lang gestreckten Betonschuppens hängt.

Sollte dies ihr Ziel sein – die große Hoffnung, zu der sie von all den Hinweisen gelotst wurden –, dann wäre es eine große Enttäuschung. Nicht gerade der schicksalhafte Moment, den Danny erwartet hat. Keine Konfrontation mit dem Drachen. Kein Zeichen von Laura, die um ihre Freiheit kämpft. Nur ein verwaister, verwahrloster Betonpier und dahinter das weite Meer.

Danny wendet seine Aufmerksamkeit den Schuppen zu – es gibt nicht nur einen, sondern drei, die Rücken an Rücken dicht beieinanderstehen. Die Fenster sind dunkel. Keine davor geparkten Fahrzeuge, keine Anzeichen von Leben. Wildblumen und Unkraut wuchern in den Rissen des Zufahrtswegs.

Danny steigt vom Quad und geht auf die Schuppen zu, wobei er versucht, die zunehmende Dunkelheit mit seinem Blick zu durchdringen.

»Laura?«

Das Glockenspiel klimpert im auffrischenden Wind.

»Sing Sing?«

Keine Antwort.

Man hat einen Zettel auf die Tür des vordersten Schuppens getackert. Unter einer Zeile mit chinesischen Schriftzeichen ist in groben Buchstaben zu lesen: CHARTER-BOOTE NACH WANSHAN. UND ANDEREN INSELN.

Darunter, auf Knöchelhöhe mit Kreide gezeichnet, erblickt Danny wieder das Diagramm: die neunundvierzig Punkte. Klein, aber sauber und gewissenhaft ausgeführt. Ein Punkt ist umkringelt, der gleiche wie auf der Tätowierung des Pferdeschwanzes.

Dannys Magen krampft sich zusammen, seine Hände werden feucht. Sein Mund ist trocken.

»Hierher, Major. Wir scheinen auf dem richtigen Weg zu sein. Auch wenn gerade niemand da ist.«

»Soll ich das Schloss zertrümmern?«

Danny nickt. Wir haben keine Zeit zu verlieren, denkt er. Und meine Hände zittern. Könnte die Dietriche jetzt nicht handhaben.

Er betrachtet den leeren Pier und das weite, dunkle Meer dahinter und fragt sich, ob sie zu guter Letzt am Ende ihres Weges angelangt sind.

Oder sind sie schon zu spät?

ZWÖLF

* * * * * * * * * * * * * * *

Wie man Licht ins Dunkel bringt

Zamora hebt einen schweren Stein auf, den er dann mit voller Wucht auf das Vorhängeschloss sausen lässt. Das Echo des Schlags hallt weit über das Wasser. Er nickt Danny zu und sie stoßen die Tür auf.

In diesem ersten Schuppen ist es finster und totenstill. Ein erstickender Gestank nach toten Fischen, Schimmel und feuchtem Holz erfüllt die Luft. Durch die Tür fällt gerade so viel Licht, dass sie einen Schreibtisch, eine Lampe und bunt zusammengewürfelte Büromöbel erkennen können. Dahinter liegt alles in tiefem Dunkel.

»Hallo?« Die schwere Luft verschluckt seine Stimme, bringt ihn zum Verstummen.

Danny knipst die Schreibtischlampe an. In ihrem Schein erblickt er einen Berg von Zetteln, alle chinesisch beschriftet, und mehrere Seekarten. Er schiebt sie hin und her, verengt die Augen und versucht einen Sinn in den unverständlichen Schriftzeichen zu finden. Auf einem Zettel scheint eine vierundzwanzig Stunden umfassende Zeittafel zu stehen. Vielleicht eine Gezeitentabelle?, überlegt Danny. Oder die Ablegezeiten von Schiffen?

Ein halb aufgegessener Apfel, in der stinkenden Luft braun geworden, liegt zwischen den Papieren.

»Irgendjemand war heute hier. Vor nicht allzu langer Zeit«, sagt er und blättert die Papiere so rasch wie möglich durch. Sollte ihre verzweifelte Suche tatsächlich ins Leere gelaufen sein? Oder kann er doch noch Beweise für das Gegenteil finden? Einen neuen Hinweis, dem sie folgen können …

Beim Anblick des Bildes erstarren seine Hände, und er ringt nach Atem. Er greift nach dem knisternden Fax-Papier und hält es ins Licht. Darauf – körnig, aber klar zu erkennen – erkennt er ein vertrautes Gesicht: sein eigenes! Es handelt sich um das Schulfoto aus Ballstone. Das Bild, das während seiner ersten Woche an der Schule aufgenommen wurde, als er sich noch vollkommen verloren fühlte. Er starrt mit erschrockenen, weit aufgerissenen Augen ins Blitzlicht und ringt sich ein Lächeln ab, obwohl ihm die Angst ins Gesicht geschrieben steht. Leicht zu deuten, denkt er. Mein Gott, ich sehe aus, als wäre ich vor Angst erstarrt. Seine Hand zittert jetzt nicht mehr so stark, aber das beschichtete Papier knistert trotzdem in der Stille.

»Schau dir das an, Major.«

Zamora hat vor der halb offenen Tür Wache gehalten. Als er das Foto sieht, flucht er.

»Sie haben ein Bild von mir!«, sagt Danny. Andererseits ist das wenig überraschend, sondern nur eine Bestätigung dafür, dass die Ereignisse sich wie eine Kette um ihn winden und ihn immer enger einschnüren. Er wurde von vielen Kräften bis zu diesem Augenblick gezerrt.

»Was wollen die von *mir?*« Er klingt fast empört und knallt das Fax wieder auf den Tisch.

Der Major legt die Stirn in Falten.

»Keine vorschnellen Schlüsse ziehen, *no?*«

Danny schaut Zamora an.

»Sie haben es auf mich abgesehen«, sagt er ruhig. »Das hast du geahnt, oder? Schon seit längerem? Ich wusste, dass du mir etwas verschweigst.«

»Ich hatte nur so ein Gefühl, Mister Danny. Und ich wollte dir keine Angst einjagen.«

»Ich bin doch kein Kleinkind mehr.«

»*¡Claro!* Das weiß ich, mein Freund.« Der Major klopft ihm auf den Rücken. »Ich weiß.«

»Los, wir durchsuchen alles gründlich. Und danach nichts wie weg.«

Hinten im Raum steht eine Tür halb offen. Ein schwarzes Rechteck führt in noch tieferes Dunkel.

Eine Taschenlampe hängt an einem Nagel, und auf einer brüchigen Fasergipsplatte hat man eine große, im Schatten liegende Karte befestigt. Danny knipst die Lampe an und macht im schwachen gelben Lichtschein Umrisse aus, die er inzwischen gut kennt: Kowloon, Hongkong-Insel und Victoria Peak, Cheung Chau. Von diesem Ende der Insel, wahrscheinlich vom Pier, schlängeln sich rote Linien über das Südchinesische Meer.

Er verfolgt einige davon. Sie führen an Lantau und Lamma vorbei zu anderen, in der Nähe von Hongkong gelegenen Inseln.

Eine Route verläuft in einer entgegengesetzten Richtung. Danny verfolgt sie mit der Taschenlampe und stellt fest, dass sie zu einer Inselgruppe weit draußen im Meer führt, dem Wanshan-Archipel, und dort von einer kleinen Insel zur anderen.

Einige abgelegene Inseln, durch keinen Charterschiffsverkehr mit den Nachbarinseln verbunden, sind mit einem schwarzen Kreuz markiert worden.

»Zeigt das Kreuz den Ort an?«, fragt Zamora. »Hier gibt es jedenfalls keine Spur von Miss Laura. Vielleicht hält man sie auf einer der Inseln gefangen.«

Danny nickt, dann wirft er einen Blick durch die halb geöffnete Tür. »Wir untersuchen die anderen Schuppen, und danach fahren wir zu Ricard. Berichten ihm, was wir herausgefunden haben.«

»Miss Sing Sing müssen wir auch finden.«

Die Taschenlampe flackert. Danny knallt ihr unteres Ende gegen den Türrahmen, um den schwächelnden Batterien den letzten Saft abzuringen. Der fahle Lichtschein enthüllt ein Wirrwarr von Fischernetzen, Bojen, Stühlen, Plastikkisten, alles verrostet und vergammelt. Hier, im zweiten Raum, ist die Luft zum Schneiden.

Man hat eine Gasse durch den Müll gebahnt. Auf den am Rand liegenden Gegenständen sind im Schmutz Abdrücke von Fingern und Händen zu erkennen. Danny richtet den Lichtkegel auf die Gasse. Zwei lange, unregelmäßige Spuren ziehen sich über den Boden. Parallele Linien, als hätte man etwas hinein- oder hinausgeschleift. Zamora nickt.

Mitten im Raum liegt eine Hand auf dem Fußboden. Sie ist von einem matten Blutrot. Im ersten Moment glaubt Danny, dass sich seine schlimmsten Befürchtungen damit bestätigt haben, aber als er darauf zugeht, stellt er fest, dass es nur ein schlaffer Gummihandschuh ist.

Ich verkrampfe mich, denkt Danny. Muss wieder richtig durchatmen. Im nächsten Schuppen stoßen wir entweder auf Laura oder den Drachen … oder wir laufen ins Leere. Wenn Laura hier wäre, hätte sie doch bestimmt gerufen? Falls sie rufen *kann*.

Die Tür ganz hinten im zweiten Raum ist mit drei schweren Riegeln gesichert, die Türplatte wurde mit dicken Blechen verstärkt. Eine Zelle. Sie horchen an der Tür, hören aber nur das in ihren Ohren pochende Blut und das Meer, das draußen rauscht. Im winzigen Fenster sehen sie ihre eigenen Spiegelbilder, und als Danny hineinleuchten will, wird der immer schwächer werdende Lichtschein von der schmutzigen Glasscheibe zurückgeworfen.

Sie ziehen die Riegel zurück – sie sind eingefettet und leicht zu betätigen –, dann zerren sie die Tür auf. Dannys Nackenhaare sträuben sich. Alles läuft auf diesen Moment, auf diese Tür hinaus. Jetzt zählt alles.

In der Zelle stinkt es noch grauenhafter. Danny kann den Geruch nicht einordnen, aber ein fast animalischer Instinkt rät ihm, sich vorzusehen, am besten nicht einzutreten. In den Gestank mischt sich jedoch ein schwacher Duft, den Danny auf Anhieb erkennt.

Lauras Parfüm.

Er war noch nie so froh über diesen Duft. Laura scheint ganz in der Nähe zu sein, knapp außerhalb der Reichweite des Taschenlampenstrahls … Er bildet sich ein, dass sie gleich nach ihm ruft.

»Laura?« Er schwenkt den Lichtstrahl im Kreis.

Doch er sieht nur die Wände eines leeren Raums mit einem vergitterten Fenster, das auf die schwarze Silhouette eines Hügels hinausgeht.

»Sie war hier, Major«, sagt Danny halb jubelnd und halb enttäuscht. »Sie saß in *dieser* Zelle.«

Er sucht die Wände nach einer Botschaft oder weiteren Hinweisen ab. Laura hätte mich informiert, sie hätte wie zuvor eine Nachricht für mich hinterlassen …

Aber da ist nichts.

Die Taschenlampe flackert und erlischt, und Danny knallt sie hektisch gegen die Wand. Sie flammt ein letztes Mal auf, und ihr Schein fällt auf den nackten Betonboden.

Und enthüllt die Gestalt von Charlie Chow.

Er liegt im Staub, Arme und Beine sind mit Draht gefesselt, sein Kopf ist unnatürlich verrenkt. Geronnenes Blut durchtränkt sein Hemd, und eine Schläfe weist eine schreckliche Schusswunde auf. Seine weit aufgerissenen Augen wirken überrascht, sind aber trüb und leer. Sie nehmen nichts mehr wahr.

»Major!«, japst Danny und seine Beine drohen unter ihm nachzugeben. »Major!«

Da hört er ein Geräusch in seinem Rücken, eine Art von ersticktem Seufzer. Er wirbelt herum, lässt den Lichtstrahl umherzucken. Aber die Batterie ist leer, das Licht erlischt und Dunkelheit umfängt ihn.

Ein Schatten huscht zur Tür hinaus. Irgendjemand ist hinter ihm.

»Major?«

Nein. Dort – weiter rechts.

Im nächsten Moment schwirrt ihm der Kopf.

Er tut nicht weh, sondern ist nur schwer – und Danny hat das Gefühl zu fallen: durch den Wäscheschacht, von dem Hügel, irgendwo an einem fernen Ort.

Ich habe es verbockt, denkt er. Habe im entscheidenden Moment alles verpatzt und wieder alle enttäuscht. Vielleicht sollte ich Papa fragen. Nein, das wäre falsch. Meine Schuld …

Er hört Sing Sings Stimme in seinem Kopf: »Vor einigen Jahren wurde Cheung Chau die Todesinsel genannt.« Und dann: »Freut mich, dich kennenzulernen, Danny Wooooooo …«

Er versucht zu verstehen – bemüht sich Bilder und Gedanken aufzurufen, kämpft darum, bei Bewusstsein zu bleiben. Aber alles geht durcheinander: Er sieht den ernst und würdevoll dasitzenden goldenen Buddha im düsteren Tempel, Wolkenkratzer und Straßenbahnen und verbeulte Taxis, durch die Luft segelnde Karten, die Blitze von Feuerwerkskörpern im Treppenhaus, bunte Fische – einmal in einem Aquarium, dann wieder im Glastank für die Entfesselungsnummer, wo sie den Kopf seines Vaters umkreisen.

Er sieht weiße Laken, die wie verzweifelte Geister zu Boden segeln, danach eine Tastatur mit den sieben mal sieben Punkten auf jeder Taste, und diese Punkte werden zu den Schnörkeln und Formen, die sein Vater mit Tinte auf die Seiten seines geheimen Notizbuches gemalt hat, und diese wiederum verwandeln sich in hektisch auffliegende Krähen. Dann erblickt er seine Eltern, die auf dem Drahtseil unter der tiefblauen Kuppel des Mysteriums aufeinander zugehen. Im Zelt fällt dichter Schnee und trübt seine Sicht und …

… und dieser rote Fisch auf dem Fußboden des Restaurants und der Lippenstiftstrich und der rote, auf dem Boden des Schuppens verblutende Handschuh …

… und er liegt im Dreck eines verlassenen Schuppens auf einer kleinen Insel, Tausende Meilen von zu Hause entfernt, und alles versinkt in tiefstem …

… SCHWARZ.

DRITTER AKT

Wenn man eine große
Menschenmenge anlocken will,
muss man nur bekannt geben,
dass jemand zu einer bestimmten Zeit
und an einem bestimmten Ort
etwas zu tun versucht,
das bei einem Fehlschlag
den sicheren Tod bedeutet.

* * * * * * * * * * * * * * *

Harry Houdini

EINS

* * * * * * * * * * * * * * *

Wie man die Karten auf den Tisch legt

Tschukka-tschukka-tschukka … Das Tuckern eines Motors ruckelt Danny aus dem Schlaf. Der Motor läuft kraftvoll, regelmäßig, gemächlich. Das Dröhnen übertönt allmählich alles, was Danny in seinem bleiernen Schlaf vernimmt.

Sein Kopf ist bleischwer und pocht im Takt des Motors.

Aber er ist noch nicht bereit, aus dem Schlaf aufzutauchen. Seine Erinnerungen spulen sich ab, springen hin und her …

… ziehen ihn wieder zu der letzten Woche im Mysterium. Schon damals beutelten ihn die widersprüchlichsten Gefühle. Er wurde von Dingen geplagt, die er lieber vergessen hätte. Während der ganzen Woche herrschte im Zirkuslager schlechte Stimmung. Die Kälte sorgte dafür, dass Muskeln steif wurden, Wind und Schnee ließen die Gesichter erstarren. Seine Eltern stritten wieder miteinander, draußen auf den Stufen des Wohnanhängers, heftig und so laut, dass alle mithören konnten.

»Das wird sich noch rächen, Harry«, fauchte seine Mutter.

Sein Vater erwiderte mit rauer Stimme: »Lily. Wir haben alle eine Vergangenheit, die uns manchmal einholt, verflucht noch mal! Du müsstest das wissen!«

Und sie knallte ihm die Tür vor der Nase zu.

Als er seinen Vater drängte, gemeinsam mit ihm im *Buch der Fluchten* zu schmökern, schien er den falschen Zeitpunkt erwischt zu haben, was ihm sein Vater auch unverblümt zu verstehen gab. Das war sehr ungewöhnlich – und hatte zur Folge, dass er aufgewühlt, verwirrt und mit dem Gefühl zu Bett ging, ungerecht behandelt worden zu sein. Die Welt schien aus den Fugen zu geraten; sie schienen über einem tiefen Abgrund zu baumeln.

Später sah er seine Eltern am großen Tisch sitzen. Ihre Silhouetten zeichneten sich vor dem hell erleuchteten Zelt ab. Sie hielten einander bei der Hand, versöhnlich, als wollten sie sich wieder vertragen. Die Glühbirnen über dem Zelteingang blinkten immer noch das Wort WUNDERKAMMER in die tiefe Nacht.

Das war gut so. Aber warum verschwieg man ihm, was im Argen lag? Er schien in der Geschichte, die sich ringsumher entfaltete – wie auch immer sie lauten mochte –, nur Beiwerk zu sein, obwohl er, auch wenn ihm niemand erzählen wollte, was los war, eindeutig ein Teil des Ganzen war.

Am nächsten Abend setzte Danny seinen Plan in die Tat um. Weit nach Mitternacht, als tiefe Stille herrschte, zog er sich an, nahm seine Taschenlampe, holte das *Buch der Fluchten* aus dem Versteck im Kleiderschrank und stahl sich in die Nacht davon.

Der Wagen mit den Requisiten stand am anderen Ende des Lagers. Dort hatte sich Danny immer am liebsten versteckt, mitten zwischen den aufgestapelten Koffern und Truhen. Er baute sich aus den Sprungmatten eine gemütliche Höhle, umgeben von Balancierkugeln, seidenen Seilen, Taurollen, Laufrädern und vielen anderen Utensilien des Mysteriums. Blancos struppiger Hund Herzog stöberte ihn dort oft auf und schmiegte sich an ihn, beruhigte ihn durch sein rhythmisches Schnarchen. Das Brummen der Generatoren nebenan übertönte alle anderen Geräusche.

Doch in jener eiskalten Nacht blieb es ungemütlich, zumal Herzog nicht kam, um ihm Gesellschaft zu leisten. Danny versuchte, warm zu bleiben, und konzentrierte sich auf die verschlüsselten Seiten ganz hinten im *Buch der Fluchten* – er hoffte, irgendetwas entziffern zu können, aber die Schnörkel blieben ihm ein Rätsel –, als plötzlich das Licht anging. Im nächsten Moment stand Rosa vor ihm.

Sie zog ihre Augenbrauen so hoch, wie sie es tat, wenn sie die nächste Nummer der Wunderkammer-Show ankündigte.

»Ciao, Danny. Was hast du denn hier zu suchen?«

»Ich ruhe mich nur aus.«

»Weiß dein Papa, wo du bist?« Sie wandte sich um und legte, was sie bei sich trug – Danny konnte nicht erkennen, was es war –, ganz hinten im Wagen ab.

»Ja.«

»Na, ich würde nicht darauf wetten.« Sie schaute ihm in die Augen. »Weißt du was? Ich habe noch *Ribollita* im Ofen. Wie wäre es mit ein paar Löffeln Suppe zum Aufwärmen, *bello*? Danach bringe ich dich zu Harry und Lily.« Das Angebot war zu verlockend. Danny war geradezu süchtig nach Rosas italienischer Küche und folgte ihr zu ihrem Wohnanhänger. Unterwegs starrte er die Rosen an, die auf ihre Unterschenkel tätowiert worden waren und bei jedem Schritt durch den Schnee über ihren Stiefeln auftauchten.

Er hatte die warme, sättigende Suppe halb aufgegessen und schob gerade Bohnen und Möhren auf den Löffel, als der Alarm ertönte.

Feuer! Feuer!

Er rannte mit Rosa aus dem Wohnanhänger. Ihre Schuhe knirschten im Schnee, als sie auf die Flammen zuliefen, die wie zerfetzte Fragezeichen in den Himmel zuckten. Herzog kam laut bellend angerannt, gefolgt von einigen Klowns. Und von Blanco. Dann erschienen Zamora und weitere Angehörige der Truppe – bis schließlich alle versammelt waren und voller Entsetzen das Feuer anstarrten.

Der Wohnanhänger brannte lichterloh. Die Schneeflocken, die in der langen Februarnacht fielen, lösten sich in der Hitze zischend auf.

Endlich schoss Löschwasser in die Flammensäule.

Doch es kam zu spät.

Danny war zu spät gekommen …

Danny drängt aus der Tiefe nach oben – ans Tageslicht und wieder zum Bewusstsein.

Er erblickt verschwommene Gestalten. Hört das Tuckern des Motors …

Er blinzelt heftig und holt tief Luft. Langsam dämmert ihm, dass er noch lebt, dass die rasche Folge von Bildern, die er nach dem Schlag auf den Kopf sah, nicht sein Leben war, das zum letzten Mal an ihm vorbeizog …

Wo bin ich? Nicht im Mysterium. Das waren Erinnerungen.

Ihm wird plötzlich bewusst, dass er sich noch nie so genau und ausführlich an die Nacht des Brandes erinnert hat wie gerade eben. In seinem Inneren scheint etwas aufgebrochen zu sein.

»Danny? Mister Danny?« Zamora beugt sich über ihn. Seine kleine, kräftige Gestalt schwankt hin und her und hin und her.

Ein paar rasche Worte auf Kantonesisch übertönen den Motor und das Klatschen der Wellen.

»Bleib weg«, faucht Zamora. »Ich will nur wissen, ob es ihm gut geht, verdammt noch mal. Nachprüfen, ob du für einen bleibenden Schaden gesorgt hast, Glatzkopf.«

»Alles in Ordnung«, stößt Danny hervor. Er richtet sich auf, schaut sich um, versucht seinen Blick scharf zu stellen.

Sie befinden sich auf einem kleinen Fischerboot unter einem schmutzigen Stoffdach. Auf beiden Seiten erstreckt sich das in der Sonne gleißende Meer.

Der Fischgestank stammt von einem in der Nähe liegenden Gewirr aus Netzen. Zamora hockt neben ihm. Seine Hände sind dick mit Kabelbinder gefesselt. Er wirkt besorgt und hoffnungsvoll zugleich.

Danny blickt auf. Dort sitzt Segelohr, an die Reling gelehnt, und hält Zamora mit einer Pistole in Schach.

»Diese alte Vogelscheuche hat dir einen Faustschlag verpasst«, sagt Zamora. »Miss Sing hat ihn offenbar nicht lange ausschalten können. Verdammt, Mister Danny, ich bin ja so froh, dass du die Augen aufgemacht hast.«

»Wo sind wir?«

»Keine Ahnung. Irgendwo auf See.«

»Wie lange sind wir schon unterwegs?«

»Seit vielen Stunden. Und davor waren wir stundenlang in dem stinkenden Schuppen. Mit zwei alten Freunden.«

»Maul halten!« Segelohr steht auf und richtet die Pistole auf Zamoras Kopf.

»Halt du lieber das Maul«, erwidert Zamora. »Wenn du uns töten wolltest, hättest du das längst getan.« Er wendet sich wieder an Danny. »Diese Vogelscheuche hat sich mit seinen Kumpanen angeschlichen. Im Schuppen. Tut mir leid. Ich hätte besser aufpassen müssen.«

»War das Chow? Die Leiche in der Zelle?«

»Ich fürchte ja. Aber sie brauchen uns offenbar lebendig – aus welchem Grund auch immer.«

Bei diesen Worten schöpft Danny wieder Mut. Er spürt, wie seine Kraft wächst. Der Sai-Wan-Pier war also doch nicht der Ort, an dem sich alles entscheiden sollte. Sondern nur eine weitere Etappe auf dem Weg. Aber die Entscheidung muss zweifellos kurz bevorstehen. Junge, denkt er, mein Schädel brummt wie verrückt. Als er ihn betasten will, stellt er fest, dass auch seine Hände gefesselt sind. Er starrt Segelohr an.

»Wo ist Sing Sing?«

Der Mann lässt den Lolli zwischen den Zähnen von einem Mundwinkel zum anderen rollen und ignoriert ihn.

»Wo ist meine Tante? Wohin fahren wir?«

Nur ein Zucken der muskulösen Schultern.

Danny schätzt die Lage ab. Weiter vorn sitzen andere Männer an Deck, einer von ihnen der Pferdeschwanz. Alle tragen eine Pistole im Gürtel. Selbst wenn sie sich irgendwie befreien und ihre Entführer überwältigen könnten, wüssten sie nicht, wo sie sich befinden. Der Pferdeschwanz fängt seinen Blick auf, schaut aber rasch weg. War das etwa ein Versuch, Kontakt aufzunehmen?

»Wir sitzen ziemlich tief in der Patsche, findest du nicht auch?«, fragt Zamora, der Dannys Blick gefolgt ist.

»Ja, ziemlich tief, Major.« Aber noch sind wir nicht besiegt, denkt er im Stillen.

Das Boot durchpflügt die Wellen und versucht, Danny wieder in einen dumpfen, schmerzhaften Schlaf zu wiegen. Er kämpft dagegen an. Muss mir darüber im Klaren bleiben, wo wir sind, wie die Lage aussieht … Er denkt an das Logo des Mysteriums, die verletzlichen Schmetterlinge, die den bleichen Schädel umschwirren. Schwarze Augenhöhlen. Er stellt sich seinen Kopf auf dem Meeresgrund vor – Lauras, Zamoras. Vielleicht auch Sing Sings? Wenn wir auf der Hut bleiben, kommen wir unter Umständen davon.

Die Sonne steigt höher, und der Schatten unter dem Stoffdach wird länger. Der tuckernde Motor befördert sie in einem Tempo, das an eine erschöpfte Schnecke denken lässt, über das Südchinesische Meer.

Danny ist durstig und schaut sich nach etwas zu trinken um.

Zamora windet sich neben ihm.

»Sie haben mich so fest verschnürt, dass ich keine Chance habe, die Fesseln zu lockern.«

»Wer weiß, ob das eine gute Strategie wäre, Major. Vielleicht wollen sie für uns auch ein Lösegeld erpressen.«

»Caramba«, seufzt der Major. »Ich wage zu bezweifeln, dass es ihnen darum geht.«

»Sie verlangen Lösegeld für Laura.«

»Ja, aber …«

Der Major schiebt sich gegen die Reling des Fischerbootes.

»Aber was?«

»Karten auf den Tisch, Mister Danny?«

»Leg los.«

»Es geht um diese verfluchte Explosion in deiner Schule. Sie hat Laura sehr aufgewühlt. Richtig verstört, meine ich. Sie hat mich damals mitten in der Nacht angerufen. Um ehrlich zu sein, bezweifelt sie, dass ein Gasleck die Ursache war, Danny. Sie glaubt an eine Bombe. Die gegen *dich* gerichtet war.«

Endlich kommt die Wahrheit ans Licht! Endlich kann er die Einzelheiten besser einordnen.

»Darum hatten sie mein Foto. Deshalb die neunundvierzig Punkte …«

»Und darum wollte sie unbedingt, dass du sie nach Hongkong begleitest. Ich sollte hier auf dich aufpassen. Aber das ging nach hinten los, wie? Vom Regen in die Traufe.«

»Und was ist mit Ricard? Warum steht das Foto auf seinem Schreibtisch? Im Grunde geht es um meine Eltern, richtig? Nicht nur um mich. Um irgendetwas, das sie getan haben. In der Vergangenheit.«

»Ich weiß es nicht genau. Wirklich nicht.«

»Aber du hast auch den Verdacht.«

»Tja, denkbar wäre es. Dein Vater hatte nicht nur ein Eisen im Feuer. Überleg mal, wie oft er unterwegs war …«

»Wie meinst du das?«

»Er war ein stilles, aber tiefes Wasser, Danny. Hast du das nicht auch gespürt?«

»Schwer zu sagen. Woher soll man wissen, was normal ist und was nicht? Wenn man klein ist.« Vor allem an einem Ort wie dem Mysterium.

Sie werden vom Knistern eines Funkgeräts und einem Redeschwall auf Kantonesisch unterbrochen. Alle Gangster schauen über die weite, unruhige See in die gleiche Richtung.

Danny, der sich aufgerappelt hat, steht unsicher auf dem schwankenden Boot. Zwei kleine Inseln kommen in Sicht – pelzige grüne Raupen, die über die Meeresoberfläche kriechen.

Ein hässlicher, kastenförmiger, tief im Wasser liegender Frachter ankert dicht vor einer der Inseln. An Deck, ganz in der Nähe der Brücke, sind Gestalten zu sehen. Ein riesiges Tarnnetz sorgt dafür, dass das Schiff mit Insel und Meer verschmilzt. Aber Danny erkennt es sofort.

Das gekaperte Frachtschiff.

ZWEI

* * * * * * * * * * * * * * *

Wie man mit einem Wiedersehen unter heiklen Umständen umgeht

Es dauert noch eine halbe Stunde, bis sie den Frachter erreichen, aber nun scheint die Zeit rasend schnell zu vergehen. Dann werden sie vom Schatten des Schiffes verschluckt.

Gesichter tauchen über der Reling auf, Anlegetaue werden ausgeworfen. Eine lange Strickleiter wird entrollt, die vor der Schiffswand hin und her schwingt und vom Boot aus gerade eben zu erreichen ist. Rötliche Rostsplitter rieseln auf sie herab und fallen ins Wasser.

Der Pferdeschwanz scheucht Danny und Zamora auf.

»Los, hochklettern.«

Zamora blickt kopfschüttelnd zu der schwankenden Strickleiter auf. Er hebt die Hände. »Und wie soll das mit gefesselten Händen gehen?«

Der Pferdeschwanz berät sich eilig und leise mit den anderen. Er zückt ein rasiermesserscharfes Klappmesser.

»Keine falsche Bewegung«, sagt er zu Zamora. »Keine Dummheit.«

Die Gangster umstellen Danny und Zamora, entsichern klackernd ihre Waffen und richten sie auf die beiden.

»Keine Sorge«, sagt Zamora. »Ich bin sowieso nicht mehr zu irgendwelchen Dummheiten im Stande.«

Der Pferdeschwanz schneidet den Kabelbinder durch, mit dem man ihre Handgelenke dick umwickelt hat. Das Blut schießt wieder in Dannys Hände. Es prickelt und brennt wie verrückt. Schmerzhaft. Aber auch angenehm. Er spannt die Finger an, reibt und massiert seine Hände, damit Leben in sie zurückkehrt.

»Los. Klettern.«

Bei so vielen Bleispritzen halte ich lieber die Klappe, denkt Danny. Außerdem will ich wissen, was los ist. Wenn es tatsächlich um meine Eltern und *mich* geht – nicht nur um Laura und die Kaperung dieser Rostlaube von Frachtschiff –, dann muss ich so viel wie möglich in Erfahrung bringen. Auch wenn …

Ich sollte nicht zu viel darüber nachdenken. Muss einen kühlen Kopf bewahren, alles auf mich zukommen lassen, nichts im Vorfeld beurteilen. Dann ist alles viel klarer.

»Nach dir, Mister Danny. Ist wie die Klettertour zur Plattform des Drahtseils, wie?«

»Du schaffst das, Major.« Und er fügt im Flüsterton hinzu: »Wir sollten ihnen vorerst gehorchen.«

»Gut. Aber wenn sich eine Möglichkeit bietet, Danny, dann werde ich sie am Schopf packen, das schwöre ich. Dann werde ich so viele von ihnen fertigmachen, wie ich kann!«

Gut zehn Meter sind von dem Fischerboot bis zum Deck des Frachters zu überwinden. Die Strickleiter schwingt vor der Bordwand hin und her und Zamora ruft: »Haltet das Ding unten fest, verflucht. Was seid ihr denn für Schauermänner?«

Die ungefähr zwanzig Männer auf dem Frachter wirken noch mieser und gerissener als alle anderen Gangster, die sie bisher zu Gesicht bekommen haben. Sie sind dreckig und unrasiert und ihre Augen funkeln fanatisch. Ihre Waffen sind deutlich schwerer als die von Pferdeschwanz und Segelohr – und sie richten die Mündungen direkt auf Danny und Zamora.

Die beiden werden von der Bande wortlos über das heiße Deck getrieben. Die Schattenflecken des Tarnnetzes tanzen über ihre Gesichter. Sonst regt sich nichts.

Danny wirft einen Blick über die Reling – die kleinere der beiden Inseln ist nur fünfzig Meter entfernt. Sie ist dicht bewaldet, ihre Ufer bestehen aus zerklüfteten Felsen. Die größere Insel ist gut fünfhundert Meter entfernt. Außer Himmel und Wasser ist nichts zu sehen. Sollen sie über Bord springen und schwimmend fliehen? Vielleicht könnten sie die Insel erreichen, aber was dann?

Sie werden in aller Eile zu einem Schott geführt. In der Nähe ertönt ein stetes Ticken. Danny begreift erst mit Verzögerung, woher es kommt – einer der Männer hinter ihm trägt einen kleinen Kasten um den Hals. Wahrscheinlich ein Geigerzähler. Wegen des radioaktiven Mülls, der sich im Laderaum befindet?

Dann laufen sie durch einen Gang mit Metallfußboden. Hier ist es noch heißer. Es stinkt nach Zigaretten und Motoröl, und der beißende Geruch von Erbrochenem liegt in der Luft. Es geht eine steile Treppe hinunter, dann durch einen anderen Flur bis zu einer wasserdichten Tür. In Danny regt sich ein klaustrophobisches Gefühl.

Einer ihrer Bewacher öffnet die Tür am runden Knauf – dann

werden Danny und Zamora über die erhöhte Schwelle in einen dunklen Raum gestoßen.

»Danny! Danny!«

Eine vertraute, sowohl erleichterte als auch erschrockene Stimme. Eine Stimme, von der er schon glaubte, sie niemals wieder zu hören.

Major Zamora fischt das Feuerzeug aus der Tasche und lässt es aufflammen.

Im schwachen Lichtschein erblicken sie Laura.

Sie sieht todmüde aus, ihr Gesicht ist dreckig, ihr Kopf auf einer Seite fast kahl. Sie hilft Danny auf die Beine und drückt ihn fest an sich.

»Ich habe gebetet, dass sie euch nicht schnappen. Schwer zu sagen, ob ich mich über eure Ankunft freue. Oder erschrocken bin. Verdammt noch mal. Mein armer Junge!«

»*Madre mia*, Miss Laura. Trotzdem gut, dich zu sehen«, sagt Zamora.

»Bist du okay?«, fragt Danny.

»Weiß nicht genau«, antwortet sie. »War ja nicht gerade eine Traumreise. Außerdem wurde mir kürzlich der grauenhafteste Haarschnitt aller Zeiten verpasst.«

Hinter ihnen fällt die Tür krachend ins Schloss. Dann wird sie mit einem Klacken verriegelt.

»Ich würde gern behaupten, dass ich schon in schlimmeren Fallen gesessen habe …«, sagt Laura. Danny hat seine Tante noch nie so niedergeschlagen erlebt. Er muss ihr trotzdem ein paar Fragen stellen. Bevor es zu spät ist.

»Ich muss so einiges wissen«, beginnt er. »Du musst mir alles über die Bombe in der Schule erzählen. Und alles, was du mir bislang über Papa verschwiegen hast.«

»Na schön.« Sie setzt sich hin. »Gut. Aber erzählt zuerst, was in der Zwischenzeit passiert ist. Habt ihr Ricard gefunden? Weiß er, wo wir sind? Denn wenn er es weiß, haben wir noch eine Chance.«

DREI

* * * * * * * * * * * * * *

Wie man Menschen beurteilt – wieder einmal nicht nach dem Äußeren

Danny erzählt so kurz und knapp wie möglich, was sie erlebt haben. Es wäre sinnlos, Kraft zu vergeuden.

»… dann sind wir den Triaden auf Cheung Chau entkommen und haben die Schuppen an dem Pier entdeckt«, beschließt er seinen Bericht und reibt sich den Kopf. »Dort hing eine Karte an der Wand. Wir wollten uns auf die Suche nach Sing Sing machen und danach zu Ricard zurückkehren – aber dann haben sie uns doch noch geschnappt.«

Sie sitzen im Dunkeln auf dem nackten Boden des Frachtraums und versuchen sich so wenig wie möglich zu bewegen und entspannt zu atmen, aber die feuchte Hitze ist fast unerträglich drückend, und sie schwitzen wie verrückt.

»Du lieber Gott. Der arme Charlie«, sagt Laura. »Er war ein anständiger Kerl. Aber was ist mit Sing Sing? Glaubt ihr, dass sie entkommen konnte?«

»Wir wissen es nicht.«

Schweigen.

Laura ringt sich ein Lachen ab, um die Stimmung etwas aufzuhellen.

»Trotzdem gut gemacht, Jungs! Ich hätte alles gegeben, um dich auf der Leiter zu sehen, Major. Und das Feuerwerk! Mitzuerleben, wie du den Ganster von den Triaden hypnotisiert hast, Danny.«

»Aber wir haben versagt«, erwidert er.

»Noch ist nicht aller Tage Abend. Ich bin überzeugt, dass wir noch nicht am Ende sind. Vielleicht hat Sing Sing mit Ricard Kontakt aufgenommen.«

»Ricard ist also tatsächlich ein *amigo*?«, fragt Zamora.

»Oh ja. Einer der allerbesten. Ich bin ihm zwar nie zuvor begegnet, aber er wurde mir heiß empfohlen.«

»Von wem?«, fragt Danny, obwohl er die Antwort schon im Voraus ahnt.

»Von deinem Vater, Danny. Die beiden kennen sich schon seit einer Ewigkeit. Ricard ist absolut vertrauenswürdig.«

Dann war mein Instinkt also richtig, denkt Danny. Ich habe ihn richtig eingeschätzt. Und die Tatsache, dass Ricard mit seinem Vater befreundet war, hebt ruckartig seine Stimmung.

»Was ist mit Sing Sing?«, fragt er. »Und mit Chow? Welche Rolle spielen die beiden?«

»Sing Sing geht Ricard hin und wieder zur Hand. Sozusagen als Informantin – inoffiziell. Sie behielt die hässlichen Fische im Auge, die Chow umkreist haben. Seit seiner Abkehr von der Unterwelt stand er auf Seiten der Guten. Hatte aber sehr unangenehme Bekannte, die Sing Sing nicht beachtet haben. Soweit ich weiß, war sie von Kindesbeinen an in der Verbrecherwelt zu Hause.«

»Und Lo?«

»Vollkommen korrupt. Heutzutage sind die meisten Polizisten in Hongkong sauber, aber er steckt bis zum Hals in Schmiergeldaffären und Heimlichtuereien.«

Danny rutscht näher an Laura heran.

»Und du, Tante Laura? Was ist passiert?«

»Ich habe den Fehler begangen, das Ausmaß ihrer Machenschaften zu unterschätzen. Sie haben mich in das Auto gestoßen und mit Chloroform betäubt. In der Sporthalle bin ich wieder zu mir gekommen und konnte dir gerade noch eine Nachricht hinterlassen. Dann haben sie mir eine Kapuze übergestülpt, mich durch den Hinterausgang hinausgebracht und in den Kofferraum neben einen Reservereifen gezwängt – die Fahrt durch die Stadt war die Hölle. Danach ging es in einem Schnellboot nach Cheung Chau und von dort hierher. Und während all der Zeit konnte ich nur einem von ihnen einen Schlag verpassen.«

»Aber was ist mit Papa? Und Ricard? Hat all dies damit zu tun, dass …«

Die Deckenlampe geht flackernd an, und als sie aufblicken – heftig blinzelnd –, sehen sie, wie die Tür aufgeht. Im Licht zeichnet sich die Silhouette eines kleinen Mannes ab.

»Wie schön, dass ihr alle da seid.«

Der Mann tritt in das gelbliche Neonlicht.

Kwan.

Er verengt die Augen hinter den dicken Brillengläsern und lächelt wie über einen Insider-Witz. Er nimmt die Brille langsam ab, dann wirft er sie weg.

»Ah, das habe ich ganz vergessen«, sagt Laura. »Drei Mal dürft ihr raten, wer hier das Kommando führt.«

Danny starrt Mister Kwan ungläubig an. Zamora ebenso.

»*¡Carajo!* Willst du mir etwa sagen …«

»Ja, Major Zamora. Ich bin hier der Leitwolf. Mister Kwan, der nette Taxifahrer. Wir Chinesen haben ein Sprichwort: Jemanden nach seinem Äußeren zu beurteilen gleicht dem Versuch, das Meer mit einem Eimer auszuschöpfen. Ein vollkommen sinnloses Unterfangen.«

»Aber ich habe dich willkürlich ausgewählt! Du warst der dritte in der Reihe der Taxis.«

»Das hatte ich erwartet. Ich musste mich ein wenig in der Schlange vordrängeln, um rechtzeitig am richtigen Ort zu sein. Manchmal fällt es leicht, vorherzusehen, was jemand plant. Du weißt das sicher, Danny. Ist eine Art Zauberkraft.«

»Wer bist du?«, fragt Danny und baut sich vor Kwan auf.

Zwei Wachen treten einen Schritt vor und halten ihm ihre Pistolen vor die Nase.

»Schwarzer Drache Nummer eins. Dies ist meine Operation.«

»Und was willst du von uns? Verlangst du Lösegeld?«

»Keineswegs. Dieses Schiff – mit seiner radioaktiven Fracht – ist mein Unterpfand. Wir verkaufen es an eine Organisation, die es im Mittelmeer einsetzen will. Der Sand soll auf Strände gekippt werden. Der Wind wird ihn dann verstreuen. Die Radioaktivität ist immer noch hoch genug, um viel Unheil anzurichten.« Er tut einen Schritt auf Danny zu. Steht ihm von Angesicht zu Angesicht gegenüber.

»Das wäre Massenmord.«

»Das ist nicht mehr unsere Sache. Ich bin der Mittelsmann. Ich führe nur Befehle aus, Danny. Und die kommen von ganz oben. Man will, dass du von der Bildfläche verschwindest. Du könntest offenbar *große* Probleme verursachen. Man will dich tot sehen. Scheint eine persönliche Angelegenheit zu sein.«

»Nein.« Laura springt auf, ihr Gesicht läuft rot an. »Das lasse ich nicht zu, verdammt.«

»Du hast hier gar nichts zu melden«, erwidert Kwan gelassen. »Wir haben alle Karten in der Hand.«

Er macht auf dem Absatz kehrt und geht. Die Wachen weichen zurück und verriegeln die Tür.

VIER

* * * * * * * * * * * * * * *

Wie man der Niederlage ins Gesicht sieht

Dieses Mal bleibt das Licht an. Sie kauern sich mitten im Raum aneinander. Es gibt kein Fenster, sondern nur ein hoch oben in die Wand eingesetztes, vergittertes Belüftungsloch. Danny zieht seine Knie vor die Brust und schaut von Laura zu Zamora und wieder zurück. Beide weichen seinem Blick aus und starren den fleckigen Boden an.

»Aber … was meint er mit ›von ganz oben‹? Was soll ich nach ihrer Meinung denn wissen?«, fragt er und kann die Ungeduld in seiner Stimme nicht mehr unterdrücken. Er muss es endlich erfahren. Er hat das Gefühl, dass man ihm zu viel vorenthält. Seine Eltern, Zamora und wohl auch seine Tante – alle haben ihm etwas verschwiegen! Und das ist falsch. Ist er denn nicht an jenem Tag erwachsen geworden, an dem der Wohnanhänger brannte? Die Wut, die in ihm auflodert, ist stärker als seine Angst. Jedenfalls vorübergehend. Nach der Flucht über die Leiter hat er diese Wut schon einmal verspürt. Er hat sie lange unterdrückt, aber nun kann er seine Gefühle nicht mehr bändigen.

»Raus mit der Sprache!«, ruft er. »Erzählt mir endlich, was los ist! Sofort!«

Laura verlagert unruhig ihr Gewicht. »Ich glaube allmählich, dass die Legende von den Neunundvierzig gar keine Legende ist, Danny. Ich weiß allerdings nicht viel. Wirklich nicht. Ich habe immer geglaubt, die Neunundvierzig wären ein Schreckgespenst, das andere einschüchtern soll. Um Leute davon abzuhalten, Nachforschungen über größere Verbrecherorganisationen anzustellen. Aber in Anbetracht der Diagramme und der Explosion in deiner Schule …«

»Und was hat Papa damit zu tun? Warum bin *ich* in diese Sache verwickelt?«

»Dein Vater hat gelegentlich für Inspektor Ricard gearbeitet, Danny. Sie – also Interpol – haben Harry um Unterstützung gebeten, wenn sie besondere Fähigkeiten wie Hypnose oder ›Gedankenlesen‹ brauchten. Wenn es um Dinge wie heikle Abhörmaßnahmen oder Beschattungen ging.«

Obwohl Danny bei diesen Worten der Mund offen steht, ist er aus irgendeinem Grund nicht überrascht. Denn bei genauerem Nachdenken hatte sein Papa – jenseits der Kartentricks, des warmen Lächelns, des Mysteriums und auch jenseits seiner Rollen als Ehemann und Vater – noch andere Seiten. Er war ein Mensch, der über den Tellerrand schaute.

Zamora schüttelt den Kopf. »Heiliger Bimbam! Ich habe immer geahnt, dass da was im Busch war.«

Laura legt Danny eine Hand auf die Schulter. »Er war zur Verschwiegenheit verpflichtet. Nicht einmal Lily war über alles informiert. Dein Vater hat seine Schweigepflicht sehr ernst genommen. Ich weiß auch nur bruchstückhaft Bescheid.«

»Und woher?«

»Harry hat mir einen Brief geschickt. Kurz vor seinem Tod. Er bat mich darin, dich unter meine Fittiche zu nehmen, falls … ihm etwas passieren sollte. Außerdem schrieb er, dass du dich ›um alles kümmern‹ kannst, Danny. Dass du die Fähigkeiten und den Mut hast, das Richtige zu tun. Dass alles, was du brauchst, in deiner Reichweite liegt. Er nannte es ›den Schlüssel‹.«

»Warum hast du mir das nicht früher erzählt?«

»Ich wollte warten, bis du etwas älter bist … und ich habe versucht, die Lücken zu schließen. Ich wollte herausfinden, wer seine Gegner waren.«

Zamora nickt.

»Klingt einleuchtend. Ich habe immer geahnt, dass er nicht nur Gastauftritte in einem anderen Zirkus hatte, wenn er auf Reisen war. Sonst hätte er mich nämlich mitgenommen. Ich habe ihn sogar einmal einer Affäre verdächtigt. Hoffentlich kann er mir das verzeihen!«

»Aber warum wollten sie Papa töten?«

»Schwer zu sagen. Vielleicht ist er einer sehr mächtigen Person auf die Füße getreten. Vielleicht hat er etwas entdeckt, das die Neunundvierzig hätte auffliegen lassen können. Ich weiß es nicht.«

Danny betastet die um seinen Hals hängenden Dietriche. Er hat sie fast vergessen. Nun umklammert er sie, denn sie sind eine greifbare Verbindung zu seiner Vergangenheit. Ob sie »der Schlüssel« sind? Nein, das wäre zu einfach und würde nicht zu seinem Vater passen, der die Dinge gern in Rätseln verpackte.

Aber was soll es dann sein? Vielleicht ist das, was er finden sollte, im Wohnanhänger zu Schlacke verbrannt. Sein Vater bewahrte manches in der Stahlkiste unter der Bank auf.

Sie enthielt Geld. Pässe. Geburtsurkunden. Nichts Ungewöhnliches …

Da fällt es ihm wie Schuppen von den Augen: Es muss das *Buch der Fluchten* sein – gar kein Zweifel! Wie lautete noch das erste, in Blockbuchstaben gedruckte Zitat darin? DAS LEBEN IST EIN EWIGES RÄTSEL, ABER DU HÄLTST DEN SCHLÜSSEL STETS IN HÄNDEN. Die Frage ist nur, woher sein Vater wusste, dass er es in jener Nacht mitnehmen würde. Wie konnte er ahnen, dass Danny das Buch in Sicherheit bringen würde?

Er beißt fest auf seine Unterlippe. Denkt an das Notizbuch, das zu Hause im Geheimfach seines Schreibtisches liegt. Ich behalte die Sache für mich, beschließt er. Jedenfalls vorerst. Wie schön, auch mal ein Geheimnis zu haben … Wenn wir das hier überleben, werde ich als Erstes einen genauen Blick auf Papas Notizen und Tabellen werfen. Noch einmal versuchen seinen Code zu knacken – falls wir mit heiler Haut davonkommen.

Seine Wut verraucht und verwandelt sich in Konzentration. Als Laura ihn besorgt anschaut, stellt sie verblüfft fest, dass ein Feuer in seinen verschiedenfarbigen Augen lodert – ein Feuer, wie sie es bei ihren seltenen Besuchen im Mysterium in Harrys Augen sah, bevor der einen neuen, möglicherweise gefährlichen Trick ausprobierte. Harry nannte es den »Tausend-Meter-Blick« – ein Blick, der die Entschlossenheit zum Ausdruck brachte, allen Gefahren zu trotzen.

Und den festen Glauben daran, dass nichts unmöglich war.

FÜNF

* * * * * * * * * * * * * * *

Wie man sich auf das Schlimmste gefasst macht

Eine weitere Stunde schleppt sich dahin. Die Hitze im Frachtraum ist nach wie vor erstickend. Viel Sauerstoff scheint nicht mehr übrig zu sein.

»Immerhin geht die Sonne bald unter«, sagt Laura. »Dann kühlt es etwas ab …« Ihr versagt die Stimme, denn ihre Worte klingen leer. Danny hat etwas Besseres verdient.

»Hast du viel von dem Schiff sehen können?«, fragt er. Nachzudenken – wenigstens so zu tun, als würde er Pläne schmieden – ist besser, als einfach nur abzuwarten. Ich bin sonderbar ruhig, denkt er. Als wäre alles auf diesen Moment hinausgelaufen. Seit Tagen und Wochen. Mein ganzes Leben lang. Ich werde mich der Sache stellen. Und wenn es mein Ende bedeutet …?

Dann wäre es besser, gelassen Abschied zu nehmen. Mit klarem Kopf. Was Mama und Papa wohl gedacht, gefühlt haben … Wussten sie, dass es zu Ende ging? Das werde ich wohl nie erfahren. Danny holt scharf Luft.

»Und? Hast du viel vom Frachter gesehen, Tante Laura?«, wiederholt er.

»Nein, kaum etwas. Wir sind bei Dunkelheit angekommen. Es

gibt die Frachttanks und weiter vorn Servicedecks. Viele Bereiche sind durch Strahlungswarnungen gesperrt. Die Besatzungsquartiere, Motorenräume, Frachträume wie dieser und auch die Brücke – all das befindet sich hier am Bug. Ein paar Besatzungsmitglieder sind noch an Bord, glaube ich. Als Gefangene.«

»Und wie viele Männer des Drachen?«

»Um die zwanzig. Bis an die Zähne bewaffnet. Sieht aus, als wollten sie in den Krieg ziehen.«

»Unsere Chance wird kommen«, sagt Zamora und lässt nacheinander die Knöchel knacken, um wieder klar denken zu können. »Und dann versuchen wir unser Glück.« Doch er klingt nicht wirklich überzeugt.

Da springt unter ihnen plötzlich der Schiffsmotor an. Der Frachter rüttelt und vibriert, als würde er zerbrechen. Als würde sich im Schiffsrumpf jede Niete lösen. Sie nehmen Fahrt auf.

Was hat das zu bedeuten? Danny horcht angestrengt auf Geräusche, die ihm verraten, was Kwan und der Drache vorhaben. Die Motoren dröhnen knapp zehn Minuten, dann verstummen sie, und in der Stille erklingt das ferne Rattern der Ankerkette, die wieder auf den Meeresgrund gleitet.

»Haben wir uns von der Insel entfernt?«, fragt Laura. »Aus welchem Grund?«

Dann ertönt das wespenartige Brummen eines kleineren Motors, vielleicht einer Barkasse. Das Klatschen, mit dem das Boot durch die Wellen pflügt, ist deutlich zu hören. Es kommt näher. Immer näher. Es scheint längsseits zu gehen. Der Motor tuckert nur noch …

Im Frachtraum herrscht Schweigen. Keiner möchte seiner Hoffnung Ausdruck verleihen, dass es die Polizei ist, dass Rettung naht …

Aber nichts tut sich, und je mehr Minuten verstreichen, desto mehr sinkt ihre Hoffnung.

Schließlich geht die Tür wieder auf. Pferdeschwanz und Segelohr erscheinen, begleitet von einigen bewaffneten Männern. Sie zerren Danny hinaus und befehlen Laura und Zamora, ihm zu folgen.

»Was soll das?«, fragt Laura energisch. »Er ist noch ein kleiner Junge. Was habt ihr mit ihm vor? Wollt ihr noch schlechter dastehen, wenn die Polizei kommt? Denn sie wird kommen. Glaubt mir!«

Die Männer schweigen.

Sie wirken ernst – fast beschämt –, und die Feindseligkeit, die sie während des Kampfes auf dem Victoria Peak an den Tag gelegt haben, ist einer gewissen Scheu gewichen. Der Pferdeschwanz hat die Augen halb geschlossen, als er Danny einen Stoß in den Rücken versetzt. Und das Grinsen auf Segelohrs flachem Gesicht ist verflogen.

»Du solltest dieses grottenhässliche Hemd loswerden«, sagt Zamora, um Segelohr zu provozieren. »Glaubst du wirklich, dass es dich besser aussehen lässt? Ja, du bist gemeint – ich rede mit dir, du Hackfresse.«

Aber der kräftige Mann schüttelt nur den Kopf.

Danny schlägt das Herz bis zum Hals. Er hat Angst, das ist nicht zu leugnen. Was auch immer kommen mag, es steht kurz bevor und bringt sogar diese abgebrühten Gangster zum Schweigen. Was zum Teufel kann das sein? Er muss diese Gelegenheit nutzen, um sich einen der Männer gefügig zu machen.

Er betrachtet den Nacken des Pferdeschwanzes.

»Tony. Tony? Bitte entspann dich und hör mir zu.«

Der Mann winkt ab. »Nicht reden.« Er wirft einen Blick über die Schulter und fügt hinzu: »Spar deine Kräfte auf.«

Sie trotten durch das Gewirr schwülwarmer Gänge, dann die Treppe zum Deck hinauf. Nach all den Stunden im Frachtraum ist die frische Luft eine Erleichterung.

Über dem Meer dämmert der Abend, die Sonne bricht hin und wieder durch die aufziehende Wolkenwand.

»Sieht nach einem Unwetter aus«, sagt Zamora, mustert aber die Männer und Waffen. Er wartet auf den richtigen Moment, lauert auf die Gelegenheit, sie zu überwältigen. Danny schaut zum fernen Horizont. Er versucht tiefer und regelmäßiger zu atmen, um zu verhindern, dass ihn Gefühle und Anspannung überwältigen.

»Los, weiter«, brummt Segelohr.

Man führt sie an der Reling des Hauptdecks entlang, während der Frachter immer stärker auf den Wellen schwankt. Dann geht es drei Fluchten einer Metalltreppe hinauf, die zu einem großen Hubschrauberlandeplatz hinter der Brücke führt. Sie werden schon von Kwan erwartet, der ungeduldig mit dem Fuß wippt.

Die Männer führen Danny auf das große gelbe H mitten auf dem Landeplatz. Kwan räuspert sich. »Treten Sie näher!«, ruft er. »Treten Sie näher, sehr geehrte Damen und Herren, und erleben Sie eine der großartigsten Shows auf Erden!«

Danny sieht sich um. Die Sonne wirft letzte Lichtflecken durch das Tarnnetz. Die Männer des Schwarzen Drachen haben im Zwielicht Aufstellung genommen und schauen gespannt zu. Alles wirkt wie die bösartige Parodie einer Zirkusvorstellung, und er steht eindeutig im Mittelpunkt der Aufmerksamkeit.

Er konzentriert sich wieder auf seinen Atem, der jetzt tief und regelmäßig geht. Das wiederum beruhigt seinen Puls, der fast wieder normal schlägt. Kein Vergleich mit dem Herzrasen, das er bekommt, wenn Jamie es wieder auf ihn abgesehen hat. Schon komisch – die Schule scheint Lichtjahre entfernt zu sein, die Welt des Mysteriums dagegen ganz nahe.

»Ich bitte um Aufmerksamkeit, Mister Woo«, ruft Kwan mit gereiztem Unterton. »Nicht, dass du glaubst, dies wäre *meine* Idee. Ich finde sie … ein wenig übertrieben. Wir könnten dich einfach umlegen wie Chow, diesen Wendehals, und dich an die Fische verfüttern … Aber mir wurde etwas Passenderes vorgeschlagen.«

Hinter Kwan steht eine große Frachtkiste am Rand des Decks. Er schnippt mit den Fingern wie ein Showmaster alten Schlags. Daraufhin treten zwei Wachen vor, öffnen die Kiste und enthüllen einen hohen Kühlschrank.

»Wie ich höre, bist du mit einer Version dieser Nummer vertraut. Angesichts der knapp bemessenen Zeit können wir mit nichts Besserem dienen. Wir haben mehrere Löcher in den Kühlschrank gebohrt, so dass er rasch sinken wird. Nur ein paar Minuten, dann ist alles vorbei.«

»Nein!«, schreit Laura und tritt vor. »Das ist grausam! Das könnt ihr nicht tun!«

Sie wird von drei Triaden-Mitgliedern geschnappt, die ihre Arme fest an die Seiten drücken, ihren Kopf packen und sie mit Klebeband knebeln.

»… ihr … mmpff … schei-mpfff … Mist-mpfff …«

Zamora nutzt diese Ablenkung, um dem Gangster, der ihm am nächsten steht, den Ellbogen in den Unterleib zu rammen. Der Mann jault auf und knickt ein. Zamora wirbelt herum und gibt einem zweiten Gangster einen wuchtigen Kinnhaken.

Doch ein dritter verpasst ihm einen Schlag in den Nacken, und ein vierter drückt ihm die Pistole gegen den Kopf. Zamora lässt nicht ab, und es braucht zwei weitere Männer, um ihn auf dem heißen Metallboden des Decks festzunageln. Kwan schaut teilnahmslos zu. Als wieder Ruhe eingekehrt ist, winkt er einem Mann, der vor der Tür in der Nähe Wache hält.

»Die Freiwillige aus dem Publikum, wenn ich bitten darf.«

Das Schott wird geöffnet – und man führt Sing Sing auf den Hubschrauberlandeplatz.

Sie erblickt Danny, dann Laura und Zamora und erfasst die Situation im Handumdrehen. Sie rollt mit den Augen. Verängstigt und genervt zugleich.

»Eine gute Freundin, wenn ich mich nicht irre?«

Danny will etwas sagen, findet aber nicht die passenden Worte. Er ist froh darüber, dass Sing Sing noch lebt, aber auch entsetzt, weil sie ebenfalls eine Gefangene ist, und wiederum froh darüber, dass sie nun an seiner Seite steht. Eine echte Freundin. Sing Sing ist nicht wie seine blöden Mitschüler. Sie ist lebendig. So lebendig wie die Leute im Mysterium. Nur dass es jetzt zu spät ist!

»Alles wird gut, Danny«, ruft Sing Sing. »Ich bin froh, dich zu kennen.«

Danny lächelt und ringt seine Gefühle nieder.

»Wie rührend«, sagt Kwan und lässt eine Hand durch die Luft sausen, als wollte er den Gesprächsfaden durchtrennen. »Bringen wir die Sache über die Bühne, damit ich Vollzug melden kann.«

Dannys Atem geht wieder schneller. Zusammenreißen, denkt er. Muss ganz gegenwärtig sein. Meine Aufmerksamkeit auf den unmittelbaren Moment richten.

Denn was auf ihn zukommt, ist klar wie Kloßbrühe: eine Wiederholung der Entfesselungsnummer unter Wasser. Man stellt ihn auf eine Probe, die nicht einmal sein Vater meistern konnte.

»Erstens Handschellen«, sagt Kwan. »Zweitens Ketten für Arme und Beine. Vorhängeschlösser. Dann kleben wir das ganze Ding zu … und *baai-baai.*«

»Nein!«, faucht Sing Sing. Sie reißt sich los, rennt über das Deck zu Danny und schlingt ihre Arme um ihn.

»Ein chinesisches Sprichwort«, sagt sie mit unterdrücktem Schluchzen. »›Lehrer öffnen die Tür. Hindurchgehen musst du selbst.‹ Du kannst es schaffen.«

Sie wird grob zurückgerissen, bemüht sich aber nach Kräften, gegen alle erreichbaren Schienbeine zu treten. Sie funkelt jeden drohend an, der es wagt, ihr in die Augen zu schauen.

»Freiwillige aus meiner Truppe erledigen den Rest«, sagt Kwan. »Bringen wir die Sache zu Ende.«

Die Handschellen werden angelegt. Muss zuerst meinen Atem beruhigen, denkt Danny. Eins, zwei, drei, vier …

Segelohr hält seine Arme fest, während Tony, der Dannys forschendem Blick ausweicht, die Ketten anlegt. Kwan steht daneben und schaut aufmerksam zu.

Danny spannt die Muskeln so fest wie möglich an, und als die Handschellen klickend geschlossen werden, weiß er, dass er zumindest auf einer Seite etwas Spielraum hat. Aber reicht das?

Er tut so, als wären sie fest zu. Die Illusion aufrechterhalten, hätte sein Vater gesagt. Lass es aussehen, als wärst du so fest verschnürt wie das sprichwörtliche Paket.

Tony wickelt jetzt eine lange Kette um seinen Körper, und Danny spreizt unmerklich die Beine, spannt Unterschenkel und Achillessehnen so an, dass man es nur bei genauem Hinschauen bemerken würde. Jetzt tief Luft holen und den Brustkorb möglichst weit dehnen. Wäre wohl auch gut, ein bisschen zu jammern. Das erwarten sie sicher.

»Bitte … ich weiß nichts. Lasst mich einfach laufen. Bitte.« Noch ein bisschen winden.

Der Pferdeschwanz wirkt zerknirscht. Er wischt sich über das zerfurchte Gesicht und schneidet eine Grimasse. Dann dreht er sich zu Kwan um und sagt etwas auf Kantonesisch, aber Kwan schüttelt nur den Kopf. Einige andere Triaden-Mitglieder treten unruhig auf der Stelle, manche wenden sich ab.

Danny zwingt sich, den Blick auf das Meer zu richten, um Tony von seinen Händen abzulenken.

Am Horizont ballen sich Wolken zusammen, bedrohlich und finster, und er starrt sie an, konzentriert sich noch stärker und atmet noch stetiger. Trotzdem hat er das Gefühl, gleich die Kontrolle verlieren und innerlich zerbröseln zu können, und dann …? Das passiert jedes Mal, sagte sein Vater oft. Einfach tief Luft holen, dann verfliegt der Gedanke. *Gedanken sind substanzlos, Danny. Sie kommen und gehen, das ist alles.*

Also volle Konzentration. Die Kette wird mehrmals um seinen Körper gewunden, und bei jedem Mal rastet ein Vorhängeschloss ein. Insgesamt drei. Danny betrachtet sie genau. Zwei haben einen versenkten Zylinder und sind recht leicht zu knacken. Das dritte ist problematischer, denn es hat einen modularen Zylinderkopf. Das wird schwierig. Sehr schwierig. Wie viel Zeit werde ich haben? Höchstens ein oder zwei Minuten …

Die Wachen öffnen die Kühlschranktür. Man hat die Ablagen entfernt, damit Danny hineinpasst. Er wehrt sich zum Schein, während man ihn hineinstößt, weiß aber sehr wohl, dass er jetzt noch nichts tun kann. Er muss all seine Kräfte für die kommenden Minuten aufsparen. Er muss diese Nummer erfolgreich durchziehen. Segelohr überprüft in letzter Minute noch einmal Handschellen, Schlösser und Ketten. Tony beugt sich nach vorn, schaut Danny in die Augen und schiebt ihn gegen die Rückwand des Kühlschranks. Während er dies tut, lässt er etwas in Dannys Hosentasche gleiten. Etwas Schweres und Schmales. Er nickt Danny unmerklich zu.

»Viel Glück, Junge.«

Die Tür wird mit einem dumpfen Geräusch zugeknallt. Danny kann die Löcher im Boden und in den Seiten sehen. Winzige Lichtstrahlen fallen hindurch. Er kann sich kaum aufrecht halten und spürt das schwere Gewicht der Ketten. Und auch das Gewicht dessen, was Tony heimlich in seine Tasche gesteckt hat. Sehr merkwürdig.

Seine Gedanken werden durch das Surren des Klebebandes unterbrochen, mit dem man den Kühlschrank von außen umwickelt.

Er wird versiegelt, denkt Danny. Ein Schloss nach dem anderen, wiederholt er im Stillen. Ein Schloss nach dem anderen. Er schließt die Augen.

Zamora sitzt da, schlaff gegen eine Wand gelehnt und von zwei Maschinenpistolen in Schach gehalten. Tränen laufen über seine Wangen. Er will etwas sagen, aber die Worte bleiben ihm im Hals stecken.

Laura beißt ins Klebeband, mit dem man sie geknebelt hat, und schaut entsetzt und keuchend zu, wie eine weitere Kette unter dem Kühlschrank durchgezogen und oben zu einer Schlinge zusammengelegt wird.

Über dem Deck wird das Tarnnetz weggezogen.

Ein Kran erwacht spotzend zum Leben und hustet schwarzen Qualm in den Abendhimmel. Sein Arm schwingt über den gelben Kreis des Hubschrauberlandeplatzes. Die Schlinge wird eingehakt, und dann wird der Kühlschrank – das improvisierte Behältnis für die Entfesselung im Meer – ohne weitere Umschweife hoch über das Schiff gehoben und ruckelnd über das Wasser geschwenkt. Er tanzt an der Kette hin und her.

»Tu es für mich Danny!«, ruft Sing Sing.

»Ruhe!«, brüllt Kwan. »Es gibt kein Entkommen.«

Der Kühlschrank, ganz mit schwarzem Klebeband umwickelt, baumelt kurz im Abendlicht. Dann senkt Kwan die Hand, und der Kühlschrank wird ausgehakt.

Er klatscht dumpf ins Meer. Eine Wasserfontäne spritzt auf und schlägt über dem Kühlschrank zusammen.

Aus dem Inneren ertönt kein Laut.

Laura kneift die Augen zu. Vielleicht hat er schon durch den Sturz das Bewusstsein verloren, denkt sie. Das wäre wohl am besten. Ich kann nur hoffen, dass er nichts mehr mitbekommt …

Der Kühlschrank dümpelt ungefähr eine halbe Minute auf dem Wasser, dann sinkt er rasch, wird vom Frachter abgetrieben, umtost von immer höheren Wellen.

Bis zur Hälfte versunken. Zu drei Vierteln …

Im nächsten Moment ist er ganz verschwunden, hinterlässt nur ein paar Luftblasen auf der Wasseroberfläche. Und der Abend zieht unter dem tief hängenden Himmel herauf.

Laura schluchzt hinter ihrem Knebel. Und in Zamoras Augen steht eine Wut, wie Sing Sing sie noch nie gesehen hat.

»Um euch kümmere ich mich gleich«, sagt Kwan und stapft zur Brücke zurück.

SECHS

* * * * * * * * * * * * * * *

Wie man sich unter Wasser befreit

Sobald Danny die Gewissheit hat, dass die Tür endgültig zugesperrt wurde, macht er sich an die Arbeit.

Die Kette ist noch nicht in den Kran gehakt, da drückt er schon die Handgelenke gegen die Schellen, macht seine Hände ganz schmal und schiebt die Daumen zu den kleinen Fingern, was höllisch wehtut. Er muss aufpassen, dass er nicht gegen die Handschellen stößt, während er sich einen Spielraum erarbeitet, denn sonst kann es noch schlimmer kommen – dann rasten sie weiter ein und schnüren das Blut ab. Danach ertauben die Nerven, und die Hände sind nutzlos.

Verdammt. Die Sache ist schwieriger als gedacht. Sein Herz pocht heftiger. Ruhe bewahren. Nur die Ruhe, sonst geht es schief. Er hält inne und zieht den Atem wie bei der Qigong-Übung von den Füßen bis ganz nach oben. Blanco hat ihm diese Technik an einem taufeuchten Morgen beigebracht.

Er hört, wie der Kran anspringt, und bemüht sich, das linke Handgelenk aus der Handschelle zu ziehen. Das ist der beste Anfang. Rechtshänder haben links weniger Muskeln. Und die linke Handschelle wurde später geschlossen – sie sitzt lockerer.

Die Ketten, die seine Arme an die Seiten schnüren, fühlen sich allerdings sehr fest an.

Nein. Die anderen Probleme können warten. Entscheidend ist das Problem, mit dem man sich gerade beschäftigt. Da kommt er aus dem Gleichgewicht und rutscht gegen die Seitenwand. Spürt, wie seine Zelle hochgehoben wird und wild schwankt.

Wenn ich vor dem Sturz diese eine Hand frei bekommen würde …

Der Kühlschrank schaukelt kurz, aber heftig hin und her, dann pendelt er sich ein. Noch ein Versuch mit dem linken Handgelenk. Die Hand ist frei!

Das erste Problem ist gelöst.

Danny verdrängt die Frage, wie hoch er über dem Wasser hängt. Er hockt sich hin, beugt sich tief nach vorn und federt in den Knien, um den Aufprall abzufangen. Da frischt der Wind auf und wirft den Kühlschrank hin und her, pfeift unheimlich durch die in die Seiten gebohrten Löcher. Na los, um Gottes willen, macht schon …

Sekunden später ist es so weit. Sein Magen krampft sich zusammen.

Der Fall dauert eine gefühlte Ewigkeit, aber dann landet der Kühlschrank – eher mit einem Explosionsgeräusch als einem Klatschen – im Wasser. Der Aufprall geht Danny durch Mark und Bein, staucht seinen Rücken zusammen, presst die Luft aus den Lungen. Es hört sich an, als wäre er sofort versunken. Ringsumher schäumt das Meer. Im nächsten Moment schnellt der Kühlschrank zur Wasseroberfläche empor.

Er steht kurz aufrecht, kippt dann auf die Seite und dümpelt vor sich hin. Wasser schießt durch die Löcher. Danny spürt, wie seine Klamotten durchtränkt werden. Er schmeckt das Salz. Ob er schon sinkt?

Da ein Handgelenk frei ist, sind die Ketten etwas lockerer, und er kann den linken Arm vor den Bauch ziehen. Aber sosehr er sich auch bemüht, an die Dietriche kommt er nicht ran. Hätte sie in die Hand nehmen sollen, denkt er. So ein Mist.

Der Kühlschrank läuft innerhalb kurzer Zeit zu einem Viertel voll. Danny bearbeitet die Ketten, wie er es so oft bei seinem Vater gesehen hat. Dehnen, zusammenziehen, dehnen, zusammenziehen, winden.

Schließlich gewinnt er auch hier etwas Spielraum. Sein Rücken ist klitschnass, die Beine sind schon unter Wasser. Er sinkt, so viel steht fest.

Nicht daran denken.

Halb voll. Ist bald Zeit, ganz tief Luft zu holen.

Es wird ihm bestimmt nicht gelingen, die Dietriche über den Kopf zu heben. Also Plan B. Zuerst das T-Shirt hochschieben. Es reißt etwas ein. Nun den Dietrich zum ersten Vorhängeschloss ziehen. Brauche auch die rechte Hand. Bekomme bald keine Luft mehr. Verdammt.

Das Wasser steht ihm bis zum Hals. Er holt tief Luft, bläst sie aus und atmet wieder ein, dieses Mal so tief er kann. Jetzt hilft nur noch rohe Gewalt – mit aller Kraft, die er aufbringen kann, reißt er den rechten Arm unter der Kette nach vorn. Tut grausam weh. Aber was soll's.

Das Wasser schlägt über ihm zusammen, schäumt in seinen Ohren. Es ist stockdunkel, und der sinkende Kühlschrank dreht sich langsam um die eigene Achse.

Aber Danny hat den Dietrich in der rechten Hand. Er tastet nach der Rake, klappt sie aus und ruckelt sie in das Schloss. Ihm fehlt die Zeit, behutsam vorzugehen. Er muss die Stifte mit einem Ruck in die Öffnungsposition bringen. Weiter Druck ausüben und die Rake rasch hin und her ziehen. An nichts anderes denken.

Er spürt, wie etwas nachgibt. Ja! Das erste Schloss ist offen. Das lockert die um den Oberkörper gewundene Kette noch etwas mehr. Muss alle Schlösser knacken, denkt er, sonst tauche ich nie wieder auf, weil mich das Gewicht in die Tiefe zieht …

Da es so dunkel ist, verschlingt die Suche nach dem zweiten Schloss kostbare Sekunden, aber nachdem er es gefunden hat, lässt es sich mit einem wiederholten Ruck der Rake rasch öffnen. Er bläst langsam Luft aus. Eine Luftblase nach der anderen. Der Wasserdruck nimmt zu, und er wünscht sich schon jetzt verzweifelt, seine Lungen endlich wieder mit frischer Luft füllen zu können.

Noch ungefähr eine Minute.

Wenn es nur nicht so dunkel wäre.

Das Schloss mit dem modularen Zylinderkopf ist schwer zu erreichen. Danny krümmt und windet sich, um es mit beiden Händen fassen zu können. Geht doch …

Er bearbeitet es wieder mit der Rake. Stärker … Es geht nicht auf. Nichts bewegt sich.

Kann nicht mehr klar denken.

Brauche Luft. Lungen …

Ohren tun weh.

Ruhe. Ganz ruhig.

Halt – das letzte Schloss spielt keine Rolle. Sie haben den Bügel nicht in die Kette gehakt! Also weiter versuchen, die Kette abzustreifen. Nicht aufgeben …

Sie löst sich. Ich bin nicht mehr gefesselt.

Jetzt die Tür. Wie soll das gehen?

Noch dreißig Sekunden Zeit.

Danny tritt wie wild gegen die Tür, aber sie ist fest mit Klebeband versiegelt worden. Seine Lungen brennen. Da streift er mit einer Hand das Ding, das Tony ihm mit einem Nicken zugesteckt hat. Er wühlt in der vollgesogenen Jeans, bis er es findet. Das kalte Metall schmiegt sich in seine Handfläche. Was für ein Glück! Es ist das Taschenmesser, mit dem der Pferdeschwanz ihre Fesseln durchschnitten hat, damit sie die Strickleiter hinaufklettern konnten.

Er klappt es aus, tastet nach der Kühlschrankecke und stößt die Klinge in die Dichtung zwischen Tür und Wand.

Durchgestoßen … oder doch nicht?

Bin so müde …

Brauche Luft … Kann nicht mehr … Lungen brennen wie verrückt …

Sterne tanzen vor seinen Augen. Sauerstoffmangel? Aber die Klinge tut ihr Werk. Er zieht sie im Spalt nach unten. Dann, mit nachlassender Kraft, wieder nach oben. Schwere Arbeit. Sehr schwer …

Glaube, ich werde ohn … So kurz vor dem Ziel …

Er sieht sich selbst wie aus weiter Entfernung dabei zu, wie er mit der Tür kämpft, kopfüber jetzt und mit Haaren, die wie Seetang wehen. Bin so müde … Schädel und Schmetterlinge tanzen im schwarzen Wasser. Federleicht.

Und die Tür ist fast …

… Kann nicht mehr.

SIEBEN

* * * * * * * * * * * * * * *

Wie man nach Leibeskräften flucht

Sing Sing stellt sich mit gesenktem Kopf an die Reling. So verzweifelt wie jetzt hat sie sich mit ihren vierzehn Jahren noch nie gefühlt. Sie presst jeden kantonesischen Fluch, den sie während ihrer Kindheit im Dunstkreis der Triaden aufgeschnappt hat, zwischen den Zähnen hervor. Danach alle englischen Flüche. Unaussprechliche Taten, widerliche Dinge. Sogar Zamora hebt entsetzt den Kopf.

Die Gangster, die Sing Sing, Zamora und Laura schweigend zu den Quartieren der Besatzung führen, scheinen sich nicht ganz wohl in ihrer Haut zu fühlen.

Sing Sing schaut kurz auf. Wirft einen Blick auf das Wasser. Die Nacht braut sich über den Wellen zusammen, im Süden türmt sich eine Wolkenwand auf.

Sie bleibt ruckartig stehen. Ein Rettungsring hängt direkt vor ihr an der Reling – sie greift danach und schleudert ihn so weit wie möglich über Bord, obwohl es im Grunde nur eine Geste ist.

Ihr Bewacher schüttelt den Kopf und rammt ihr die Mündung der Maschinenpistole in den Rücken. Etwas weiter weg steht der

Pferdeschwanz und beobachtet den Rettungsring, der im Halbdunkel davontreibt.

Sie hocken niedergeschlagen im Frachtraum.

Zamora entfernt das Klebeband von Lauras Mund, aber sie hat nichts zu sagen. Schlägt nur beide Hände vors Gesicht, sitzt stumm und mit bebenden Schultern da.

»Vielleicht sollten wir die Hoffnung noch nicht aufgeben«, sagt Zamora.

»Was redest du da, Major …«, schluchzt sie.

»Ich konnte Ricard noch eine Nachricht zukommen lassen«, sagt Sing Sing. »Ich hoffe, er hat sie erhalten. Ich habe auf Cheung Chau ein Mitglied der Triaden bestochen und gebeten, Ricard anzurufen … nur leider zu spät, fürchte ich. Es tut mir leid, es tut mir so leid.« Sie stampft auf den Fußboden.

»Willkommen im Club«, sagt Zamora.

ACHT

* * * * * * * * * * * * * * *

Wie man an die Oberfläche gelangt

… Als würde er sich selbst wie in Zeitlupe zuschauen.

Als hätte er – da seine Zeit abgelaufen ist – auf einmal alle Zeit der Welt. In der schwarzblauen Tiefe erfüllt ihn eine ungeahnte Gelassenheit.

Wo ist oben? Egal. Einfach loslassen …

Ein Schwarm roter Fische zieht geisterhaft vorüber. Ganz dicht vor seinen Augen.

Der Kühlschrank versinkt, ein fahler Schemen, der bis zur Unkenntlichkeit verblasst. Dort ist also unten. Oder oben?

Die allerletzte Luft entweicht Dannys Lungen.

Noch ein erstickender Mund voll Wasser. Er schluckt …

So fühlt es sich also an, wenn man ertrinkt. Verflucht.

Und da hat er es plötzlich vor Augen – als kristallklare Erinnerung.

Irgendetwas war faul an jenem Tag, als der Unterwasser-Entfesselungsversuch seines Vaters scheiterte. Am Abend zuvor hatten sie die gesamte Ausrüstung frisch gestrichen und in der Ecke neben dem Künstlereingang liegen lassen. Der leuchtend rote Anstrich sah toll aus …

… Und am nächsten Tag war alles knochentrocken.

Doch als einer der Klowns mit seiner höhnisch grinsenden Schädelmaske herbeieilte, um seinem Vater zu helfen, war seine Hose über dem Knie mit Farbe beschmiert. Der Fleck war nicht groß. Aber von genau dem gleichen Rot.

Der Klown hatte beim Streichen nicht geholfen. Aber er schien sich nachts an der Ausrüstung zu schaffen gemacht zu haben …

Es muss Sabotage gewesen sein.

Da durchzuckt ihn eine unerwartete Kraft. Ich werde das hier überleben, denkt Danny – und die Oberfläche erreichen. Die Fährte aufnehmen. Alles aufklären.

Er hat das Gefühl, als wären seine Lungen platt gedrückt, während ihn das Meer hin und her wirft – aber dann kommt er wieder ins Gleichgewicht und treibt sich mit Beinschlägen in eine Richtung, die hoffentlich aufwärts führt.

In Richtung Leben.

Nicht nur, weil er weiterleben will, sondern weil er jetzt weiß, dass er die Chance hat, die Wahrheit herauszufinden.

Er schluckt noch einmal schwarzes Wasser. Dann reißt er das zerfetzte T-Shirt ab und überlässt es der Tiefe. Der auf den Rücken gedruckte Plan der schicksalhaften letzten Tournee – bleiche Schmetterlinge und hohläugiger Schädel – versinkt in der Tiefe.

Noch ein Schlag seiner erschöpften Beine … er treibt sich höher, immer höher.

Wo bleibt sie? Wann kommt die Oberfläche? Wie lange war er unter Wasser …? Na los. Na los!

… Da durchbricht Danny die Wellen, hustend, würgend, zitternd, halb ertrunken. Hält sich strampelnd über Wasser.

Der wuchtige Rumpf des Frachters ist mehrere Hundert Meter entfernt, dahinter zeichnet sich die Insel ab. Bis auf einen fahlen Lichtschein liegt das Schiff im Dunkeln. Vielleicht – vielleicht – im Nordosten ist in weiter Ferne ein Licht auf dem Wasser zu sehen. Könnte aber auch nur ein tief stehender Stern sein, der durch eine Lücke in den Wolken leuchtet. Dann wird er von den hohen Wellen verdeckt, die der Sturm vor sich hertreibt.

Darf nicht wieder untergehen. Bin aber so müde …

Irgendetwas stößt gegen seinen Hinterkopf, und er denkt an einen Hai oder ein Beiboot des Frachters und erstarrt. Noch ein Stoß. Er greift danach – und hat einen orange und weiß gestreiften Rettungsring unter dem Arm.

Der Seegang wird heftiger.

Weiter, denkt Danny. Ich muss weiter.

Er treibt eine Weile dahin. Hustet Wasser aus und versucht einen klaren Kopf zu bekommen.

Im nächsten Moment muss er breit grinsen – und würde am liebsten aus voller Kehle schreien: Ich habe es geschafft! Ich habe mich aus den Fesseln unter Wasser befreit! Ich. Danny Woo …

Er lässt seine Hand voller Freude auf eine Welle klatschen und schüttelt den Kopf.

Und dann, während die ersten Regentropfen fallen, schwimmt er entschlossen auf das Schiff zu.

NEUN

* * * * * * * * * * * * * * *

Wie man Anstand zeigt

Niemand sieht oder hört, wie er sich nähert.

Der Regen prasselt auf den Frachter, die Decks sind wie leer gefegt. Zwei Wachen haben Schutz unter dem Kiel eines Rettungsbootes gesucht – und bekommen deshalb nicht mit, wie Danny die Ankerkette erreicht.

Sie bemerken auch nicht, wie er sich trotz des Unwetters mühelos daran hochhangelt. Ist schließlich nicht viel anders, als im Mysterium an einem Seil hinaufzuklettern, und das konnte er schon, bevor er Laufen lernte.

Die Wachen, die mühsam ihre Zigaretten anzünden, sehen nicht, wie er über die Reling gleitet und durch den Regen in die schützenden Schatten huscht.

Der Plan der Besatzungsquartiere steht ihm klar vor Augen. Er umklammert Tonys Taschenmesser, dessen Klinge nach seinem verzweifelten Ausbruch aus dem Kühlschrank abgebrochen und schartig ist. Seine Augen funkeln, die Sinne sind geschärft.

Niemand sucht ihn. Also sieht ihn auch niemand …

Er geht unter dem Arm des Krans hindurch und duckt sich unter eine Plane, als ein Gangster mit klatschenden Sandalen über das Deck rennt, um Schutz vor dem Regen zu suchen.

Er schlüpft durch die Tür in den ersten Flur. Niemand zu sehen, doch in der Nähe ertönt Stimmengewirr. Er zieht die Tür geräuschlos zu und rutscht die Treppe hinab, beide Hände auf den Geländern.

Jetzt nach links und vorbei an der Kombüse, aus der eine Kakofonie von Stimmen zu hören ist. Wahrscheinlich isst man gerade zu Abend.

Denk immer daran, dass dich niemand sehen kann, sagte sein Vater immer, und genau das tut er. Er schiebt alle Gedanken beiseite, wird zu einem lautlos pirschenden Tier …

Noch eine Treppe, die tiefer in den Schiffsbauch führt, dann der Gang, an dessen Ende der als Gefängnis dienende Raum liegt. Kein Schloss – nur ein ringförmiger Griff an der wasserdichten Tür.

Danny packt das Metall und zerrt daran.

Es geht überraschend schwer, und er muss seine allerletzte Kraft einsetzen.

Laura hebt den Kopf und erblickt ihn zuerst. Sie wirkt vollkommen entgeistert, der Mund steht ihr offen – dann rüttelt sie Zamora an der Schulter wach. Sing Sing kommt mit einem akrobatischen Satz auf die Beine und schlägt beide Hände vor den Mund, um einen erleichterten Schrei zu unterdrücken. Regen und Wind rütteln am Schiff und übertönen die Stimmen, aber alle sind so klug, nicht allzu laut zu reden …

Der klitschnasse, halb nackte Danny schlüpft in den Raum und schließt die Tür hinter sich. Arme und Brust sind von Abschürfungen übersät, die Handschellen baumeln noch am rechten Handgelenk, und er wirkt zu Tode erschöpft. Trotzdem lächelt er – noch immer von dem Gefühl seines Triumphes erfüllt.

Der Major kommt taumelnd auf die Beine. »Ich wusste es! *Caramba*, ich wusste, dass du es schaffst.«

Laura schüttelt den Kopf und schließt Danny so fest in ihre Arme wie am Tag der Explosion.

»Zum Teufel mit Houdini«, sagt sie. »Du bist der Größte. Der Größte aller Zeiten!«

Der strahlende Zamora wischt sich eine Träne aus dem Auge. »Jetzt gehörst du zu den Stars, Danny. Wenn dein Vater dich sehen könnte!«

»Wir sind noch nicht entkommen«, sagt Danny. »Wir müssen hier raus. Alle zusammen. Und zwar lebendig.«

»Wir brauchen Verstärkung«, sagt Laura und späht in den Gang. »Und ich denke, ich weiß, wo sie zu finden ist. In der Wäscherei. Hier entlang.«

Vor ihnen erstreckt sich der Gang. Ein Hall von Stimmen, die über das Wetter reden.

»Immer langsam ...«, beginnt Laura.

»Vergiss es!«, erwidert Zamora. »Du siehst einen zornigen Zwerg vor dir.«

Er geht wutschnaubend voran und läuft, nachdem er um die Ecke gebogen ist, direkt auf einen Piraten zu. Der Mann denkt nur an das Abendessen – nicht an vor Zorn kochende, kleinwüchsige Muskelmänner –, und bevor er sich versieht, bückt sich Zamora, fällt in einen Galopp und rammt ihm mit voller Wucht den Kopf gegen die Brust. Der Atem des Gangsters entweicht den Lungen mit einem lauten Japsen, und er geht nach Luft schnappend zu Boden.

»Buenas noches«, sagt Zamora, nimmt das Hackmesser des Mannes an sich und zieht ihm den Griff über den Schädel.

»Seht ihr? Ich zeige Beherrschung! Anstand!«

Er eilt weiter durch den Gang, dicht gefolgt von den anderen.

Vor der Wäscherei sitzen drei Männer um einen Klapptisch in einer Wolke von Zigarettenqualm. Sie haben nur Augen für die Karten in ihren Händen und das Geld, das sich vor ihnen auf dem Tisch häuft. Deshalb bemerken sie Zamoras blitzartige Attacke nicht.

Er packt die ersten beiden hinten am Kragen, bevor sie aufspringen können.

»Finger weg von Mister Danny«, knurrt Zamora und schlägt ihre Köpfe gegeneinander. Ein lautes Krachen hallt im schmalen Gang, dann sacken sie bewusstlos über Geld, Karten und Bierdosen zusammen.

Der dritte Drache zielt mit seiner Pistole auf Zamoras Nacken, aber ein kurzer, scharfer Zuruf auf Kantonesisch bremst den Mann.

Es ist der Pferdeschwanz. Und er drückt seine Pistole gegen den Hinterkopf seines Kameraden vom Schwarzen Drachen, dem vor Überraschung fast die Augen aus dem Kopf quellen.

»*Maih yuka!*«, befiehlt er. »Keine Bewegung!«

»Ich glaube nicht, dass dein Kumpel blufft«, sagt Zamora. »Du solltest besser tun, was er sagt.«

Der Mann lässt die Pistole los, die klappernd auf den Boden fällt, und hebt langsam die Hände.

Der Pferdeschwanz dreht sich zu Danny um. Ein Lächeln umspielt seine Mundwinkel.

»Du bist ein sehr erstaunlicher Junge«, sagt er.

»Ich sollte dir die Seele aus dem Leib prügeln«, sagt Zamora. »Wie neulich.«

»Nein«, sagt Danny. »Ohne seine Hilfe hätte ich es nicht geschafft.«

Er gibt dem Pferdeschwanz das eingeklappte Messer zurück. »Die Klinge ist abgebrochen, als ich mich befreit habe. Tut mir leid.«

Laura legt Tony eine Hand auf die Schulter. »Das rechnen wir dir hoch an. Mach diese Tür auf und Major Zamora wird die Vergangenheit auf sich beruhen lassen.«

Ein gutes Dutzend Besatzungsmitglieder sind in dem Raum eingesperrt, Chinesen und Philippinos. Sie sehen müde und hungrig aus, ihre Wangen sind eingefallen.

Ein stämmiger Mann mit entschlossener Miene tritt vor. Sein Gesicht ist grün und blau geprügelt, ein Auge durch einen üblen Schlag zugeschwollen. Getrocknetes Blut hat sein weißes Hemd befleckt. Er betrachtet den Pferdeschwanz verächtlich, erfasst die Situation aber rasch und wendet sich an Zamora.

»Ich bin Kapitän Zhang. Wer zum Teufel seid ihr?«

»Wir räumen hier ein bisschen auf«, antwortet Zamora. »Helft ihr uns?«

»Die Brücke«, sagt der Kapitän. »Wir sollten versuchen sie unter unsere Kontrolle zu bringen. Wir verbarrikadieren uns dort und rufen über Funk Hilfe.«

Seine Männer klauben die verfügbaren Waffen zusammen: ein Hackmesser, zwei Pistolen.

Danny will den Pferdeschwanz um Unterstützung bitten, aber als er sich umdreht, ist der Mann bereits in den Schatten verschwunden. In der Ferne sind nur noch schnelle Schritte zu hören …

»Die Ratte wird Alarm schlagen«, sagt Sing Sing.

Danny horcht den verhallenden Schritten nach. »Nein, das glaube ich nicht. Er macht sich aus dem Staub …«

ZEHN

* * * * * * * * * * * * * * *

Wie man die Brücke stürmt

Kapitän Zhang führt sie durch den Schiffsbauch, vorbei an Kabinen und Frachträumen und durch lange Gänge, die noch von Motorenwärme und der Feuchtigkeit des ausklingenden Tages erfüllt sind. Niemand spricht ein Wort.

Danny, klitschnass von seinem unfreiwilligen Tauchgang und immer noch sehr kurzatmig, kann mit der Gruppe kaum Schritt halten. Sein rechter Arm, den er unter der Kette durchgezerrt hat, fühlt sich gar nicht gut an, und vor Erschöpfung trüben von Zeit zu Zeit schwarze Flecken seinen Blick.

Das wird schon wieder, denkt er. Und dann erfüllt ihn eine Gewissheit: Was auch immer passiert, alles wird gut – für mich und auch für alle anderen.

Schließlich stehen sie am Fuß einer steilen Treppe.

»Die Brücke ist gleich dort oben«, flüstert Kapitän Zhang. »Unsere Taktik?«

»Keine Taktik«, antwortet Zamora. »Attacke!«

Mit diesen Worten sprintet er die Stufen hinauf, dicht gefolgt von Zhang und seinen Männern. Laura und Sing Sing geben sich Mühe, sein Tempo zu halten.

Danny hat auf einmal das Gefühl, als würden ihm die Beine den Dienst versagen. Müdigkeit, Schock und Kälte drohen ihn zu überwältigen. Er sackt auf die unterste Stufe und versucht das Zittern zu unterdrücken, das seine Beine von den Füßen aufwärts erfasst.

Oben ertönt ein Krachen. Dann das ohrenbetäubend laute Rattern einer Waffe. Alle brüllen durcheinander, und Danny hört das dumpfe Klatschen und Knallen von Faustschlägen. Die Luft stinkt nach Schießpulver.

Zamora übertönt alle anderen: »Dies ist für Mister Danny! Und das hier auch!«

Jemand fliegt die Treppe hinunter. Danny besitzt noch die Geistesgegenwart, dem Mann auszuweichen, der bewusstlos vor seinen Füßen zusammensackt.

Wieder das stockende Rattern einer Salve. Einzelne Schüsse. Zerspringendes Glas.

Außerhalb des Schiffes ist ein dumpfes Klatschen zu hören – im nächsten Moment heult die Sirene, und Danny hört rasch näher kommende Schritte.

Er sammelt seine letzte Kraft, versucht seine Beine in Gang zu setzen und schleppt sich schwerfällig die Treppe hinauf in die Schlacht …

Der Kampf ist hart und rasant. Kwan und die Männer des Schwarzen Drachen sind überrascht. Zamora greift sie mit fliegenden Fäusten an. Auf seinen Muskeln tanzen die Tätowierungen, während er in rascher Folge zwei Triaden-Gangster niederstreckt. Ein dritter Gegner saust durch ein Fenster der Brücke ins Meer.

Auch Zhangs Männer lechzen nach Rache. Sie schalten innerhalb kurzer Zeit zwei Triaden-Mitglieder aus und werfen andere von der Brücke. Mitten in diesem Chaos aus Schlägen und Schüssen geht Laura auf Kwan los. Er zieht eine Pistole aus dem Gürtel, aber eine Sekunde später ist Sing Sing zur Stelle, tritt ihm die Waffe aus der Hand und drückt ihn gemeinsam mit Laura fest gegen die Schalttafel. Sing Sing schiebt ihr Gesicht dicht an das von Kwan heran.

»Du bist wirklich der lausigste Taxifahrer, dem ich jemals begegnet bin«, zischt sie. »Ich werde mir etwas sehr Unerfreuliches für dich ausdenken. Etwas richtig Unerfreuliches. Und wenn ich mit dir fertig bin, wird sich Charlie deiner annehmen.«

»Charlie ist tot«, flüstert Kwan. »Ich habe mit eigenen Augen gesehen …«

Da torkelt Danny auf die Brücke, und Kwan fallen fast die Augen aus dem Kopf – als würde ein Geist aus dem Nichts erscheinen. Kwan bewegt hektisch die Lippen, bringt aber keinen Ton hervor.

»Verbarrikadiert die Brücke«, ruft Zhang. »Alle Lichter anschalten.«

»Wie meinst du das?«, zischt Sing Sing. »Was ist mit Charlie passiert?«

Doch ein Schusswechsel, der draußen ausbricht, schneidet ihr das Wort ab. Das Fenster der Brücke zerbirst, und alle werfen sich auf den Boden. Im nächsten Moment geht ein Regen von Scherben auf sie nieder. Kwan nutzt die Gelegenheit, um sich loszureißen, und flieht durch die Tür auf das nächste Deck. Ein schrilles Heulen erfüllt den Raum, und ein greller, blauer Feuerstrahl schießt im Bogen über die Brücke und trifft den fliehenden Kwan in den Rücken. Er schreit auf und wird durch die Wucht des Treffers über die Reling ins Meer geschleudert. Das blaue Licht brennt noch eine Weile an Deck, wobei es das ganze Schiff in einen unheimlichen Schein taucht.

»Funkgerät einschalten«, ruft Zhang, die Leuchtpistole fest in der Hand. »Setzt einen Notruf ab.«

Da hören sie in der plötzlichen Stille das Dröhnen eines rasch näher kommenden Motors und das Klatschen, mit dem ein Bug die Wellen durchpflügt.

Die Lichtkegel von Suchscheinwerfern zucken über das Tarnnetz. Auf der Brücke ist es plötzlich taghell, eine Stimme brüllt auf Chinesisch Kommandos durch ein Megafon.

Dann ruft jemand nicht ganz akzentfrei auf Englisch: »Sie sind alle verhaftet. Bleiben Sie, wo Sie sind. Waffen runter. Hier spricht die Hongkonger Polizei. Und Interpol. Inspektor Ricard. Sie sind von der chinesischen Marine und vom OCTB umzingelt.«

»Wir haben es geschafft, Danny«, ruft Laura.

Sie sieht sich um. Danny, dessen Augen fest geschlossen sind, ist auf dem Fußboden zusammengebrochen. Der Major beugt sich über ihn und versucht ihn mit leichten Schlägen auf die Wangen wieder ins Bewusstsein zu bringen.

»Mister Danny? Mister Danny?«

Ein Regenschauer prasselt auf das Schiff.

»Danny?«

Draußen auf Deck ertönen Rufe. Ein lang gezogenes Donnergrollen wie das Gebrüll eines Drachen, dann kehrt wieder Ruhe ein.

»Er atmet noch«, sagt Zamora. »Komm schon, Mister Danny. Wir brauchen eine Decke. Er zittert wie Espenlaub.«

Danny lächelt zaghaft. Und schlägt die Augen auf.

Sie glitzern grün und dunkelbraun im Licht der Suchscheinwerfer. Er blinzelt heftig, versucht zu begreifen, wo er sich befindet und was sich ringsumher abspielt.

»Bin ich rechtzeitig entkommen?«

»Aber ja, Mister Danny. Du hast es geschafft. Die chinesische Entfesselungsnummer unter Wasser! Warte ab, bis ich der ehemaligen Truppe des Mysteriums davon erzähle. Blanco und Rosa werden es nicht fassen können!«

Danny lässt seinen Blick über das Trümmerfeld der Brücke schweifen.

Ja, jetzt ergibt alles einen Sinn, denkt er. Auf jeden Fall zum Teil.

ELF

* * * * * * * * * * * * * * *

Wie man ein Wunder erkennt

Der Regen weicht einem stillen, kühlen Morgen. Ein erster Dämmerungsschein leuchtet grün am Horizont, während das Polizeiboot zum Hafen saust.

Danny, in eine Rettungsdecke gehüllt, steht im Steuerhaus neben Ricard. Der Interpol-Mann im weißen Anzug wirkt trotz des nächtlichen Einsatzes auf See und der Verhaftung der meisten Mitglieder des Schwarzen Drachen so tadellos wie immer. Nur die Falten um seine Augen verraten einen Hauch von Müdigkeit.

Laura und Sing Sing stehen vorn an Deck und sehen zu, wie sich die Gebäude und an Walbuckel erinnernden Hügel aus dem grauen Morgen schälen.

Zamora sitzt mit den Polizisten in der Kabine und bewacht Segelohr und einige andere halb ertrunkene, blutverschmierte Triaden-Mitglieder. Er ist hundemüde, verflucht die Gangster aber aus Leibeskräften und wirft ihnen ein Schimpfwort nach dem anderen an den Kopf … sein Einfallsreichtum scheint in dieser Hinsicht unerschöpflich zu sein.

Danny wendet sich an Ricard. »Und was ist mit Kwan?«

»Keine Spur von ihm. Wir haben ein Boot abgestellt, das ihn suchen soll, aber er ist vermutlich schon Haifischfutter.«

»Haben Sie geahnt, welche Rolle er spielt?«

»Oh nein. Soweit ich weiß, hatten wir ihn überhaupt nicht im Visier.«

»Und Lo?«

»Vom Dienst suspendiert und vom Dezernat für interne Angelegenheiten festgenommen. Dürfte eine lange Haftzeit vor sich haben. Wir haben eine Menge Beweise gegen ihn gesammelt. Du wirst unser Kronzeuge sein. Zusammen mit Laura.«

»Was wissen Sie über die Neunundvierzig, Monsieur Ricard? Sagen Sie es mir.«

»Da bin ich mir immer noch nicht ganz sicher, Danny. Wäre möglich, dass Kwan nur geblufft hat – aber vielleicht ist doch etwas Wahres an dieser Sache dran. Vielleicht ist sie inzwischen zu einer Realität *geworden*. Dann wäre Kwan einer der Punkte des Diagramms gewesen, und man würde ihn jetzt durch jemand anderen ersetzen …«

Er verstummt.

»Sie verschweigen mir etwas«, sagt Danny.

»Tja, ich muss dich warnen. Sollte es die Neunundvierzig tatsächlich geben – und dein Vater hat fest daran geglaubt –, dann gibt es auch jemanden, der alle Fäden in der Hand hält. Man nennt ihn das ›Herz‹. Wir wissen allerdings nicht, wer diese Person ist oder wo sie sich aufhält. Er – oder sie – könnte den Befehl gegeben haben, dich in dem Kühlschrank zu versenken. Es wäre auch denkbar, dass man Laura mit dieser Geschichte nach Hongkong gelockt hat … Ich muss unbedingt Nachforschungen anstellen und die Spuren verfolgen, um herauszufinden, ob es eine echte Bedrohung gibt. Oder ob alles nur ein Hirngespinst ist.« Er schaut in den anbrechenden Tag. »Wenn es dieses Herz wirklich gibt, dann müssen wir wohl davon ausgehen, dass diese Person bei dem Tod deiner Eltern ihre Finger mit im Spiel hatte. Und bei dem gescheiterten Entfesselungsversuch unter Wasser …«

Endlich!

»Dann halten *Sie* den Brand also auch nicht für einen Unfall.«

»Ich habe meine Zweifel. Aber ich hatte nie genug Beweise, um der Sache nachzugehen.«

»Ich wusste es. Ich wusste, dass die Polizei etwas übersehen hat.«

»Ja, aber was?« Ricard schaut ihn forschend an. »Ich glaube, jetzt verschweigst *du* mir etwas, *mon brave.*«

»Nein, nein.« Danny schüttelt den Kopf. »Ich weiß auch nicht mehr als Sie.«

Aber er denkt an die Aufzeichnungen seines Vaters im *Buch der Fluchten.* Er muss unbedingt nach Hause, um es sich noch einmal vorzuknöpfen. Er muss herausfinden, was der Code verbirgt. Außerdem erinnert er sich an den Farbklecks auf der Hose des Khaos Klowns … Das behalte ich für mich, beschließt er. Auf jeden Fall vorerst. Ich kann ausnahmsweise einmal kontrollieren, wer über welches Wissen verfügt. Und habe dadurch eine gewisse Macht. Die lasse ich mir nicht nehmen.

»Können Sie mir mehr über Ihre Zusammenarbeit mit meinem Vater erzählen? Über die Aufträge, die er für Sie erledigt hat?«

»Lieber nicht, Danny.«

»Ich muss es wissen.«

»Tut mir leid, aber das geht nicht. Ich kann dir allerdings sagen, dass er ein guter Mann war. Sehr mutig.«

Danny nickt. Er würde gern weitere Fragen stellen, merkt aber, dass Ricard nichts mehr sagen will. »Darf ich mich bei Ihnen melden – im Notfall?«

»Aber sicher. Jederzeit. Und nun vergiss deine Sorgen. Du musst dich erholen. Schau mal, die Sonne geht auf.«

Laura kommt herein. Sie hat ihre gewohnte Fassung wiedergewonnen.

»Sing Sing hat die Nachricht von Chows Tod recht gefasst aufgenommen. Sie sagt, sie komme damit zurecht.«

Danny nickt und schaut zu Sing Sing, die noch an Deck steht. Ihre Haare wehen im Wind, und sie dreht sich zu ihm um, als würde sie seinen Blick spüren. Überspielt, was in ihr vorgeht, mit einem entschlossenen Lächeln. Sie fühlt wie er. Sie versteht, was er durchgemacht hat. Und schon allein dafür haben sich die albtraumhaften Anstrengungen der letzten Tage gelohnt. Er erwidert ihr Lächeln.

»Ich sehe mal nach, wie es ihr geht.«

»Tu das, Danny, mein Junge.«

Danny schaut auf seine Uhr. Die Datumsanzeige zeigt den Einunddreißigsten.

Der einunddreißigste Oktober.

»Heute ist Halloween. Wisst ihr, was das heißt?«

»Süßes oder Saures?«

»Es ist Houdinis Todestag. Wir haben ihn immer gefeiert … damals. Papa hat ihm zu Ehren stets etwas auf die Beine gestellt.«

»Dann tun wir das auch«, sagt Laura. »Wie wäre es mit einem Essen – im Hongkonger Stil?«

»Ich schaue mal, was Sing Sing vorhat. Was immer sie will, ich bin dabei.«

Er tritt auf das Deck und dreht sich kurz nach dem Kielwasser um. Irgendwo in weiter Ferne, jenseits des Horizonts, befindet sich die Stelle, wo er verzweifelt um sein Leben gekämpft hat, während er in der tödlichen Falle des Kühlschranks in die unendliche Tiefe sank. Kaum zu glauben, dass all das wirklich passiert ist …

Das lenkt seine Gedanken zu seinem Vater und dem Scheitern seines bis ins Detail geplanten Entfesselungsversuches unter Wasser. Danny hatte an dem Abend – nach der missglückten Nummer – lange bei ihm gesessen und sich geweigert, ins Bett zu gehen.

Anfangs war er verwirrt gewesen. Wieso war sein Vater gescheitert? Noch dazu vor so vielen Menschen? War er denn nicht der größte lebende Künstler seiner Zunft? Wenn *ihm* so etwas misslang, dann konnte das jedem passieren. Es gab auf der Welt also keine Garantie …

Genau darüber hatten sie damals gesprochen – und darüber, dass man aus seinen Fehlern lernen müsse. *Man lernt nur durch das Fallen, wie man richtig auf dem Drahtseil balanciert.* Das brachte sie auf andere Themen, und sie diskutierten bis spät in die Nacht über Nummern und Tricks. Über berühmte Fluchten samt ihren Risiken und Schwierigkeiten und über die Tatsache, dass sogar

Leuten wie Houdini oder dem Drahtseilartisten Wallenda ein Fehltritt unterlief, der sie zwang, sich dem Unausweichlichen zu fügen. Schließlich fragte Danny: »Warum tust du das, Papa?«

»Was denn, mein Sohn?«

»Warum nimmst du diese Gefahren auf dich? Und all die harte Arbeit? Warum riskierst du, dich zu verletzen oder dir etwas zu verrenken?«

»Ich dachte, das liegt auf der Hand«, antwortete sein Vater. »Aber ich erkläre es dir. Du kennst Einstein, oder?«

»Ja.«

»Er gilt als Genie. Und er hat sinngemäß Folgendes gesagt: ›Es gibt nichts Schöneres als das Geheimnisvolle. Menschen, die nicht mehr hingerissen und ehrfürchtig staunend dastehen können, sind im Grunde tot. Sie sind wie blind.‹«

Er seufzte. »*Darum* tue ich, was ich tue. Darum tun *wir*, was wir tun. Wir helfen, das Geheimnisvolle zu bewahren.«

Und dann lächelte er breit.

»Man muss das Geheimnisvolle bewahren, Danny. Denn es erhält uns am Leben.«

Danny taucht aus dieser Erinnerung auf und hebt den Kopf. Die Sonne durchbricht die Wolken und vor ihnen erwacht das glitzernde Hongkong mit all seinen Hochhäusern zum Leben.

Das ist der verblüffendste Zaubertrick, den es gibt: Die Welt wird an jedem Tag neu erschaffen.

Er sieht staunend zu, wie sie sich entfaltet.

Glossar

Achondroplasie: Mutation, welche das Skelettsystem betrifft und das Längenwachstum vor allem der Arme und Beine einschränkt.

Archaos: Französische Zirkustruppe, die alle geltenden Regeln sprengte. 1986 von Pierrot Bidon gegründet, führte Archaos Kettensägen, Anarchie, Flammen und Kunstblut in das traditionelle Repertoire ein und erneuerte und erweiterte so das Treiben im Zirkuszelt.

Blaine, David: Amerikanischer Zauberer und Illusionist, berühmt für seine Ausdauer und psychische Stärke. Blaine ließ sich 63 Stunden in einen Eisblock einschließen, also lebendig begraben, und verbrachte 44 Tage ohne Nahrung in einem Glaskasten.

Cirque du Soleil: Frankokanadische Truppe, die 1984 gegründet wurde und traditionelle Zirkusnummern mit Performance und Straßenkunst kombiniert. Tritt jedes Jahr überall auf der Welt vor Zehntausenden von Zuschauern auf.

Cyr-Rad: Großes Metallrad, ähnlich dem Rhönrad, in dem ein Akrobat balanciert, um darin anschließend Drehungen und Saltos vorzuführen.

Eskapologie: Die Kunst, allen Fesseln und Gefängnissen zu entkommen – oft unter Zeitdruck und lebensgefährlichen Umständen. Künstler wie Houdini befreiten sich aus Handschellen, Zwangsjacken, Postsäcken, verriegelten Gefängniszellen, Ketten, Särgen, brennenden Gebäuden.

Fänger: Artist am fliegenden Trapez, der den Flieger (siehe Anm.) fangen muss.

Flieger: Artist am fliegenden Trapez, der die Stange loslässt und durch die Luft fliegt.

Macht: Bei Zaubertricks das Kunststück, jemanden aus dem Publikum eine Wahl treffen zu lassen, die zufällig wirkt, in Wahrheit jedoch vom Magier gelenkt wird.

Hellstromismus: Deutung der kaum wahrnehmbaren, unwillkürlichen Muskelbewegungen einer anderen Person, die über eine Richtung oder Bewegung nachdenkt, durch behutsame Berührung. Benannt nach dem Magier Axel Hellstrom, der diese Technik entscheidend prägte.

Hemisphäre: Raum dicht unter der Kuppel des Zirkuszelts, in dem die Luftakrobaten auftreten.

Houdini, Harry: Amerikanischer Entfesselungs- und Zauberkünstler. Geboren 1874 in Budapest, wurde er besonders mit der Unterwasserentfesselung, der sogenannten »Chinesischen Wasserfolterzelle« und dem Verschwindenlassen eines Elefanten auf dem Times Square in New York berühmt.

Hypnose: Weiter und umstrittener Bereich, der von der Bühnenhypnose, bei der leicht beeinflussbare Personen aus dem Publikum in Trance agieren, bis zur Hypnotherapie reicht, mit deren Hilfe Traumata und Phobien kuriert werden. Einige glauben, dass man durch Hypnose durchaus in einen anderen Geisteszustand versetzt wird, andere meinen, das Ergebnis beruhe lediglich auf Beeinflussbarkeit und Gefallsucht.

Kantonesisch: Vor allem in Hongkong, Guangzhou und chinesischen Gemeinschaften in Übersee gesprochener Dialekt. Die Schriftzeichen sind identisch mit jenen des Mandarin, doch die Aussprache ist grundverschieden.

Lebendiges Begräbnis: Berühmte Nummer Houdinis, die ihn in der ersten, noch nicht ausgereiften Version fast das Leben gekostet hätte – er musste sich aus einem mit Erde gefüllten Grab befreien.

Mandarin: Geläufigste Form des Chinesischen, die in weiten Teilen Festlandchinas gesprochen wird.

Mauer des Todes: Ein Mauerrund mit einer Linie, auf der der Motorradfahrer horizontal im Kreis fährt – dabei muss er sich an die Linie halten und darauf achten, das richtige Tempo zu halten.

Menschliche Kanonenkugel: Artist, der mit einer Sprungfederkanone durch die Arena geschossen wird. Zum ersten Mal 1877 von einer Vierzehnjährigen namens Zazel vorgeführt. In der Nachfolge kam es wiederholt zu Unfällen mit menschlichen Kanonenkugeln.

Neuer Zirkus: Moderner oder Zeitgenössischer Zirkus, der traditionelle Nummern mit Performance-Elementen und Straßenkunst kombiniert und auf Tiere verzichtet.

Organised Crime and Triad Bureau (OCTB): Diese Sonderabteilung der Hong Kong Police Force beschäftigt sich mit dem organisierten Verbrechen, insbesondere mit den Triaden. Sie ermitteln auf den Gebieten Raub, Schmuggel, Menschenhandel, illegaler Waffenbesitz, Glücksspiel und Schutzgelderpressung.

Schlappseil: Seil oder Tau, das nicht ganz so straff gespannt ist, damit die Akrobaten hüpfen und Kunststücke vollführen können.

Seiltanz: Balanceakt auf einem Drahtseil in großer Höhe und mit dem entsprechenden Risiko. Oft in öffentlichen Räumen, manchmal illegal.

Todesgang: Gang auf einem gefährlich geneigten Drahtseil.

Voltigieren: Der Akrobat hält sich an den Griffen eines Gestells fest (auch »Sitz« genannt) und gibt einem zweiten Akrobaten Anschwung für eine Folge immer höherer Saltos.

Triade: Geheime Verbrecherorganisationen, die überall dort auf der Welt, wo es chinesische Gemeinschaften gibt, bis heute aktiv sind. Ursprünglich als Schutztruppen für China ins Leben gerufen, konzentriert sich diese Vereinigung ab 1949, nach der chinesischen Revolution, in Hongkong.

Wallenda, Karl: Mitglied der weltweit berühmten Hochseiltruppe, den *Flying Wallendas*, besonders bekannt für ihre Pyramide aus sieben Personen. Karl Wallenda selbst stürzte 1978 in Puerto Rico in den Tod.

Wan Tan: Diese gefüllten Teigtaschen sind ein typisches Gericht der chinesischen Küche. Die Bezeichnung »Wan Tan« leitet sich von dem kantonesischen Begriff »Wonton« ab. Es handelt sich um kleine Säckchen aus Weizennudelteig, die mit gehacktem Fleisch oder Gemüse gefüllt sind. Sie werden in Bambus-Körbchen gegart und häufig einer Suppe beigegeben. Auch frittiert sind sie äußerst beliebt.

Wasserfolterzelle: Houdinis berühmteste Nummer. Auch Chinesische Wasserfolter genannt. Der in Ketten liegende Künstler hängt kopfüber im Wasser und muss sich befreien, bevor ihm die Luft ausgeht. Lebensgefährlich und nicht zur Nachahmung in den eigenen vier Wänden empfohlen. Wer sich nach dem »Hauch einer Katastrophe« sehnt, sollte lieber mit Eiern jonglieren.

Dank

Die Geschichte Dannys und seiner Freunde (und Feinde) im Mysterium wäre ohne die Hilfe und die Unterstützung vieler Menschen sicher nicht zu Stande gekommen.

Bei Hodder Children's Books bin ich vor allem Beverley Birch und Jon Appleton zu Dank für ihre Voraussicht bzw. ihr Einfühlungsvermögen verpflichtet.

Dank schulde ich auch meiner Agentin, Kirsty McLachlan, die half, den Samen für diese Idee zu pflanzen und danach zu hegen und zu pflegen, sowie meinem Bruder Marcus für die fortwährende Ermutigung.

Da es nicht immer einfach ist, mit einem entweder kurz vor dem Triumph oder kurz vor dem Nervenzusammenbruch stehenden Schriftsteller zusammenzuleben, möchte ich mich bei Isabel, meiner Frau, und bei Joseph und William, meinen beiden Söhnen, von Herzen für ihre Gelassenheit, Geduld und Liebe bedanken. Und für einige der besseren Ideen auf diesen Seiten.

MIX
Papier aus verantwortungsvollen Quellen
FSC www.fsc.org
FSC® C083411

Veröffentlicht im Carlsen Verlag
Januar 2017
Mit freundlicher Genehmigung des Aladin Verlages

Originalverlag: Hodder Children's Books,
a division of Hachette Children's Books
Originaltitel: »Mysterium. The Black Dragon«

Umschlagfotografien: shutterstock © ayakovlevcom/
Christophe Boisson/Volodymyr Krasyuk/Kanuman
Karte: Christian Schneider
Umschlaggestaltung: formlabor
Corporate Design Taschenbuch: bell étage
Druck und Bindung: CPI books GmbH, Leck
ISBN 978-3-551-31498-7
Printed in Germany